KB171162

윌리엄 셰익스피어 **겨울 이야기**
다시 쓰기

★

시간의 틈

지넷 윈터슨 소설

허진 옮김

루스 렌들에게 1930~2015

쉰 살이 넘으면 우리는 놀라움 속에서,
또 자살과도 같은 죄의 사함 속에서,
우리가 하려고 했으나 실패한 것이
절대 이루어질 수 없는 일이었으며—
더 잘되어야 함을 깨닫는다.

로버트 로웰, 「셰리든을 위하여」에서

차
례

일러두기
『시간의 틈』에서 각 장의 제목은 모두 원작인 셰익스피어의 『겨울 이야기』 본문에
등장하는 표현이다.

원작

곳 극은 시칠리아―셰익스피어가 만들어 낸 수많은 상상 속 섬들 중 하나―에서 시작한다.

때 가상.

줄거리 보헤미아의 왕 폴릭세네스Polixenes는 죽마고우인 시칠리아의 왕 레온테스Leontes와 9개월 동안 함께 지냈다. 폴릭세네스는 집으로 돌아가고 싶어 한다. 레온테스는 가지 말라고 설득하지만 실패한다.

임신 중인 레온테스의 아내 헤르미오네Hermione가 중재하자 폴릭세네스는 조금 더 머물기로 한다.

그러나 레온테스는 폴릭세네스와 헤르미오네가 바람을 피우고 있으며 그녀가 곧 낳을 아기는 폴릭세네스의 자식이라고 믿는다.

레온테스는 신하 카밀로Camillo를 불러서 폴릭세네스의 독살을 명령한다. 하지만 카밀로는 폴릭세네스를 독살하는 대신 레온테스가 그를 죽이려 한다고 경고한다. 폴릭세네스는 카밀로를 데리고 달아난다.

레온테스는 폴릭세네스의 탈출에 분개하며 즉시 아내의 부정을 공개적으로 비난한다. 그는 아내를 감옥에 가두고 왕궁 전체의 항변, 특히 용맹하게 레온테스에게 맞선 유일한 귀족 여인 파울리나Paulina의 항변에 귀를 닫는다.

레온테스는 헤르미오네에게 사악하고 말도 안 되는 비난을 퍼붓지만 아무도 믿지 않는다는 사실에 짜증을 내고, 폭군이라 불리지 않으려고 사절을 보내 델피의 신탁을 부탁한다.

한편 헤르미오네는 딸을 낳는다. 레온테스는 아기가 사생아라 선언하며 죽이라고 명령한다.

파울리나는 레온테스의 화가 누그러들기를 바라면서 아기를 그에게 데려간다. 그러나 레온테스는 화가 누그러들기는커녕 아기의 머리를 깨뜨려 버리겠다고 위협한다. 파울리나를 제압할 수 없었던 레온테스는 아이를 멀리 데려가서 버리고 운명의 손에 맡기도록 허락한다. 파울리나의 남편 안티고누스Antigonus가 임무를 맡는다.

안티고누스가 떠난 사이 레온테스는 헤르미오네의 재판을 진행하고 궁중에서 그녀를 모욕한다. 레온테스가 헤르미오네를 욕할수록 그녀는 더욱 고귀해 보이고 놀랄 만큼 평정을 지키며 그의 광기 어린 주장을 계속 부인한다.

이 엉터리 재판 도중 델피의 신탁이 도착한다. 신탁은 레온테스가 질투에 눈이 먼 폭군이고 헤르미오네와 폴릭세네스는 죄가 없으며 아기 역시 죄가 없고 레온테스는 잃어버린 아이를 찾을 때까지 후계자를 갖지 못할 것이라고 선언한다.

레온테스는 거품을 물고 분노하며 신탁이 거짓이라고 선언한다. 그때 전령이 뛰어들어 와 레온테스에게 외아들 마밀리우스Mamilius의 죽음을 고한다.

헤르미오네가 쓰러진다. 레온테스는 회개한다. 하지만 너무 늦었다. 왕비는 죽었다.

곳   보헤미아. 현재는 체코 공화국의 일부. 원래는 해안이 없다.

줄거리   안티고누스는 아기 페르디타Perdita를 돈, 출생의 증표와 함께 보헤미아의 해안에 버리고 폭풍우가 몰려오기 전에 달아나려 한다. 하지만 그가 탄 배가 전복된다. 안티고누스는 세상에서 가장 유명한 지문—**곰에게 쫓겨 퇴장**—과 함께 죽임을 당한다.

동네 사기꾼인 아우톨리쿠스Autolycus는 모든 것을 목격하지만 이 사람 저 사람의 주머니만 털 뿐 아무것도 하지 않고, 페르디타는 가난한 목동Shepherd과 그의 멍청한 시골뜨기Clown 아들에 의해 발견된다. 두 사람은 아기를 불쌍히 여겨 딸로 삼아 키운다.

때 16년 후.

폴릭세네스의 아들 플로리젤Florizel 왕자가 페르디타와 사랑에 빠진다. 그는 페르디타가 목동의 딸이라고 생각한다.

이 장의 무대는 흥겨운 파티다. 양털 깎기 축제가 벌어지는데, 우리의 목동과 그의 아들 시골뜨기는 페르디타와 함께 남겨져 있던 돈 덕분에 이제 부자다.

플로리젤은 돈 많은 왕자가 아닌 평범한 사람으로 변장 중이다. 그는 충동적으로 페르디타에게 청혼을 하고, 나이가 지긋한 낯선 사람 두 명에게 증인을 부탁한다.

낯선 이들은 알고 보니 변장을 한 그의 아버지 폴릭세네스와 카밀로였다.

페르디타와 플로리젤이 사랑을 맹세하는 동안 사기꾼 아우톨리쿠스는 이 사람 저 사람의 주머니를 털고 거짓말을 하고 사람들을 즐겁게 해 주며 축제 내내 바쁘다.

재기 넘치고, 활달하고, 꺾일 줄 모르는 아우톨리쿠스는 셰익스피어의 악당들 가운데 가장 사랑스럽다. 그리고 행복한 결말로 이끄는 뜻밖의 매개자다……

시골뜨기가 몹사와 도르카스라는 여자들과 어울리느라 정신이 없는 동안 목동은 모든 사람들의 행운을 빌며 축하하고, 폴릭세네스는 변장을 벗고 전부 당장 죽이겠다고 위협한다.

그는 플로리젤에게 페르디타를 두 번 다시 만나지 말라고 명령하고 떠난다. 카밀로는 이것이 고향으로 돌아갈 기회임을 깨닫는다. 그는 플로리젤과 페르디타에게 시칠리아로 데려가 주겠다고 제안한다. 플로리젤과 페르디타가 이를 승낙하고 셋이 함께 달아난다.

목동과 시골뜨기, 아우톨리쿠스가 그 뒤를 따른다.

곳 시칠리아.

때 바쁘게 흐르는 현재.

줄거리 플로리젤과 페르디타가 왕궁에 도착한다. 레온테스는 잠시 페르디타에게 빠지지만 목동과 시골뜨기가 페르디타의 출생 당시 함께 남겨져 있던 상자를 가지고 나타나자 그녀가 자신의 딸이라는 사실을 곧 깨닫는다.

도망자들을 뒤따라온 폴릭세네스는 레온테스, 플로리젤과 화해한다. 이제 결말이 가까워진다. 파울리나가 모두를 자기 집으로 초대하여 헤르미오네의 조각상을 보여 준다. 조각상이 너무나 진짜 같아서 레온테스가 다가가서 입을 맞추려 하지만 파울리나는 물러서라고 경고하고, 그런 다음 조각상에게 내려오라고 말한다.

극의 결말은 아무 설명도, 경고도, 심리적 해석도 없이 모든 인물을 새로운 삶으로 내던진다. 그들이 새로운 삶을 어떻게 살 것인지는 '시간의 틈'에 맡겨진다.

개작

하나

물의 별

Watery Star

POLIXENES

Nine changes of the watery star hath been
The shepherd's note since we have left our throne
Without a burthen: time as long again
Would be find up, my brother, with our thanks;
And yet we should, for perpetuity,
Go hence in debt: and therefore, like a cipher,
Yet standing in rich place, I multiply
With one 'We thank you' many thousands moe
That go before it.

(1. 2. 1-9)

오늘 밤 정말 이상한 광경을 보았다.

나는 집으로 돌아가는 길이었는데 1년 중 이맘때면 늘 그렇듯 밤이 뜨겁고 습해서 피부가 번들거리고 셔츠는 항상 축축하다. 나는 원래 일하는 술집에서 피아노를 연주했는데 아무도 돌아가려 하지 않아서 내가 바라는 것보다 늦어졌다. 아들이 차를 끌고 오겠다고 했지만 오지 않았다.

나는 집으로 돌아가는 길이었는데 새벽 2시쯤이었고 손에 든 차가운 맥주병이 뜨뜻해지고 있었다. 거리에서 술을 마시면 안 된다, 나도 안다. 하지만 뭐 어떤가, 술집이 조용할 때는 술잔을 나르고 술집이 바쁠 때는 피아노를 연주하면서 아홉 시간 연달

✦ '물의 별'은 달을 뜻하며, 조수 간만에 관여하기 때문에 이렇게 표현했다.

아 일했다. 사람들은 라이브 음악이 있으면 술을 더 많이 마신다, 그것은 사실이다.

나는 집으로 돌아가는 길이었는데 날씨가 두 쪽 나더니 비가 얼음처럼—얼음이었다—퍼붓고 골프공만 한 크기에 고무공처럼 딱딱한 우박이 쏟아졌다. 거리에는 하루, 일주일, 한 달, 한 계절의 열기가 그대로 담겨 있었다. 우박이 땅에 부딪치자 튀김 팬에 각얼음을 던진 것 같았다. 날씨가 하늘에서 내려오는 것이 아니라 길바닥에서 올라오는 것 같았다. 나는 낮게 튀는 파편들 사이를 달려 문간에서 문간으로 뛰어가며 몸을 피했고 날카로운 소리와 피어오르는 김 때문에 내 발도 보이지 않았다. 나는 교회 계단에 올라 발밑에서 부글거리는 거품을 몇 분 정도 피했다. 푹 젖었다. 주머니에 든 지폐가 서로 달라붙고 머리카락이 머리에 들러붙었다. 나는 눈앞을 가리는 비를 훔쳤다. 눈물 같은 비. 이제 아내가 죽은 지 1년이 되었다. 몸을 피해 봐야 소용없다. 집에 가는 것이 낫다.

그래서 나는 지름길을 택했다. 베이비박스 때문에 나는 지름길로 가는 것을 별로 좋아하지 않는다.

병원에서 1년 전에 베이비박스를 설치했다. 내가 아내를 보러 병원에 갈 때마다 일꾼들이 보였다. 나는 그들이 콘크리트를 얇게 붓고, 그 안에 철제 상자를 맞춰 넣고, 밀폐 유리를 끼우고, 난방장치와 조명과 경보를 연결하는 모습을 보았다. 일꾼 한 명은 옳지 않다고 생각해서 내켜하지 않았는데, 아마 비윤리적이라는 뜻이었을 게다. 시대의 징표. 하지만 이 시대에는 징표가 너무 많기 때문에 그것들을 전부 읽는다면 마음이 아파서 죽고 말 것이다.

베이비박스는 안전하고 따뜻하다. 아기가 박스에 들어가고 문이 닫히면 병원 안의 종이 울리고 곧, 아기 엄마가 멀어질 정도의 시간만 지나면 간호사가 내려온다. 바로 근처에 길모퉁이가 있다. 엄마는 가고 없다.

나는 그 장면을 딱 한 번 목격했다. 나는 여자를 쫓아갔다. 내가 불렀다. "이봐요!" 여자가 뒤로 돌았다. 그녀가 나를 보았다. 온 세상이 멈추는 그런 순간이었다. 그런 다음 초바늘이 움직였고, 여자는 사라졌다.

나는 돌아갔다. 박스는 비어 있었다. 며칠 후 아내가 죽었다. 그래서 나는 집으로 돌아갈 때 그 길로 걸어가지 않는다.

베이비박스에는 역사가 있다. 이야기에는 항상 역사가 있지 않은가? 우리는 현재를 살고 있다고 생각하지만 과거가 바로 뒤를 그림자처럼 쫓아오고 있다.

조사를 좀 해 보았다. 유럽에는, 언제인지 모르지만 중세라는 때에, 그 옛날에도 베이비박스가 있었다. 사람들은 그것을 기아 회전판이라고 불렀다. 수녀원이나 수도원에 둥근 창이 있어서, 신께서 보살펴 주시기를 바라며 아기를 안으로 집어넣을 수 있었다.

아니면 개나 늑대가 키우도록 아기를 잘 싸서 숲 속에 놓고 올

수도 있었다. 이름도 없이, 하지만 이야기를 시작할 무언가와 함께 아기를 남겨 두는 것이다.

자동차 한 대가 너무 빠른 속도로 나를 지나친다. 내가 아직 덜 젖었다는 듯 배수로의 물이 나를 흠뻑 적신다. 개새끼. 차가 선다. 내 아들 클로Clo다. 내가 차에 탄다. 클로가 수건을 건네자 나는 고마운 마음으로, 갑자기 밀려오는 피로를 느끼며 얼굴을 닦는다.

우리는 라디오를 켠 채 몇 블록을 지난다. 별난 날씨에 대한 보도. 슈퍼문. 바다에서 치는 어마어마한 파도, 둑을 넘실거리는 강물. 나가지 마라. 집에 있어라. 허리케인 카트리나는 아니지만 밤 외출을 할 만한 날씨도 아니다. 길가에 주차된 차들은 이미 바퀴가 반이나 물에 잠겼다.

그때 그 장면이 우리 눈에 들어온다.

저 앞쪽에 검정 BMW 6 시리즈가 담에 정면충돌하여 서 있다. 양쪽 문이 다 열린 상태다. 작은 고물차가 뒤쪽을 들이받았다. 옷에 달린 모자를 뒤집어쓴 두 사람이 어떤 남자를 바닥에 때려눕힌다. 아들이 경적 위로 몸을 수그리고 그들을 향해 정면으로 돌진하면서 차창을 내려 소리친다. **"무슨 짓이야 무슨 짓이야!"** 두 남자 중 한 명이 우리 차 앞바퀴를 겨냥해서 총을 쏘자 클로의 차가 흔들린다. 아들이 운전대를 꺾고, 차가 갓돌에 쿵 부딪친다. 모자 쓴 두 남자가 BMW에 뛰어올라 담을 긁으며 빠져나가고 고물차가 길을 따라 밀려난다. 두들겨 맞은 남자는 땅에 쓰러져 있다. 좋은 양복 차림이다. 예순 살쯤이다. 그는 피를 흘리고 있다. 비 때문에 피가 얼굴을 타고 씻겨 내린다. 남자가 뭐라 말을 한다. 내가 그의 옆에 무릎을 꿇는다. 눈을 뜨고 있다. 죽었다.

아들이 나를 본다―나는 아버지다―이제 어떻게 하죠? 그때 저 멀리서 마치 다른 행성에서 들려오는 듯한 사이렌 소리가 울린다.

"건드리지 마." 내가 아들에게 말한다. "차 돌려."

"경찰을 기다려야죠."

내가 고개를 젓는다.

우리는 터진 타이어로 퉁퉁거리며 모퉁이를 돌아서 병원 앞 도로를 따라 천천히 달린다. 구급차가 차고에서 막 나오는 참이다.

"타이어 갈아야 돼요."

"병원 주차장에 대."

"우리가 뭘 봤는지 경찰한테 말해야죠."

"그 사람 죽었어."

아들이 차를 세우고 타이어 교체 장비를 가지러 간다. 잠깐 동안 나는 푹 젖은 채 축축한 좌석에 가만히 앉아 있다. 병원 불빛이 창문 사이로 가느다랗게 새어 나온다. 나는 이 병원이 싫다. 아내가 죽은 후 나는 이렇게 자동차에 앉아 있었다. 앞 유리창을 멍하니 내다보았지만 아무것도 보지 않았다. 하루가 다 지나고 밤이 되었지만 모든 것이 변했기 때문에 아무것도 변하지 않았다.

내가 차에서 내린다. 아들이 차량용 잭으로 차체 뒤쪽을 들고 내 도움을 받아 타이어를 뺀다. 아들이 이미 트렁크에서 스페어 타이어를 꺼내서 굴려 왔다. 내가 탄력 없는 타이어의 찢어진 고무 안으로 손가락을 넣어 총알을 빼낸다. 우리에게 무엇이 필요한지 모르지만, 이것만은 필요 없다. 나는 총알을 들고 가서 갓돌 옆 깊은 배수구에 떨어뜨린다.

바로 그때 그것을 보았다. 빛.

베이비박스에 불이 들어와 있었다.

왠지 모르지만 이 모든 것—BMW, 고물차, 죽은 남자, 아기— 이 연결되어 있다는 느낌이 든다.

아기가 있으니까.

내가 베이비박스를 향해 걸어간다, 내 몸이 느린 동작으로 움직인다. 아기는 엄지를 빨며 자고 있다. 아직 아무도 오지 않았다. 왜 아직 안 왔을까?

나는 손에 타이어 레버가 들려 있음을 깨닫지도 못한 채 깨닫는다. 나는 박스를 비틀어 열려고 움직이지도 않으면서 움직인다. 쉽다. 내가 아기를 꺼낸다, 아기는 별처럼 가볍다.

때 저물어 날 이미 어두니
구주여 나와 함께하소서
내 친구 나를 위로 못 할 때
날 돕는 주여 함께하소서

오늘 아침에는 회중이 많다. 신자 2천 명 정도가 교회를 가득 채우고 있다. 홍수에도 불구하고 모두 왔다. 목사님이 말한다. "**많은 물도 이 사랑을 끄지 못하겠고 홍수라도 삼키지 못하나니.**"

『아가』에 나오는 말이다. 우리는 아는 것을 노래한다.

하나님의 해방 교회는 헛간에서 시작해서 일가로 성장했고 작은 마을이 되었다. 대부분 흑인이다. 백인도 약간 있다. 백인은 믿어야 하는 것을 믿기 더 힘들어한다. 그들은 세세한 부분에, 말하자면 이레 만의 천지창조나 부활에 집착한다. 나는 그런 건 전혀 걱정하지 않는다. 하나님이 없다고 해서 내가 죽었을 때 더 나빠질 것은 없다. 그냥 죽을 뿐. 하나님이 정말로 있다면 그것도 괜찮다, 사람들이 말하는 것을 얻을 테니까. 그런데 이 하나님이라는 분은 어디 있을까?

나는 하나님이 어디 있는지 모르지만 하나님은 내가 어디 있는지 알 것이다. 하나님은 세계 최초의 위치 추적기를 가지고 있다. 셉Shep을 찾아라.

그게 나다. 셉.

나는 아들 클로와 조용히 산다. 클로는 스무 살이다. 아들은 여

기에서 태어났다. 클로의 엄마는 캐나다 출신이고 그녀의 부모
님은 인도 출신이다. 나는 아마 노예선을 타고 여기 왔을 것이다.
좋다, 내가 아니라 아프리카라고 아직도 쓰여 있는 내 DNA 말이
다. 우리가 지금 살고 있는 뉴보헤미아는 프랑스 식민지였다. 아
름다우면서도 무시무시한 설탕 농원들, 커다란 식민지 시대 주택
들. 관광객들이 사랑하는 철 세공 난간들. 분홍이나 노랑, 파랑으
로 칠한 작은 18세기 건물들. 둥글게 굽은 커다란 유리창이 길 쪽
으로 난 목조 가게의 정면들. 따라 내려가면 매춘부를 만날 수 있
는 뒷골목의 컴컴한 문간들.

그리고 강이 있다. 예전에 미래가 그랬던 것처럼 드넓은 강. 그
리고 음악이 있다, 항상 어딘가에서 여자가 노래를 부르고 노인
이 밴조를 연주한다. 어쩌면 금전등록기 옆에서 어떤 여자가 흔
드는 마라카스 한 쌍. 어쩌면 어머니를 떠올리게 하는 바이올린.
어쩌면 잊고 싶게 만드는 곡. 어쨌든 기억이란 과거와의 고통스
러운 말다툼이 아닌가?

나는 7년마다 우리의 몸이 스스로 새로 만든다는 이야기를 읽
었다. 모든 세포를. 뼈조차도 산호처럼 스스로 재건한다. 그렇다
면 왜 우리는 이미 오래전에 사라졌어야 하는 것을 기억하는가?
그 모든 흉터와 모욕이 무슨 소용인가? 좋은 시절이 가 버렸다면
그것을 기억해 봐야 무슨 소용인가? 사랑해. 보고 싶어. 당신은
죽었어.

"셉! 셉?" 목사님이다. 네, 감사합니다, 전 괜찮아요. 네, 어젯밤

은 정말 대단했죠. 인간의 수백만 가지 죄에 대한 하나님의 심판. 목사님은 그렇다고 믿을까? 아니, 믿지 않는다. 목사님은 지구온난화를 믿는다. 하나님은 우리를 벌할 필요가 없다. 우리 스스로 벌할 수 있으니까. 그렇기 때문에 우리는 용서가 필요하다. 인간은 용서가 무엇인지 모른다. 용서는 호랑이와 같은 단어다. 자료영상도 있고 입증 가능한 형태로 존재하지만 야생에서 가까이 보거나 그 모습 그대로를 아는 사람은 거의 없다.

나는 내가 한 짓을 용서할 수 없다……

어느 날 밤, 깊고 늦은 밤, 죽음처럼 고요한 밤—그렇게 부르는데는 이유가 있다—나는 병원 침대에 누운 아내를 목 졸라 죽였다. 아내는 연약했다. 나는 힘이 세다. 아내는 산소마스크를 쓰고 있었다. 나는 마스크를 들어 올리고 양손으로 아내의 입과 코를 막았고, 예수님께 와서 아내를 데려가 주십사 간청했다. 예수님은 그렇게 하셨다.

모니터가 삑삑거렸고 나는 병원 직원들이 곧 병실로 들이닥칠 것을 알았다. 내가 어떻게 되든 아무 상관 없었다. 하지만 아무도 오지 않았다. 내가 가서 사람을 불러와야 했다, 그 병원은 간호사가 너무 적고 환자가 너무 많았다. 그들은 누구 잘못인지 확실히 알 수 없었지만 내 짓임을 분명히 알았을 것이다. 우리는 아내를 침대보로 덮었고, 결국 의사가 오더니 '호흡부전'이라고 썼다.

나는 그 일을 후회하지 않지만 용서할 수도 없다. 나는 옳은 일을 했지만 그건 잘못이었다.

"당신은 옳은 이유로 잘못된 행동을 했습니다." 목사님이 말했다. 그러나 그 점에 있어서는 나와 의견이 다르다. 그저 단어의 자리만 바꾸는 것처럼 들릴지 모르겠지만 큰 차이가 있다. 목사님의 말은 생명을 앗는 것은 잘못이지만 내가 아내의 고통을 끝내기 위해서 그렇게 했다는 뜻이다. 나는 아내의 생명을 앗는 것이 옳았다고 생각한다. 우리는 부부였다. 우리는 한 몸이었다. 하지만 내가 그렇게 한 것은 잘못된 이유 때문이었고, 나는 그것을 곧 깨달았다. 내가 그렇게 한 것은 아내의 고통을 끝내기 위해서가 아니었다. 내 고통을 끝내기 위해서였다.

"그 생각은 그만해요, 셉." 목사님이 말한다.

예배가 끝난 후 나는 집으로 갔다. 아들이 텔레비전을 보고 있었다. 아기는 깨어 있지만 아주 조용했고, 눈을 크게 뜨고서 블라인드 틈으로 빛이 들어와서 만든 그림자 줄무늬를 보고 있었다. 나는 아기를 안아 들고 집을 다시 나와서 병원으로 향했다. 아기는 따뜻했고 안고 다니기 편했다. 내 아들이 갓 태어났을 때보다 더 가벼웠다. 아내와 나는 그때 막 뉴보헤미아로 이사한 참이었다. 우리는 모든 것을—세상을, 미래를, 하나님을, 평화와 사랑을, 그리고 무엇보다도 서로를—믿었다.

나는 아기를 안고 길을 걷다가 어떤 시간과 다른 시간이 같은 시간이 되는 시간의 틈에 빠졌다. 내 몸이 곧게 펴지고 보폭이 넓어졌다. 나는 청년이었고 아름다운 여자와 결혼했는데 갑자기 우리는 부모가 되었다. "머리를 잘 받쳐." 내가 아들을 안고 내 손으로 아들의 생명을 감싼 채 걸어갈 때 아내가 말했다.

아들이 태어난 후 일주일 동안 우리는 침대에서 나오지도 못했다. 우리는 둘 사이에 아들을 똑바로 눕혀 놓은 채 식사를 하고 잠을 잤다. 우리는 일주일 내내 아들만 바라보며 지냈다. 우리가 이 아이를 만들었다. 기술도 교육도 없이, 대학 졸업장도 연구 지원금도 없이, 우리가 인간을 만들었다. 우리가 인간을 만들 수 있다니, 이 얼마나 말도 안 되고 무모한 세상이란 말인가?

가지 마.

뭐라고요?

죄송합니다. 딴생각을 하고 있었어요.

아기가 귀엽네요.

고맙습니다.

여자가 가던 길을 간다. 어느새 나는 부산한 길 복판에서 잠자는 아기를 안고 서서 혼잣말을 하고 있다. 그러나 혼잣말을 하는 것이 아니다. 나는 당신에게 말하고 있어. 여전히. 항상. **가지 마.**

내가 기억에 대해서 했던 말이 무슨 뜻인지 알겠는가? 내 아내는 더 이상 존재하지 않는다. 그런 사람은 없다. 아내의 여권은 말소되었다. 아내의 계좌는 폐쇄되었다. 아내의 옷은 다른 누군가가 입고 있다. 하지만 내 마음은 아내로 가득하다. 아내가 살아 있었던 적이 한 번도 없는데 내 마음이 아내로 가득하다면 사람들은 망상이라며 나를 가둘 것이다. 지금의 나는 애도하는 사람이다.

나는 슬픔이 여기에 없는 사람과 함께 산다는 뜻임을 깨닫는다.

당신 어디 있어?

오토바이 엔진의 굉음. 라디오를 켜고 차창을 내린 자동차들. 스케이트보드를 타는 아이들. 짖는 개. 짐을 내리는 배달 트럭. 보도에서 말다툼을 하는 두 여자. 휴대전화로 통화 중인 모든 사람들. 상자 옆에서 소리치는 남자. **전부 없애야 합니다.**

나는 그것도 좋다. 다 가져가라. 자동차, 사람, 팔 상품들. 내 발밑의 흙으로, 머리 위의 하늘로 전부 되돌려라. 소리를 꺼라. 그림을 지워라. 이제 우리 사이에는 아무것도 없다. 하루가 끝나고 나를 향해 걸어오는 당신이 보일까? 당신이 그랬던 것처럼, 우리 둘 다 그랬던 것처럼, 일을 끝내고 죽을 만큼 지쳐서 집으로 돌아오는 당신이? 고개를 들면 처음에는 멀리서, 그다음에는 가까이에서 서로가 보일까? 인간의 형태를 되찾은 당신의 에너지. 원자의 모습을 한 당신의 사랑.

"아무것도 아니야." 아내가 곧 죽을 것을 알고 말했다.

아무것도 아니라고? 그렇다면 하늘이 아무것도 아니고 땅이 아무것도 아니고 당신의 육체가 아무것도 아니고 우리가 사랑을 나누는 것이 아무것도 아니고……

아내가 고개를 저었다. "내 삶에서 제일 중요하지 않은 게 죽음이야. 죽는다고 뭐가 달라지겠어? 난 여기 없을 텐데."

"당신은 여기 있을 거야." 내가 말했다.

"그건 잔인해." 아내가 말했다. "당신을 위해서 죽음을 살아 낼수 있다면 난 그렇게 할 거야."

"폐업 세일. 전부 없애야 합니다."

이미 없어졌다.

내가 병원 앞 거리에 도착한다. 베이비박스가 있다. 바로 그때품속의 아기가 잠에서 깨어 움직이는 것이 느껴진다. 아기와 내가 마주 본다, 끊임없이 움직이는 아기의 파란 눈이 나의 검은 시선을 발견한다. 아기가 작은 손을, 꽃처럼 작은 손을 들어 내 얼굴에 난 거친 수염 그루터기를 만진다.

자동차들이 오고 가며 길을 건너려는 나를 방해한다. 끊임없이 움직이는 익명의 세상. 아기와 나는 가만히 서 있고, 결정을 내려야 한다는 사실을 아기가 아는 것만 같다.

정말 알까? 중요한 일은 우연히 일어난다. 미리 계획되는 것은그렇지 않은 일들밖에 없다.

나는 생각해 봐야겠다고 생각하며 한 블록을 빙 돌았지만 내발걸음이 집을 향했다. 때로는 무엇을 해야 하는지 우리 마음이 안다는 사실을 우리는 받아들여야 한다.

집으로 돌아가자 아들이 텔레비전 뉴스를 보고 있었다. 어젯밤

폭풍에 대한 새로운 소식과 개개인의 사연들. 특별할 것 없는 말을 하는 특별할 것 없는 공무원. 그런 다음 목격자를 찾는다는 공고가 다시 한 번 나왔다. 사망자. 남자는 안토니 곤살레스Anthony Gonzales라는 멕시코인이었다. 시체에서 발견된 여권. 강도. 살인. 날씨만 빼면 이 도시에서는 특별할 것 없는 사건.

하지만 특별한 점이 있었다. 그가 아기를 남겼다.

"그건 모르는 일이잖아요, 아빠."

"내가 아는 건 아는 거야."

"경찰에 말해야 돼요."

어쩌다가 나는 경찰을 믿는 아들을 키웠을까? 내 아들은 누구든 믿는다. 나는 아들이 걱정이다. 내가 고개를 젓는다. 아들이 아기를 가리킨다.

"경찰에 신고 안 하면 쟤는 어떻게 할 거예요?"

"키울 거야."

아들이 믿을 수 없다는 듯 경악하며 나를 본다. 내가 갓난아기를 키울 수는 없다. 불법이다. 하지만 나에게 그런 것은 상관없다. 의지할 곳 없는 날 돕는 주. 내가 그런 사람이 될 수는 없을까?

나는 아기에게 분유를 먹이고 기저귀를 갈아 주었다. 집에 오는 길에 가게에 들러서 필요한 물건을 샀다. 아내가 살아 있다면 나와 똑같이 할 것이다. 둘이서 같이 이렇게 했을 것이다.

내가 빼앗은 생명 대신 새로운 생명이 온 것 같다. 내게는 이것이 용서처럼 느껴진다.

사업가가 될 아이의 미래에 대비하기라도 하듯 작은 서류 가방이 아기와 함께 남겨져 있었다. 가방은 잠겨 있다. 나는 아들에게 아기의 부모를 찾을 수 있으면 찾아 주자고 말한다. 그래서 우리는 서류 가방을 연다.

클로의 표정은 저예산 시트콤에 나오는 연기 못하는 배우 같다. 눈이 튀어나온다. 입이 떡 벌어진다.

"이레 만에 세상을 만드신 주님." 클로가 말한다. "이거 진짜예요?"

갱 영화에 나오는 소품처럼 다발로 묶여서 차곡차곡 쌓인 새 지폐들. 쉰 다발. 한 다발당 10,000달러.

지폐 밑에 부드러운 벨벳 주머니가 있다. 다이아몬드. 목걸이. 깨알만 한 다이아몬드가 아니다, 여자의 마음처럼 넉넉하고 큼직하다. 보석의 절단면 밑에 담긴 시간이 너무나 깊고 뚜렷해서 수정 구슬을 들여다보는 것 같다.

다이아몬드 밑에 악보가 한 장 있다. 손으로 쓴 글씨다. 노래의 제목은 〈퍼디타PERDITA〉다.

이게 아기의 이름이군. 잃어버린 작은 아이.

"평생 먹고살겠네요." 클로가 말한다. "감옥에 안 가면요."

"앤 우리 애야, 클로. 이제 네 여동생이다. 이제 내가 애 아빠야."

"돈은 어떻게 하실 거예요?"

우리는 아는 사람이 없는 새 동네로 이사했다. 나는 아파트를 팔아서 그 돈과 서류 가방에 들어 있던 돈으로 플리스Fleece*라는 피아노 바를 샀다. 마피아가 운영하던 곳으로, 그들은 발을 빼야 했기 때문에 현금도 괜찮다고 했다. 아무것도 묻지 않았다. 나는 아기가 열여덟 살이 될 때까지 보관하려고 은행에 아기 이름으로 금고를 빌려 다이아몬드를 넣어 두었다.

나는 악보에 적혀 있던 노래를 연주했고 퍼디타에게 그것을 가르쳤다. 퍼디타는 말보다 노래를 먼저 배웠다.

나는 퍼디타의 아빠와 엄마가 되는 법을 배우고 있다. 퍼디타가 엄마에 대해서 물으면 나는 우리도 모른다고 말한다. 나는 퍼디타에게 항상 진실을—또는, 적당한 양의 진실만을—말했다. 퍼디타는 백인이고 우리는 흑인이므로 퍼디타 역시 자신이 주워온 아이임을 안다.

어딘가에서 이야기가 시작되어야 한다.

---

* 영어로 '양털'.

찻잔 속의 거미

Spider in the Cup

LEONTES

How blest am I
In my just censure, in my true opinion!
Alack, for lesser knowledge! how accursed
In being so blest! There may be in the cup
A spider steep'd, and one may drink, depart,
And yet partake no venom, for his knowledge
Is not infected: but if one present
The abhorr'd ingredient to his eye, make known
How he hath drunk, he cracks his gorge, his sides,
With violent hefts. I have drunk,
and seen the spider.
Camillo was his help in this, his pander:
There is a plot against my life, my crown;
All's true that is mistrusted: that false villain
Whom I employ'd was pre-employ'd by him:
He has discover'd my design, and I
Remain a pinch'd thing; yea, a very trick
For them to play at will. How came the posterns
So easily open?

(2. 1. 36-53)

어떤 남자가 공항에서 살고 있었습니다.

리오Leo와 그의 아들 마일로Milo는 런던에 있는 리오의 사무실에서 시티 공항과 템스 강 하구를 향해 난 전면 창을 내다보고 있었다. 마일로는 이륙하는 비행기 보는 것을 좋아했다. 마일로는 아홉 살이었고 비행기 출발 및 도착 시간을 전부 외웠다. 사무실 벽에는 시티 공항 취항 노선—세상의 전신도에 그려진 빨간 동맥 같은 선들—을 표시한 커다란 지도가 있었다.

"그래, 수배범이니?" 리오가 물었다.

"아무도 그를 원하지 않아요."[*] 마일로가 말했다. "그 사람은 도망 다니는 중이고 혼자예요. 그래서 공항에서 사는 거예요."

---

[*] '수배범Wanted Man'을 마일로가 단어 그대로 해석하고 있다.

리오는 수배범과 누군가가 원하는 사람은 다르다고 설명했다.
"경찰이 쫓고 있다는 뜻이야."

마일로는 이 말에 대해서 생각해 보았다. 그는 학교 숙제로 이
야기를 짓는 중이었다. 선생님은 '왕에게는 세 아들이 있었습니
다'라든지 '공주를 사랑한 괴물이 있었습니다' 같은 동화의 첫 문
장처럼 뒷이야기가 전부 담긴 첫 문장을 써 보라고 말했다.

"살인자는 아니에요, 공항에서 사는 남자 말이에요." 마일로가
말했다. "하지만 집이 없어요."

"왜 없지?" 리오가 물었다.

"가난해서요." 마일로가 말했다.

"더 열심히 일해야지." 리오가 말했다. "그러면 공항에서 사는
게 아니라 비행기를 탈 수 있을 거야. 봐라, 섀넌을 경유해서 뉴
욕 시로 가는 영국항공 비행기다."

두 사람은 이 세상에 존재할 수 없는 새처럼 활주로에서 떠오
르는 비행기를 보았다.

"공룡은 멸종했을 때 정말로 죽은 게 아니야." 리오가 말했다.
"숨어 있다가 비행기가 돼서 돌아온 거지."

마일로가 미소를 지었다. 리오가 마일로의 머리카락을 헝클어
뜨렸다. 리오의 약점은 이것, 바로 자기 아들이었다.

"우리도 죽으면 숨어 있다가 다른 뭔가가 돼서 돌아오는 거예
요?"

"네 엄마는 불교 신자니까 그렇게 생각하지. 그런 건 엄마한테

물어봐."

"아빠는 어떻게 생각하는데요?" 마일로가 말했다. "보세요, 파리로 가는 시티플라이어 항공이에요."

"난 그런 생각은 안 해." 리오가 말했다. "조언 하나 해 줄게. 꼭 생각해야 하는 일이 아니면 절대 생각하지 마."

리오는 마일로가 네 살 되던 해에 은행에서 해고당했다. 2008년은 국제적 위기의 해였고 리오는 그의 회사 CEO의 표현대로라면 '무모한 손실'을 축적하여 위기에 일조했다. 리오는 부당하다고 생각했다. 그가 돈을 가지고 한 일은 전부 무모했지만 무모한 이득 때문에 그를 해고하는 사람은 없었다.

리오가 휴고보스의 초크스트라이프 양복에 존롭 구두를 신고 마지막으로 은행을 나설 때 밖에서 시위를 하고 있던 반자본주의 애송이들이 그에게 달걀을 던졌다. 리오는 잠시 서서 오믈렛이 되어 버린 양복을 내려다보았다. 그런 다음 재킷을 찢어 버리고 두 명을 붙잡아서 보도에 내동댕이쳤다. 리오는 세 번째 녀석을 벽으로 밀쳐 코를 부러뜨렸다.

다른 애송이들이 이 광경을 전부 찍고 있었고, 리오는 다음 날 체포되었다. 그의 CEO가 영상을 보고 리오라고 확인해 주었다.

리오는 일반 폭행으로 유죄를 선고받았지만 변호사가 한정책임능력(해고)과 도발(달걀)을 이유로 실형은 면하게 해 주었다. 어쨌든 피해자는 직업도 없는 말썽꾼들이었다. 리오 역시 직업이 없다는 사실은 아무도 눈치채지 못한 것 같았다.

리오가 벌금과 소송비용을 지불하면서 분노한 것은 이 모든 것이 불공평했기 때문이었다. 리오가 자본주의를 발명한 게 아니다, 그의 일은 돈을 버는 것이 중요한 체제 안에서 돈을 버는 것이었다. 즉, 돈을 잃을 수도 있다는 뜻이었다. 경기 하락은 의자 빼앗기라는 게임과 똑같았다. 음악이 나오는 동안은 의자가 충분하지 않다는 사실을 아무도 신경 쓰지 않았다. 춤을 출 수 있는데 누가 앉으려 하겠는가? 과거에 리오는 작은 국가의 GDP 정도 되는 돈을 잃었지만 잃은 돈을 벌충하고도 더 많은 돈을 벌 시간이 항상 있었다. 음악이 갑자기 멈췄을 때 리오는—일시적으로—모든 의자가 부채 상태였다.

3개월 동안 술을 마신 끝에 재활 센터에 들어가서 3주 동안 술기운을 탈탈 털어 낸 리오는 자존감 상실에 대해서 상담을 받아 보라는 충고를 들었다.

리오는 6개월 동안 일주일에 두 번씩 택시를 타고 리틀베니스의 집에서 햄프스테드의 유명한 동유럽 정신분석 전문가에게 갔다. 리오는 치료실로 들어가는, 딸깍 소리가 작게 나는 문이 싫었다. 그는 터키 융단 같은 무늬의 소파와 시계와 화장지 케이스가 싫었다. 리오는 의사가 검은 양말에 갈색 샌들을 신는다는 그 사실이—한쪽 발에 하나씩이므로 정말은 두 가지 사실이—싫었고, 의사의 발음으로는 **양가감종**이라는 것에 대해서 계속 이야기하는 것이 싫었다.

"어머니를 사랑하면서도 증오하는군요." 바르츠 박사가 말했다.

"아뇨." 리오가 말했다. "증오하는데요."

"다 좋은 저까슴과 나쁜 저까슴의 문제죠."

의사가 멜러니 클라인에 대해서 이야기하는 동안 리오는 젖가슴에 대해서 생각했다. 다음 주 상담 시간에 리오는 남성 잡지 《너츠》를 들고 갔다. 그는 바르츠 박사에게 샤피 형광펜을 주면서 좋은 젖가슴에는 동그라미를 치고 나쁜 젖가슴에는 가위표를 쳐 보라고 말했다.

"혐오하는 동시에 사랑하는 대상의 대상화군요." 바르츠 박사가 말했다.

리오는 바르츠 박사가 『대상의 대상화』라는 중요한 책을 썼다는 사실을 기억해 냈다. 리오는 똑똑해 보이려면 같은 단어를 두 번 써야 한다는 사실을 배웠기 때문에 **역사 속 대상의 역사**에 대해서 짧게 생각하기 시작했다.

처음에는 에너지밖에, 아무 대상도 없었다. 그런 다음 관점에 따라서 빅뱅 혹은 천지창조가 일어나 세계 자체가 대상으로 가득한 대상(메타 대상?)이 되었다. 이 모든 것에 이름을 붙여야 했다. **대상의 명명.** 나중에 아주 많은 대상이 발명되었다. **대상의 발명.** 그런 다음, 아마도 전쟁과 전반적인 인간의 어리석음 때문에, **대상의 파괴**가 일어났다.

게다가 **욕망의 대상**도 있었다. 리오의 배가 조여들었다.

그런 다음 리오는 재고 목록, 파일, 재고장, 카탈로그, 목록, 분류 체계에 대해서 생각했다. **대상의 색인.** 그의 아내가 좋아하는, 무슨 미국 작가가 쓴『사물의 안정성』이라는 책이 있었다.[*] 리오는 **사물의 지위**에 대해서 전부 알고 있었는데, 그에게 이 말은 그의 헬리콥터(팔았다)처럼 **지위의 사물**과 같은 뜻이었다. 양자 이론이 등장한 이후 **사물의 기이함**이 있었고, 더 깊이 생각해 보면, **사물의 의미**도 있다. **사물의 무의미함**은 또 어떤가?

그렇다. 뭐든지, 전부 다 살 수 있을 만큼 돈이 많으면 부처와 예수가 깨달았던 것을, 그러니까 세속의 재산은 소용없다는 사실을 깨달을 수 있다. 이 세상의 위대한 영성 전통이 가르치는 것과 정반대로 가야 이러한 깨달음을 얻을 수 있다고 생각하자 재미있었다.

리오가 말했다. "다른 인간을 정말로 알 수 있을까요?"

"관찰자와 관찰 대상을 분리할 수는 없지요." 바르츠 박사가 말했다.

아니, 할 수 있어. 사무실로 돌아온 리오가 생각했다. **그래서 감시 장치가 존재하는 거지.**

리오는 고작 어렸을 때 사랑받지 못했다는 사실을 이해하려고 500파운드씩 내고 일주일에 두 번 50분씩 상담을 받을 필요가

---

[*] 영어로는 '대상'과 '사물'이 같은 단어 object이다.

없음을 곧 깨달았다. 혹은 자신이, 의사의 발음에 따르면, '옴총난 수익'으로 공허함을 채워 왔다는 사실을 이해하려고 말이다.

"우리는 모두 자가 치료를 하죠." 리오가 바르츠 박사에게 말했다. "저는 돈으로 자가 치료를 합니다. 술을 마신 건 반작용이었어요. 이제 괜찮습니다."

리오는 진료실을 나와서 술을 딱 끊고 헤지펀드를 만들어 중개인을 통해 기업을 차입 매수한 다음 자산을 수탈하고 부채를 잔뜩 지워서 투자자들에게, 그리고 물론 자신에게 큰 이익을 가져왔다. 리오는 마피아 같은 느낌이 좋아서 회사 이름을 시칠리아라고 지었다. 리오의 어머니가 이탈리아계였다.

시칠리아의 관리 운용 펀드는 곧 6억 파운드에 이르렀고 리오는 10억을 노리고 있었다. 허공에서 돈을 만들어 내려면 현금 부족보다 더 좋은 토대가 없었다.

사무실로 돌아와서, 리오는 자신이 마일로를 혼란스럽게 만들었음을 깨달았다. 마일로는 자기 아버지보다 어둡고 생각이 많았다, 어머니와 더 비슷했다. 부자는 삶과 죽음보다 더 단순한 것들을 함께 했다. 리오는 마일로를 축구장이나 수영장에 데리고 갔다. 숙제를 같이 하거나 책을 읽어 주지는 않았다, 그런 것은 미미MiMi가 했다.

"엄마가 곧 오실 거야." 달리 할 말이 없어서 리오가 이렇게 말했다.

"가서 숙제할까요?" 마일로가 말했다.

리오가 고개를 끄덕였다. "책가방 들고 부엌으로 가서 우유 좀 마시고 초콜릿 비스킷 하나 먹어라, 응?"

마일로는 아버지의 사무실이 좋았다. 사람들은 항상 마일로를 보고 요란을 떨었고, 먹을 것이 늘 있었고, 무엇보다도 비행기가 있었다.

리오가 마일로를 안았다. 둘은 서로 사랑했다. 그건 진짜였다. 마일로는 다시 괜찮아졌다. "어떤 남자가 공항에서 살고 있었습니다." 마일로가 사무실을 나가며 말했다.

리오가 책상으로 돌아갔다. 린리사社에서 러시아산 자작나무를 유리처럼 매끄럽게 사포질한 기다란 목재로 만든 책상이었다. 사무실은 새하얀 공간이었다. 처녀 같은 벽들, 북극 같은 가죽 소파, 에스키모 카펫. 크게 확대한 아내의 흑백사진이 벽에 걸려 있었다. 사진 파일은 아이폰 배경 화면으로 설정해 두었다. 색이 들어간 것은 트레이시 에민이 디자인한 빨간 네온사인밖에 없었다.

네온사인에는 '**위험=가치**'라고 적혀 있었다. 리오가 **점령** 시위에서 본, **어떤 위험을 감수하는지 보면 무엇을 가치 있게 여기는지 알 수 있다**라는 문구의 일부였다. 이 말이 리오를 계속 괴롭혔기 때문에 그가 이렇게 바꾸었다. 리오는 새 회사를 시작하면서 네온사인을 주문했다.

리오가 인터콤으로 몸을 숙였다. "웹-캐머런Cameron! 얘기 좀 하고 싶은데!"

리오가 자기 농담에 웃고 있을 때 캐머런이 문을 닫았다. 캐머런은 전직 군인이었다. 그는 명령을 받을 줄 알았다.

"캐머런. 내 아내 침실에 웹캠을 설치해 줘."

캐머런은 명령을 받았지만 이해하지 못했다. "부인 침실에 영상 감시 장치를 달라는 말입니까?"

리오가 초조한 표정을 지었다. "당신이 시칠리아의 보안 및 운송 담당이잖아. 이건 민감한 문제야. 외부인한테 시키고 싶지 않아. 카메라를 여기 내 개인 모니터에 연결해."

캐머런은 불편했다. "성인 동영상 사이트에서 그런 걸 본 적은 있지만—"

"픽셀로 변환된 마누라 가슴을 보면서 딸딸이를 치겠다는 게 아니야, 그게 걱정이라면 말이지. 7분에 20파운드씩 받고 바지춤에 손을 집어넣는 막노동자랑 마누라를 아이폰으로 연결해 주려는 것도 아니고. 부부 문제야. 이혼 문제라고."

"안사람이랑 이혼하고 싶으세요?"

"왜 그런 식으로 말하지? 스코틀랜드인은 그렇게 말해? 안사람이 아니라 아내야. 나한테 바깥사람 같은 건 없다고."

그러자 지노Xeno가 생각났다. 거품 같은 통찰이 피어났지만 리오는 그것을 터뜨렸다.

"사실은 말이야, 캐머런, 미미가 바람을 피우는 것 같아. 현장을 잡고 싶어. 왜 웹캠이라고 부르는지 알아?"

"웹에 연결된 카메라니까요." 캐머런이 천천히 말했다.

"웹이 뭐야 캐머런, 거미줄이잖아. 벌레를 잡는 거미줄. 내 침대에 벌레가 기어 다녀서 밤에 잠을 못 자겠어."

"부인은 임신 중입니다." 캐머런이 말했다.

"암돼지가 새끼를 배서 배부르다고 흥분으로 꽥꽥거리지 않을 것 같아?"

캐머런은 얼굴이 뜨거워지는 것을 느꼈다. 물방울무늬 타이 때문에 목이 아팠다.

"당신 아내와 아이 얘깁니다."

"내 아이? 사생아겠지." 리오가 연필을 반으로 부러뜨렸다.

"미미 씨가 바람을 피우고 있다는 물적 증거라도 있습니까?"

"그러니까, 딴 놈이랑 있는 걸 봤느냐고? 아니. 내가 두 달 동안 붙여 둔 사립 탐정이 내가 이미 알고 있는 거—미미가 가는 곳, 만나는 남자, 이메일, 문자 메시지—말고 다른 사실을 알아냈느냐고? 아니."

"다른 남자랑 있는 건 못 봤다고요."

"다른 남자? 그래."

"그럼 이건 정신 나간 짓 아닙니까?"

"나보고 정신이 나갔다는 거야, 캐머런? 정신이 나갔다고?"

리오가 두 동강 난 연필을 책상에 내리치고 캐머런에게 다가갔다. 리오가 걸어오는 동안 캐머런은 두 발을 나란히 하고 무릎에 힘을 빼고 복근에 힘을 준 채 가만히 서 있었다. 캐머런은 자신을 통제하는 방법을 알았다. 그리고 리오의 성질을 알았다. 리오가 모공이 보일 정도로 얼굴을 가까이 들이밀었다. 캐머런은 눈을 마주치지 않으려고 조심했다.

리오가 한발 물러서더니 몸을 홱 돌려 창밖을 보았다.

"암스테르담." 비행기가 이륙하자 리오가 말했다. 그런 다음 몸을 돌리지도 않고 덧붙였다. "미미가 요즘 만나는 남자를 매일 만나도 아무도 두 번 생각도 안 해. 나 빼고. 나는 1분에 60번쯤 생각하지."

"무슨 말인지 모르겠습니다, 리오." 캐머런이 말했다.

"지노야."

캐머런이 이 말을 이해하느라 침묵이 흘렀다.

"지노는 제일 친한 친구잖습니까. 같이 사업도 하지 않습니까."

"친구는 가까이 하고 적은 더 가까이 하라. 몰라, 캐머런?"

"하지만 본인 입으로 말했잖습니까, 근거가 없는 의심이라고."

리오가 사무실 쪽으로 다시 돌아섰다. "여자만 직감이 있는 게 아니야, 캐머런. 나는 평생 지노를 봐 왔어."

평생 지노를.

두 사람은 열세 살에 기숙학교에서 만났다. 두 소년 모두 아버지가 자격이 없는 어머니에게서 양육권을 빼앗은 다음 멀리 보낸 경우였다. 리오의 어머니는 다른 여자를 만나서 리오의 아버지를 버렸다. 지노의 어머니는 알코올중독에 정신이 불안정했다.

기숙학교는 신식도 아니었고 학구적이지도 않았지만 아버지에게 아들이 집에 거의 없어도 자신이 아들을 키우고 있다는 생각을 갖게 해 주었다.

주말이면 아이들이 대부분 집으로 돌아갔기 때문에 학교가 조용했다. 리오와 지노는 두 사람이 살 수 있는 세상을 만들어 냈다.

"난 지금 숲 속이야." 지노가 말했다. "내 통나무집이지. 토끼가 오면 총으로 쏴. 빵 빵 빵."

"나는 달이야." 리오가 말했다. "달은 모차렐라 치즈로 돼 있어."

"모차렐라 위를 어떻게 걸어?" 지노가 물었다.

"걸을 필요 없어." 리오가 말했다. "중력이 없거든."

두 사람은 데이비드 보위의 〈스페이스 오디티〉를 들었고 지노는 컨트리음악과 서부음악에 빠졌다. 가끔 지노는 자기가 컨트리 가수 에밀루 해리스라고 상상했다.

두 사람은 다른 아이들처럼 되고 싶지 않았는데, 다른 아이들과는 달랐기 때문에 그럴 만도 했다.

열다섯 살이 되자 둘은 갈라놓을 수 없는 사이가 되었다. 리오와 지노는 학교 사격부에 가입해서 사격장에서 실력을 겨뤘다. 지노가 더 차분했기 때문에 더 정확했다. 리오는 더 빨랐고 가끔 몇 발을 더 쏘아서 이겼다. 두 사람은 **총 총알 과녁**이라는 게임을 만들었다. 두 판을 이기면 총이 된다. 한 판 지면 총알이다. 두 판을 지면 과녁이 된다. 지노가 여기에 **움직이는 과녁**을 더했고, 그러면 더 자유로워진 기분이라고 말했다. 리오는 이해하지 못했다. 그는 그냥 총이 되고 싶었다.

어느 날 밤 사격 연습이 끝나고 두 사람은 섹스를 했다. 뻔한 이야기였다. 샤워. 발기. 3분 동안 손으로 만져 주기. 키스는 하지 않았다. 하지만 다음 날 자전거 보관대에서 리오가 지노에게 키스를 했다. 그는 키스를 하고 지노의 얼굴을 어루만졌다. 리오는 무슨 말이든 하려 했지만 뭐라 말해야 할지 몰랐다. 지노는 아무 말도 없었다. 지노다웠다. 리오는 지노가 아무튼 약간 여자애 같다고 생각했다. 지노의 회색 눈은 고양이 눈 같았고 부드럽고 검은 머리카락이 눈 앞으로 떨어졌다.

리오는 덩치가 더 크고, 더 거칠고, 키가 더 크고, 더 강했다. 럭비 선수 같은 몸을 가진 그는 자신감 있게, 그러나 우아하지 않게 움직였다. 리오는 물 흐르는 듯 움직이는 지노의 몸짓이 좋았다.

두 사람이 수영을 하러 갔다. 하늘은 낮고, 물은 따뜻하고, 갈매기들이 모래톱을 순찰했다. 리오는 과시적이고 요란하고 빨랐고, 정석대로 장거리 수영을 하는 지노보다 먼저 지쳤다.

리오가 물에서 철벅철벅 걸어 나오자 그의 발이 젖은 모래에 깊은 발자국을 남겼다. 리오가 뒤로 돌아서서 허리에 손을 얹고 지노에게 뭐라고 외쳤다. 태양 빛이 그의 눈에 내리쬐었다. 리오는 친구가 보이지 않아서 일순 공포를 느꼈다.

하지만 저기 있었다. 돌고래처럼 우아한 지노의 머리와 어깨가 해안으로 헤엄쳐 돌아오고 있었다. 흐릿한 모습이었지만 리오가 보기에 지노는 파도처럼 물 위를 움직이고 있었다.

지노가 물을 튀기며 바닷가로 나왔다. 리오가 두 팔로 지노를 끌어안고 모래 위로 쓰러뜨렸다.

"너, 나랑 할 때 여자 생각해?" 지노가 말했다.

"응." 리오가 거짓말을 했다.

그러자 지노는 자기가 게이일까 봐 걱정했다.

얼마 후 리오와 지노는 같이 쓰는 기숙사 방에서 서로 다리를 얽고 〈이유 없는 반항〉을 보았다. 두 사람 모두 제임스 딘이 되고 싶었지만 지노는 제임스 딘과 자고 싶기도 했다.

"제임스 딘은 게이였어." 지노가 말했다.

"엘비스도 게이였어?"

"아니, 대신 치즈 버거랑 했지."

"거기 마요네즈 묻는 건 싫은데."

"내가 빨아 먹어 줘도?"

리오는 즉시 발기했다. 그가 바지를 벗었다. 지노가 무릎을 꿇고 그의 불알을 핥았다. 리오가 지노의 머리를 쓰다듬었다. 그러더니 웃기 시작했다. 지노가 고개를 들었다.

리오가 말했다. "어릴 때 수박에 대고 한 적 있어. 옆에다가 구멍을 파서. 정말 끝내줬어. 그 뒤로 항상 엄마한테 수박을 사 달라고 했지만 절대 먹진 않았지. 그런데 어느 날 엄마가 부엌에 들어왔는데 내가 바지를 내리고 서서 초록색 수박에다 박고 있었던 거야."

"등신! 엄마 손에 안 죽었냐?"

"웅! 엄마가 아빠한테 시키는 바람에 욕망의 부적절한 대상에 대한 강의를 실컷 들었지."

"그게 나야?" 지노가 말했다.

"계속해." 리오가 말했다.

학교는 해안 근처였고 다른 아이들이 집으로 가는 토요일 오후면 리오와 지노는 자전거를 타고 절벽 아래로 내려갔다.

어느 토요일에 리오가 말했다. "자전거를 타고 누가 절벽 가장자리 제일 가까이로 제일 빨리 갈 수 있는지 내기하자. 〈이유 없는 반항〉에 나오는 자동차 경주처럼."

지노는 하고 싶지 않았다. 하지만 리오가 꼬드겼다.

두 사람이 경주를 시작했다. 둘 다 페달에 발을 얹고 서서 최대한 빨리 밟았다. 리오가 바깥쪽이었다. 리오가 바큇자국에 걸려서 느려졌다. 지노가 치고 나갔다. 리오가 자전거 위로 몸을 낮게 수그리고 전력을 다해서 나아갔다. 그가 지노를 따라잡아서 빠르게 치고 나가더니 앞으로 끼어들었다. 리오의 뒷바퀴가 지노의 앞바퀴를 스쳤다.

지노가 떨어졌다. 자전거가 그의 몸에서 분리되었고 지노는 느린 동작으로 절벽을 구르고 또 굴렀다.

"지노!"

대답이 없었다. 리오는 물에 빠지는 자전거를 보았다.

그 순간 시간을 벗어난 듯한 느낌을 리오는 기억했다. 경주가 끝나서 심장박동이 느려지고 있었다. 가슴에 차는 땀. 뱅뱅 도는 갈매기 한 마리. 그의 외침처럼 길고 높은 갈매기의 외로운 외침.

"지노!"

리오가 자전거를 타고 학교로 돌아갔다. 힘이 다 빠져서 두려움의 힘으로 페달을 밟았다. 그는 경비원의 부스에 토했다. 경비원이 경찰에 전화를 했다. 리오가 경찰을 절벽 길로 안내했고, 경찰 랜드로버에서 무선 소리가 지직거렸다. 머리 위를 선회하는 헬리콥터.

지노는 절벽 꼭대기에서 보이지 않는 바위에 정신을 잃고 누워 있었다. 뇌진탕에 골반뼈가 부러졌지만 두터운 히스 덤불에 떨어졌고 기적적으로 굴러떨어지지 않았다.

환자 수송용 헬리콥터가 들것으로 지노를 실어 올려 병원으로 데리고 갔고, 지노는 남은 학기 내내 병원에서 지냈다.

리오는 수업에 가지 않았다. 그는 매일 절벽으로 걸어갔다.

리오의 아버지가 와서 이야기를 했다. 아버지는 "우리가 한 번도 가까웠던 적이 없었다는 건 안다"로 시작해서 "어떻게든 극복해 봐"로 끝나는 연설을 했다.

리오는 지노에게 벌어진 일이 전부 자기 탓이라고 모두에게 말하고 싶었다. 그는 교장실로 갔다. 바깥에 서 있었다. 그런 다음 다시 돌아섰다. 이것이 몇 번 반복되었다.

드디어 리오가 지노의 병문안을 갈 수 있게 되었다. 지노는 마르고 피곤해 보였다. 몸통이 견인기 안에 고정되어 있었다. 머리에는 붕대를 감았다. 링거 주사기를 꽂고 있었다. 리오가 교복 차림으로 침대에 앉았다. 지노가 그의 손을 잡았다.

그러자 리오가 울었다. 영화의 클로즈업 장면처럼 소리 없이 흐르는 눈물. 비현실적이었다. 이런 일이 일어나야 했다는 사실 자체가 비현실적이었다. 리오가 아닌, 다른 누군가의 삶이다. 리오는 제일 친한 친구를 죽일 뻔했다.

지노는 다음 해에 학교로 돌아와 시험을 쳤다. 수학, 컴퓨터, 영문학은 잘 봤고 나머지는 못 봤다. 리오는 전부 못 봤다. 상관없었다. 리오의 아버지가 바클리스 웰스 매니지먼트에 신입 직원으로 넣어 주었다.

지노는 열여덟 살이 되었고, 그의 아버지가 절벽 길 안전기준 관리 미흡에 대해서 지방정부와 법정 밖에서 합의하고 받은 보험금의 일부로 캠핑용 밴을 샀다.

지노는 몇 년 동안 먹고살 돈이 충분했다. 그는 유기견 보호 센터에서 개를 한 마리 데리고 왔고 옛날 사람처럼 머리를 길러 하나로 묶었으며 뉴에이지 히피와 레이브⁺ 문화에 빠져서 이 페스티벌에서 저 페스티벌로 옮겨 다니며 휴대전화도 없이, 재산도 거의 없이 지냈다.

⁺ 테크노·트랜스 음악을 틀어 놓고 밤새도록 파티를 즐기는 것.

지노는 잘생기고 유약한 분위기가 있었다. 곧 필요한 것보다 더 많은 여자가 생겼다. 여자들은 지노의 조용하고 생각에 잠긴 듯한 얼굴을 좋아했고 그가 책을 읽고 오페라 같은 옛날 음악을 듣는다는 사실을 좋아했다.

굵은 뼈대와 발키리 같은 금발, 뒤로 빗어 넘긴 굵은 머리카락, 특유의 말투를 가진 리오는 양복이 잘 어울렸고 은행 일을 잘했다. 그는 매일 열여섯 시간씩 불평 없이 일했고 아침 6시면 체육관에 갔으며 매일 밤 술에 취해도 이윤을 내는 능력에 아무 지장이 없었다. 곧 리오는 돈이 점점 많아졌다.

두 사람이 학교를 떠난 직후 3년 동안 리오는 지노를 딱 한 번 만났다. 그는 엇나가는 친구와 친구가 별로 성공하지 못했다는 사실에 당황했다. 리오는 지노에게 돈을 주겠다고 제안했다.

지노는 리오가 사랑했던 그 연회색 눈으로 그를 보며 고개를 저었다. 지노는 돈이 필요 없었다. 가진 것이 많지는 않지만 먹고, 휘발유를 넣고, 책을 사고, 하고 싶은 것을 할 돈이 충분했다.

리오는 그게 화가 났다. 누구나 돈이 필요했다. "당분간 내 아파트에서 지내." 그가 말했다. "뜨거운 물로 샤워도 하고. 11월이야, 세상에. 결로 때문에 빌어먹을 밴에서는 바깥이 보이지도 않잖아. 내가 며칠 휴가 낼게."

그 며칠 동안 리오는 친구가 컴퓨터 게임을 만든다는 사실을 알게 되었다.

리오가 〈그랜드 테프트 오토〉를 하면서 게임기를 향해 소리를 지르는데 지노가 들어오더니 화면에 바나나 껍질을 던졌다.

"야!" 리오가 말했다. "왜 그래?"

"게임은 인간의 발전 단계 중 선사시대 수준에 어울리는 최고의 기술이야." 지노가 말했다. "자동차, 싸움, 도둑질, 위험, 여자와 보상만 있으면 되지."

리오는 뭐가 문제인지 알 수 없었다. 그게 정확히 리오의 실제 삶이었다. 게임이라고 해서 왜 달라야 하지?

"여자들은 지루해서 안 해." 지노가 말했다. "그러면 잠재적 시장의 반이 사라지는 거지. 게임이 책만큼 괜찮으면 안 될 이유가 뭐야?"

리오는 게임이 책보다 낫다고 생각했다. 그는 책을 읽지 않았다. 영화와 텔레비전과 일부 연극은 좋아했지만 책은 너무 조용했다. 독서는 너무 조용해서 책장이 바스락거리는 소리까지 들렸다.

"관계 맺기. 윤리적인 고민." 지노가 말했다.

"게임도 동맹을 맺어야 돼." 리오가 말했다.

"그래. 그런데 그건 도구잖아, 안 그래? 난 너를 이용하고 넌 나를 이용하지. 아무튼, 게임은 너무 수동적이야. 책은 사람들이 세상에 대해서 생각하는 방식을 바꾼다고."

"안 읽으면 못 바꾸지, 안 그래?" 리오가 말했다.

"게임이 판도를 바꾸는 계기가 되지 못할 게 뭐야?" 지노가 말했다. "게임 때문에 우리가 더 많이 이해하고, 더 많이 보고, 더 많이 느끼지 못할 이유가 뭐야? 아드레날린 말고 딴 걸 느끼고 싶지 않아?"

"너 게이냐?" 리오가 불쑥 말했다.

지노가 어깨를 으쓱했다. 그는 여자 친구가 여럿 있었지만 특별한 상대는 없었다. 지노는 사랑에 빠지지는 않았지만 여자가 좋았다. 진짜 대화가 좋았다.

리오 역시 사랑에 빠지지 않았다.

두 사람은 밤 외출을 했다. 술에 취했다. 집으로 돌아오자 리오가 침실로 가서 옷을 벗었다. 보통 그는 밤에 잠들기 위해서 포르노를 조금 보았다. 리오가 지노에게 외쳤다.

"나랑 여자들이나 볼래?"

하지만 지노는 대답이 없었다.

캐머런이 사무실에서 나갔다. 리오가 창문을 향해 돌아섰다. 그는 친구가 자기 아내랑 잤기 때문에 친구를 증오했다. 밖에 나가면 여자들이 차고 넘치지 않는가? 술집, 클럽, 호텔, 요트, 그가 가는 곳마다 똑같이 생긴 여자들이 남자를 찾고 있었다. 긴 머리, 긴 다리, 커다란 선글라스, 두드러진 가슴, 커다란 핸드백, 뾰족한 하이힐. 주말 동안 여자를 빌릴 수도 있었는데, 정확히 빌린다고 표현하지는 않았지만 누가 돈을 내고 누가 돈을 받는지 양쪽 다 알았다. 방법만 알면 공항에서 렌터카와 여자를 동시에 찾을 수도 있었다. 리오가 미소를 지었다. 좋은 사업이 될 것이다. 에이비스, 허츠, 버짓, 렌터카 회사도 많다. 모델을 고른다. 차체. 엔진 크기. 책임 한정.

남자들은 결혼을 주저했다. 그의 친구들은 전부 적어도 마흔 살, 가끔은 쉰 살까지 결혼을 미뤘다. 하지만 결혼을 하면 이혼을 주저했다. 공항에서 약간만 이해해 주면 완전히 달라질 것이다. 남자는 실존적으로 혼자이기 때문에 이해가 필요하다. 남자는 암흑을 바라본다.

그것이 남자와 여자의 차이라고 리오는 생각했다. 남자는 집단과 무리와 스포츠와 클럽과 단체와 여자가 필요한데, 이 세상에 무無와 자기 회의밖에 없음을 알기 때문이다. 여자는 항상 연결을 짓고 관계를 만들려고 했다. 한 인간이 다른 인간을 알 수 있다는 듯이. 마치 한 인간이…… 버저가 울렸다…… 다른 인간을 알 수 있다는 듯이.

"지노가 왔어." 폴린Pauline이 말했다.

"바빠." 리오가 말했다.

"들여보낼게." 폴린이 말했다.

리오쯤 되는 남자들은 점심으로 셀러리와 코티지치즈를 먹으면서 부업으로 슈퍼모델도 할 수 있는 개인 비서가 있었다. 리오에게는 폴린이 있었다. 폴린은 리오의 예전 직장인 은행에서 일을 시작할 때 서른 살이었고 3개 국어를 유창하게 했으며 경제학 학위와 MBA가 있었고 재미 삼아서 본 회계사 시험을 막 통과한 참이었다. 그녀는 리오보다 많이 배웠고 자격도 훨씬 뛰어나고 훨씬 나은 사람이었지만 증권 매매를 할 수는 없었다. 폴린의 강점은 세세함에 있었다. 그녀는 한 시간 만에 서류 200쪽을 주의 깊게 검토한 다음 리오가 상대방을 향해 쏠 수 있는 총알처럼 정리한 중요 항목 목록을 건넬 수 있었다. 폴린이 몇 가지 거래에서 리오가 최악을 면하도록 해 준 적도 몇 번 이상 있었다. 그리고 그녀는 리오가 해고당했을 때 동료들 중에서 유일하게 전화를 걸어 어떻게 지내느냐고 물어봐 준 사람이었다. 리오는 사업을 시작할 때 폴린에게 같이 일하자고 제안했다.

리오는 거래를 했다. 폴린은 세부 사항을 맡았다.

폴린은 리오를 15년 동안 알았고, 그 15년의 세월이 자신을 야리야리한 서른 살에서 위협적인 마흔다섯 살로 만들었다는 사실을 알았기 때문에 하고 싶은 대로 일을 처리했고 하고 싶은 말을 했다.

폴린 덕분에 시칠리아는 법률을 준수하고, 투명하고, 자선사업을 많이 후원하고, 꼭 윤리적이지는 않았지만 적어도 규범을 가진 회사가 되었다. 리오는 상관없었다.

폴린이 문을 열었다. "나 바쁘다고 했잖아." 리오가 말했다.

"당신 안 바빠." 폴린이 말했다. "내가 바쁘지."

"나쁜 년." 리오가 말했다.

"그로브⁺." 폴린이 말했다.

"그로브가 뭐예요?" 지노가 말했다.

지노는 리오보다 날씬했고 IT 패션 복장―발목으로 내려갈수
록 통이 좁아지는 검은색 가벼운 울 바지, 끈 달린 회색 스웨이드
가죽 단화, 눈동자 색과 어울리는 회색 리넨 셔츠―을 편안하게
입고 있었다. 셔츠 옷깃과 소매는 분홍색이었다. 리오는 지노가
이성애자라기에는 너무 잘 꾸민다고 생각했고, 어딘가 남자들이
있을 거라고 항상 짐작했다.

"크리스마스 선물로 이디시어 회화집을 사 줄게요. 그때까지는
바로 눈앞에 서 있는 시청각 보조 장치를 이용해요. 안녕, 리오.
인사할 줄도 몰라? 당신보다 더 예의 바른 유인원들도 본 적 있
는데. 잘 가요, 지노. 다들 보고 싶어 할 거예요."

폴린이 뒤꿈치를 들어 지노에게 입을 맞췄다.

"내일 저녁에 볼 거잖아, 뚱땡아." 폴린이 문을 닫을 때 리오가
소리쳤다. "유대인이라서 그런 거야, 여자라서 그런 거야?"

"뭐가?"

"내가 저 여자를 통제 못 하는 게 말이야."

"왜 통제하려고 해? 사업에도 좋고 너한테도 좋잖아. 넌 너한
테 반항할 사람이 필요해."

"저 여자가 나를 파산시키려고 한다니까. 시칠리아가 자선단체
에 얼마나 기부하는지 알아? 세이브더칠드런[**]이라니―내일 파
티 비용을 우리가 다 낸다고. 후원자 200명분의 저녁 식사. 최고

---

[*] 이디시어로 '무례하긴'.
[**] 세계 최대 규모의 아동 구호 비정부기구.

수준의 DJ. 미미가 무료로 노래를 하고, 우린 10만 파운드를 기부할 거야."

"할 수 있잖아. 리오, 작별 인사 하러 왔어. 내일 밤에 떠날 거야. 누보로 돌아가야 돼."

"언제부터 뉴보헤미아를 그렇게 불렀냐?"

"소호, 노호……⁺ 뉴보헤미아에도 그런 이름이 붙는 건 시간문제였어."

"왜 이렇게 갑자기 떠나?"

"젤Zel 때문에 학교에서 전화가 왔어. 또 수업 시간에 말을 안한대."

"걘 뭐가 문제야?"

"아무도 몰라. 의사랑 정신과 의사를 만나고 있어."

"여덟 살짜리한테 정신과는 필요 없어."

"그래? 우린 필요했잖아."

"부모가 필요했지."

"내 말이 그거야. 그래서 집에 가려고."

"애 엄마는 어디 있어?"

"거기 있지. 있잖아, 내가 같이 살지도 않고 사랑하지도 않는 여자랑 애를 낳은 걸 이상하게 생각하는 건 알지만, 젤 엄마와 나는 우리가 뭘 하고 있는지 잘 알아."

⁺ 소호SoHo와 노호NoHo는 '휴스턴 가 남쪽South of Houston Street' '휴스턴 가 북쪽North of Houston Street'을 줄여서 부르는 이름이다.

"그러면 왜 젤이 말을 안 하는 건데?"

"그건 너무 비열하다, 리오."

리오가 시선을 피했다. 그가 말했다. "내일 투자자 회의가 있어."

지노가 말했다. "가정을 꾸리는 다른 방식도 있는 거야. 응?"

"그게 정말 그렇게 쉽고 세련된 거야?" 리오가 말했다.

"결혼은 여러 가지 선택지 중 하나야." 지노가 말했다.

"불륜과 이혼도 그렇고 말이지."

"왜 그래?"

"네가 회의도 안 하고 간다고 해서 열 받았어."

"회의보다 내 아들이 더 중요해."

"나더러 나쁜 아빠라는 거냐?"

"아니, 네가 지금 나보고 나쁜 아빠라고 하는 거잖아. 이제 그만하면 안 되냐? 너도 나도 끔찍한 가족이 있었잖아. 모든 세대는 예전보다 더 잘할 수 있는 기회가 있어."

"너 마음챙김 명상 DVD같이 말한다."

"너는 일중독 사이코패스처럼 말하고."

"적어도 난 정상이지. 난 이성애자인 척하는 동성애자도 아니고 동성애자인 척하는 이성애자도 아니고 내 자식을 인간 방패처럼 쓰지도 않으니까."

"이제 그만해!" 지노가 가방을 들고 돌아서서 나가려고 했다. 리오는 지노가 가기를 바라면서도 가지 않기를 바랐다. 항상 그랬다.

"지노! 가고 싶으면 가, 하지만 핑계는 대지 마. 내가 하고 싶은 말은 그것뿐이야. 넌 절대 있는 그대로 말을 못 하지, 안 그래? 항상 비껴가지."

지노가 흰 소파에 가방을 내던지고 리오를 향해 돌아섰다.

"게임 볼래? 좀 바꿨어. 지금 한 시간만 내서 좀 해 보자."

지노가 가방끈을 풀고 노트북을 꺼냈다. 리오가 음수대로 가서 물을 잔뜩 마셨다. "좀 멋지게 바꿨어? 투자자들은 이 게임이 랄랄라 동산의 사랑과 평화와 히피 이야기라고 생각해."

"창녀를 죽인다고 점수가 올라가지는 않아, 그건 사실이야."

지노가 게임을 클릭했다. "아직 준비가 다 안 됐고 여기에만 매달리고 싶지는 않지만, 좀 색다른 걸 만들어 봤어. 몇 년 동안 가끔 생각하던 거야. 내 **인생의 게임**이지."

"네가 만들던 게 팔려. 그것만 해. 말랑한 게임은 안 팔려."

"그러니까, 네가 보기에 돈이 안 될 것 같다고 해서 내가 실험을 하면 안 된다는 거야?"

"예술이니 철학이니 하는 건 집어치워. 게임이나 보여 줘."

지노가 여러 도시들이 보이는 움직이는 화면을 띄웠다. 도시의 상징들을 바로 알아볼 수 있었다. 빅 벤, 에펠 탑, 브란덴부르크 문, 하버 브리지, 엠파이어스테이트 빌딩……

"아홉 개 도시 중에서 하나를 고를 수 있어. 런던, 파리, 로마, 베를린, 바르셀로나, 뉴욕, 홍콩, 시드니, 상하이. 이제 현기증 나

는 절벽이나 망토 같은 건 신물 나. 폭탄을 맞은 디스토피아 풍경
도 그렇고. 트롤. 테스토스테론. 훔친 차. 이 게임에는 차가 안 나
와."

"차가 없다고? 차도 안 나오는 게임을 누가 사?"

"도시는 어둠의 천사들에게 점령당했어. 플레이어는 천사의 편
이나 저항군의 편을 선택할 수 있지. 천사의 날개는 두 장, 네 장,
또는 여섯 장이야. 눈이 달린 날개도 있고. 천사는 성기가 두 개
야."

"바로 그거군." 리오가 말했다. "그럼 천사는 전부 남자야?"

"아니. 하지만 이중 성기를 가지고 있어."

"그럼 누구랑 하는데?"

"할 수 있는 상대라면 아무나. 차이가 없어, 자식을 낳지 못하
거든. 천사는 태어나는 게 아니라 만들어져, 아마도 뱀파이어처
럼."

"저항군은?"

"인간이지. 무엇을 손에 넣느냐에 따라서 특수 능력을 갖는 사
람도 있어. 인간이 천사랑 싸워서 이기면 더 강해지고 천사는 약
해져."

"스토리는 뭐야?"

"스토리가 뭐냐면, 세상에서 가장 중요한 것이 없어졌어. 어둠
의 천사는 네가 그걸 찾아내기를 바라지 않아. 도시의 유일한 희
망은 저항군이 천사보다 먼저 그걸 찾는 거야, 그리고 영구적으

로 파괴하는 거지."

"그게 뭔데?"

지노가 어깨를 으쓱했다. "그것도 알아내야 해. 미끼, 거짓, 딴 곳으로 관심을 돌리게 만드는 온갖 함정이 있어. 하지만 내 생각에는 아기인 것 같아."

"웬 애새끼?"

"예전에도 비슷한 경우가 있었지, 나도 알아. 예수라는 이름이었지."

"이해가 안 가."

"아기가 바뀌거나 아기를 도둑맞는 수많은 동화를 생각해 봐. 〈오멘〉이나 〈에일리언〉을 생각해 보라고. 가짜 아이, 악마의 아이, 세상을 구하는 진짜 아이. 아서 왕이나 지크프리트 비슷한 거야, 새로운 생명이지. 반짝반짝 빛나는 중심."

"그래서, 그 아기는 어디 있는데?"

"알려지지 않은 곳에 숨어서 자라고 있지. 그 여자애……"

"왜 여자애야?"

"혹은 남자애를 찾아야 해. 또 엉뚱한 애를 데리고 오는 게 아닌지 확인도 해야 돼. 중간중간에 엉뚱한 애들이 많이 있거든."

"저항군한테 탱크가 있어야 할 것 같은데."

"너야 그렇게 생각하겠지."

지노가 리오에게 게임을 보여 주었다. "여기가 파리야."

"미미의 아파트잖아. 여기서 뭐 하는 거야?"

"여기서 모든 것이 시작돼. 안뜰에서."

리오는 땀을 흘리고 있었다. "뭐가 시작된다는 거야? 왜 눈이 와?"

"눈이 아니야. 깃털이지."

"뭘 하고 있었는데? 베개 싸움이라도 했어?"

"천사는 이런 식으로 번식해. 하지만 깃털이 물이나 불에 내려앉아야 하지…… 물론 레벨도 있어. 4레벨이 되면 시간이 플레이어가 돼. 시간이 멈출 수도 있고, 빨라질 수도 있고, 느려질 수도 있지. 그렇지만 시간을 상대로 하는 게임이기도 해. 제목이 그거야. 〈시간의 틈〉."

"무슨 제목이 그래?"

리오의 버저가 울렸다. 아내였다.

미미가 사무실로 들어왔다. 리오가 책상을 빙 돌아 나가서 아내에게 입맞춤을 하기 전에 지노가 이미 그녀 곁에 있었다. 리오는 미미의 등 움푹 들어간 곳에 닿는 지노의 손을, 그에게 기대는 미미를 보았다. 미미가 지노의 뺨에 입을 맞춘 다음 그의 목에 머리를 기댔고 지노가 그녀를 안았다. 몇 초 만에 다 끝났다.

미미가 리오에게 다가와서 그의 입술에 키스했다. 그녀는 미소를 짓고 있었고 행복했으며 만삭이었다. 미미는 세이브더칠드런 만찬 리허설을 하러 가는 길이었다. 지노가 이제 떠난다고 미미에게 문자 메시지를 보낸 것이다.

나보다 미미가 먼저 알았어.

지노가 짐을 싸야 할 테니 미미가 집에 내려 주겠다고 했다.

리오가 생각한 것은 **마무리를 하시려고?**였지만, 그가 한 말은…… "월요일까지만 있으라고 해. 난 충분히 노력했으니까 이제 당신이 해 봐."

미미가 지노를 흰색 가죽 소파로 밀어서 앉힌 다음 소파 끄트머리에 힘겹게 걸터앉았다. 그녀가 지노의 손을 잡고 손바닥을 위로 향하게 했다.

"지노가 손금 읽는 법을 가르쳐 줬어." 미미가 리오에게 말했다.

물론 그랬겠지…… 리오가 생각했다. 그가 말했다. "또 박쥐 똥 같은 뉴에이지 어쩌고야?"

미미가 지노의 손 위로 몸을 숙이고 손금을 따라 손가락을 미끄러뜨렸다. 지노가 같이 몸을 숙이자 항상 그렇듯 그의 검은 머리카락이 떨어졌다. 떨어지는 그의 검은 머리카락. 리오의 눈에 저 멀리 떨어지는 지노의 몸이 보였기 때문에 갑자기 속이 좋지 않았다.

"당신은 여행을 떠날 거야." 미미가 말했다. "바다를 건너서."

둘 다 웃고 있었다. 두 사람은 깊은 관계다, 친밀하다. 리오는 유령 같은 얼굴로 눈에 보이지 않지만 두근거리는 심장을 느끼며 자기가 정말 이 방에 있는 걸까 생각했다.

미미가 눈을 감았다. "메, 주 부아 윙 르타르. 주 부아…… 당신이 주말 동안 런던에 머물 거래. 주 세…… 당신 친구 하나가 노래를 한대, 에 부알라!"[＊]

지노가 미미의 손바닥을 뒤집었다. "아름다운 아기가 보여." 그가 말했다. "곧 나올 거래."

두 사람이 마일로를 데리고 사무실에서 나가자 리오 혼자 남았다. 그는 기다란 유리창 앞에 서서 세 사람이 미미의 분홍색 피아트 500에 타는 모습을 지켜보았다.

셋이 가족 같군. 그가 생각했다.

리오가 컴퓨터로 가서 아내의 위키 페이지를 찾았다. 그가 사무실 벽에 걸어 둔 사진이 떴다. 미미는 에너지를 뿜는 레이저 같았다.

＊ 프랑스어로 각각 '하지만, 늦어지는 게 보이는걸. 보여……' '난 알아……' '그리고 짜잔!'.

미미

위키백과, 우리 모두의 백과사전.

허마이어니 들라네(영어 : Hermione Delannet, 1977년 11월 6일~)는 약칭 **미미**라는 이름으로 더 유명한 프랑스계 미국인 가수 겸 작곡가, 배우이다.

미미	
기본 정보	
본명	허마이어니 들라네
출생	1977년 11월 6일 (39세) 미국 뉴욕
직업	가수, 작곡가, 배우
장르	샹송
활동 시기	2000년~현재
배우자	리오 카이저 (2003년 결혼)
자녀	1명
레이블	버진레코드, EMI
관련 활동	시간의 틈
웹사이트	www.mimi-music.com

목차

초기 생애

미미는 미국 뉴욕에서 태어나 프랑스 파리에서 자랐다. 아버지가 러시아 외교관이었기 때문에 온 가족이 자주 이사를 다녔다. 어머니가 미국인이었으므로 미미는 프랑스어와 영어를 쓰면서 자랐다. 미미는 부모님의 이혼 후 열여섯 살에 어느 결혼식에서 첫 자작곡 〈Une Femme Abandonnée〉를 불렀다.[1] 2000년대 초에 보사노바 음악에 관심을 갖게 되었다. 미미는 파리의 재즈 클럽에서 공연을 하면서 곧 레코드 회사의 관심을 끌었다. 그녀는 2002년에 Théâtre National de Chaillot에서 영국 작가 지넷 윈터슨의 소설 《하룻밤만의 자유》를 데버러 워너가 각색한 연극 무대에 올라 연기 데뷔를 했다.

음악 경력

미미는 2001년에 버진레코드와 계약했다. 그녀는 2002년에 뉴웨이브와 보사노바를 접목시킨 첫 번째 스튜디오 앨범 《Les Fleurs du Mal》을 발매했다.[2] 2005년에 《Rage》 앨범을 발매했는데, 전곡이 솔로 목소리와 악기 하나만으로 이루어진 앨범이다. 《Rage》는 곧 골드 앨범이 되었다. 수록곡 〈Dark Angel〉은 프랑스 시인 제라르 드 네르발에게서 영감을 받은 것으로 알려졌는데, 네르발은 하늘에서 천사가 추락하여 좁은 뜰에 갇히는 꿈을 꾸었다고 한다. 일부 사람들은 이것이 그녀의 남편 리오 카이저와의 폭풍 같은 관계에 대한 곡이라고 말한다.

사생활

2003년에 리오 카이저와 결혼했다. 부부는 영국에 살고 있다.
2004년 1월에 아들 마일로를 낳았다.

리오는 미미의 위키 항목을 보자 기분이 나빴다. **검은 천사. 검은 천사. 검은 천사.**

1999년 12월 31일, 리오는 스물다섯 살이었고 술 취한 BNP 파리바 은행 직원들과 함께 파리에 있었다. 여섯 명이서 저녁 식사에 4,000프랑을 썼다. 리오는 자기 몫을 먹지 않았고, 센 강변의 노점 밴에서 케밥과 코카콜라를 사 먹으러 코스 중간에 나갔다. 리오는 휴고보스 양복 차림으로 강으로 이어지는 돌계단에 앉았다. 어떤 청년이 듣기 싫은 소리를 내는 기타를 들고 내 사랑, 당신은 혼자 침대에 누워 있을 때 어디로 가나요, 라고 노래했다. 리오는 그의 입을 다물게 하려고 50프랑짜리 지폐를 주었다.

노트르담 성당에서 종이 울리고 있었다. 저 멀리 대포 소리도 들렸다. 2000년. 곧 세상이 끝나야 하는 거 아닌가?

리오가 케밥을 다 먹고 일어서서 벽에 오줌을 누고 있었다. 엉덩이에 닿는 손이 느껴졌다. 그의 뒤에서 어떤 여자가 돈을 요구하고 있었다. 얼마? 50 아니면 100. 뭘 하느냐에 따라서.

두 사람이 퐁뇌프 아래를 말없이 걸었다. 어둠 속에서 여자가 벽에 등을 기대고 서더니 가방에서 콘돔을 꺼냈다. 그녀가 외투를 풀고 브래지어에서 가슴을 꺼냈다. 리오가 그녀의 가슴을 주무르면서 발기했다. 여자가 치마를 올리고 허벅지 사이에 리오의 성기를 끼우더니 잠시 꽉 눌렀다. 리오는 그게 마음에 들었다. 그런 다음 여자가 콘돔을 씌우고 그를 자기 안으로 미끄러뜨려 넣었다. 속옷은 입지 않았다. 리오는 지금 여기에 존재하는 것은 자기 성기밖에 없음을 의식했다. 나머지는 불필요했고, 다른 곳에 있었다. 하지만 그녀는 따뜻하고 좁았고 잘 움직였다. 리오가 여자의 목에 얼굴을 묻고 그녀의 가슴을 움켜쥔 채 금방 사정했다. 여자에게서 재스민 향기가 났다.

리오가 끝내자마자 여자가 가방에서 닦을 것을 꺼내서 그에게 한 장 주고 자기도 닦은 다음 휴지를 강에 버렸다. **그는 자신이 인어의 아버지가 될 거라고 생각했다.**

리오가 돈을 주었다. 여자가 그의 뺨에 가볍게 입을 맞추고 행복한 새해를 맞이하라고 인사한 다음 걸어갔다. 그녀의 구두 소리가 돌바닥에 울렸다.

리오는 소리쳐 부르고 싶었다. 잠깐 기다리라고 하고 싶었다. 왜인지는 몰랐다. 여자가 좋았는지도 모른다. 그러나 그 대신 리오는 여자가 어둠을 벗어나 계단을 다시 올라가는 모습을 지켜보았다. 그는 충동적으로 그녀를 따라갔다.

계단 꼭대기에서 리오는 그 여자가 다른 여자와, 일을 하러 나온 것은 확실히 아닌 듯한 약간 더 나이 많은 여자와 합류하는 모습을 보았다. 아장아장 걸을 나이의 아기가 이불에 푹 감싸인 채 유모차에서 자고 있었다. 버스가 오고 여자들은 가 버렸다.

리오는 비틀거리며 레스토랑으로 돌아갔다. 그가 나갔다 온 것을 아무도 눈치채지 못한 것 같았다. 그들은 샤토 디켐 와인에 대해서 이야기를 하고 있었는데, 리오에게 샤토 디켐은 곰팡이와

당밀을 섞은 맛이었다.

리오는 머리가 빙빙 돌았다. 집에 가고 싶었다.

하지만 남자들이 대기하고 있던 리무진에 꾸역꾸역 타더니 재즈 클럽으로 향했다. 리오는 재즈를 좋아하지 않았다. 그는 과시적이고 음정도 맞지 않는 색소폰 독주가 흐르는 내내 작고 어두운 룸에 앉아서 멕시코 맥주를 마시며 휴대전화로 게임을 했고, 재즈를 알거나 좋아하는 척하지도 않았다.

레스토랑에서 와인과 굴을 먹은 다음 케밥과 콜라를 먹고 맥주를 마셨더니 속이 좋지 않았다. 리오는 비참하고 혼자였고, 그래서 더 큰 소리로 떠들면서 의자를 뒤로 빼고 앉았으며, 물을 마시고 잠들고 싶은 생각밖에 없었지만 코로나를 단숨에 들이켰다.

그때 클럽에 있던 모든 사람들이 손뼉을 치면서 휘파람을 불기 시작했고, 예쁘장한 선원 같은 얼굴에 작고 마르고 소년 같은 여자가 노래하기 시작했다. 그녀는 빨간 립스틱과 검정 원피스 차림에 마이크에게 들을 말이 있다는 듯이 그것을 들고 있었다. 피아노 연주가 뒤따랐다. 스네어드럼이 엇박자로 들어왔다.

노래하는 미미. 그녀의 강렬하고 열정적인 목소리. 리오는 가사를 이해할 수 없었지만 절대 실수하면 안 되는 업무 명령을 받을 때처럼 몸을 내밀고 앉아 있었다. 리오는 마음이 바뀌는 것을 느꼈다.

내가 행복했던 그곳이 어디지? 죽더라도 그곳으로 돌아가야 해. 그는 이렇게 생각한 것이 아니라 느꼈다.

그러자 절벽 길에서의 그날이, 지노가 떨어지기 전이 떠올랐다.

하지만 시간을 되돌릴 수는 없다, 안 그런가?

지노는 떨어졌다. 항상 떨어졌을 것이다. 두 사람이 아무리 가까웠어도, 가까워지려 노력했어도, 그때까지 가까웠다 해도, 이제부터 둘 사이에는 15미터 정도의 거리가 있었다.

병원, 리오의 손을 잡은 지노. 지노는 결코 리오를 탓하지 않았다. 그는 리오에게, 아니 누구에게도 그 일에 대해 이야기하지 않았다. 그것을 견디지 못한 사람은 리오였다. 거리를 둔 사람은 리오였다.

아니야. 리오가 생각했다. 거리가 거기 있었어. 나는 틈을 좁히는 방법을 몰라서 더 넓힌 것뿐이야.

미미가 노래하고 있었다. **"저 사람은 떨어지고 있나요? 아니면 사랑에 빠지고 있나요?"**

그리고 리오는 학교 조회에서 추락, 즉 타락이란 천국으로부터의 추방이며 불타는 칼을 든 천사가 길을 막고 있는 것이라고 배웠던 기억이 났다.

그것이 내가 기억하는 곳이야. 리오는 느꼈다. 기쁨. 확신. 인정. 흥분. 보호. 그래.

아니야 하룻밤 생각해 봐 심사숙고해 하루 이틀 정도 시간을 가져 알게 될 거야 어쩌면 그러면 좋겠어 확실하지 않아.

그래 그래 그래 그래 그래.

추락의 또 다른 뜻인 가을은[+] 나뭇잎이 떨어지는 때였고 리오는 자기 껍질이 벗겨지는 느낌이 들었다. 그는 헐벗고 벌거벗은 기분이었다. 바람이 그를 통과해서 부는 기분이었다. 더 가벼워진 기분이었다. 그녀가 바닷가의 짭짤한 바람처럼 그를 통과해서 불었다. **"당신이 바다의 파도였으면 좋겠어요, 아무것도 하지 않고 그저 가만히 움직이기만 한다면 좋겠어요."**

"누굴 만났어." 그가 지노에게 말했다. "너한테 소개하고 싶어."

지노는 결혼식의 신랑 들러리였다. 결혼식 전날 밤 지노와 리오는 단둘이 외출했다. 리오는 지노가 자신을 보내기를, 그가 자신을 미미에게 넘겨주는 사람이기를 바랐다. 그 대신 리오는 지노에게 반지를 주었다. 원래 신랑 들러리가 신랑을 위해서 반지를 가져오는 것이니까.

지노가 상자를 열고 다이아몬드 반지를 꺼냈다. 리오는 큰돈을 썼다. 지노가 반지를 들고 불빛에 비춰 보았다. 그런 다음 자기 새끼손가락에 끼웠다. 리오는 행복하게 웃고 있었다. "미미는 나에게 과분해." 그가 말했다.

"과분하지 않게 잘해." 지노가 말했다. "절벽 너무 가까이로 밀지 말고."

[+] 영어로는 '추락'과 '가을'이 같은 단어 fall이다.

리오는 말을 하고 싶었다. 그가 침을 삼키고 입술을 적셨다. 지노가 고양이처럼 집중하며 그를 보았다. 그런 다음 지노가 반지를 빼서 셔츠로 닦아 상자에 넣고, 상자를 자기 주머니에 넣었다. 그가 두 사람 모두의 잔에 술을 한 잔 더 따르고 리오의 입술에 키스했지만, 너무 재빨랐기 때문에 일어나지도 않은 일 같았다.

음탕한 행성

Bawdy Planet

To your own bents dispose you: you'll be found,

Be you beneath the sky.

I am angling now,

Though you perceive me not how I give line.

Go to, go to!

How she holds up the neb, the bill to him!

And arms her with the boldness of a wife

To her allowing husband!

Gone already!

Inch-thick, knee-deep, o'er head and

ears a fork'd one!

Go, play, boy, play: thy mother plays, and I

Play too, but so disgraced a part, whose issue

Will hiss me to my grave: contempt and clamour

Will be my knell. Go, play, boy, play.

There have been,

Or I am much deceived, cuckolds ere now;

And many a man there is, even at this present,

Now while I speak this, holds his wife by the arm,

That little thinks she has been sluiced in's absence

And his pond fish'd by his next neighbour, by

Sir Smile, his neighbour: nay, there's comfort in't

Whiles other men have gates and those gates open'd,

As mine, against their will. Should all despair

That have revolted wives, the tenth of mankind

Would hang themselves. Physic for't there is none;

It is a bawdy planet, that will strike

Where 'tis predominant; and 'tis powerful, think it,

From east, west, north and south: be it concluded,

No barricado for a belly; know't;

It will let in and out the enemy

With bag and baggage: many thousand on's

Have the disease, and feel't not. How now, boy!

(1. 2. 176–203)

빌어먹을 멍청이, 무능한 개새끼!

캐머런이 웹캠을 설치했지만 소리가 안 들렸다! 리오가 히말라야산 흰색 쿠션을 모니터에 던졌다. 리오더러 뭘 하라는 걸까? 독순술이라도 해야 하나?

미미가 거기 있었다. 지노도 거기 있었다. 침실에. 같이.

지노가 진짜 침대에 진짜로 누워 있었다. 미미는 그와 함께 진짜 침대에 진짜로 누워 있지 않았지만 둘이 큼지막한 욕조에서 이미 섹스를 했을지도 몰랐다. 욕실에도 카메라를 달아야 했다.

미미가 옷방 문을 열었다. 그녀가 지노에게 뭐라 말했다. 리오가 사탕 포장지를 모니터에 던졌다. **그는 캐드버리 미니에그 초콜릿을 흡입하고 있었다.**

방금 뭐라고 했어 이 창녀야?

지노가 일어나서 옷방으로 갔다.

제길 젠장!

빌어먹을 옷방에도 빌어먹을 카메라를 달아야 했다. 어쩌면 둘이서 리버라치가 입을 것 같은 빌어먹을 인조 모피 코트 위에서 하고 있을지도 몰랐다. 리오는 집 전체에 웹캠을 달아야 했다. 미미의 보지에 웹캠을 달아야 했다. 그러면 리오는 그녀의 안에 앉아서 그것이, 포경수술을 한 그 쇠꼬챙이 같은 자지가 들어오는 모습을 뚜렷이 볼 것이다. 리오는 자궁 입구에 앉아서 입을 벌리고 지노가 벌레처럼 느릿느릿 들어오기를 기다릴 것이다.

리오가 줌 버튼을 눌렀지만 이미지가 흐릿해졌다. 캐머런은 얼마나 싸구려 장비를 산 걸까? 그때 지노가 허마이어니에게 팔을 두르는 모습이 보였다. 안 돼! 드레스 지퍼를 내리고 있었다! 리오가 이미지를 정지시킨 다음 **저장**을 눌렀다. 명백한 증거다. 하하. 지노는 분명히 섰을 거다. 리오 아내의 지퍼를 내리면서.

리오는 지켜보았다. 원피스가 벗겨졌다. 미미가 속옷 차림으로 침실로 걸어왔다. 아아, 그녀는 정말 사랑스러웠다. 커다란 가슴, 날씬한 팔, 아기가 들어 불룩한 배. 주 3회의 필라테스 덕분에 레슬링 선수처럼 단단한 엉덩이. 근사한 다리. 미미는 리오를 위해 허벅지까지 올라오는 스타킹을 신었다. 아니, 그녀는 지노를 위해서 허벅지까지 올라오는 스타킹을 신었다. 리오가 타이를 풀었다.

지노가 드레스를 들고 고개를 갸웃거리며 나왔다.

빌어먹을 게이 새끼 내가 볼 수 있게 뒤에서 저년한테 올라타지그래?

미미가 웃고 있었다. 그녀는 지노를 붙들고 중심을 잡으면서 드레스 안으로 들어갔다. 미미는 지노 곁에서 편안하다. 같이 잔 사람과만 저렇게 편할 수 있는 법이다. 미미가 꿈틀거리며 아기가 든 배 위로 드레스를 올린 다음 지노가 지퍼를 올릴 수 있도록 돌아섰다. 그가 지퍼를 올린 다음 엉덩이 부분의 매무새를 다듬었다.

그 길고 섬세한 손가락을 내 마누라 엉덩이에서 떼!

(그는 저 길고 섬세한 손가락이 자기 엉덩이에 닿았던 것을 기억했다.)

미미가 거울을 보더니(**거울을 보면서 하나?**) 다시 지노를 보았고, 지노는 이상한 표정을 짓고 고개를 흔들면서 손으로 메릴린 먼로처럼 모래시계 같은 몸매를 그리더니 태국의 여장 남자처럼 자신의 게이 같은 엉덩이를 진짜로 흔들었다.

이 변태 새끼가 뭐라는 거야?

허마이어니가 고개를 끄덕이더니 지노를 향해 완벽한 등을 돌렸다. 지노가 지퍼를 내려 주었다. 그가 미미의 목에 키스했다—잠깐 닿았다 떨어졌을 뿐이지만 키스는 키스였다. 그런 다음 지노가 옷방으로 사라졌다가 다른 드레스 두 벌을 죽은 토끼 두 마리처럼 양손에 높이 들고 나왔다.

미미가 그중 하나를 가리키자 팬터마임이 다시 시작되었다. 지퍼를 올리고, 흔들고, 입술을 삐죽 내밀고, 미소 짓고, 웃음을 터뜨리고, 거울에 비춰 보고, 머리카락을 넘기고, 고개를 튕기고.

이 역겨운 것들 니들은 씹도 못 하냐 그냥 해 버려

그때 침실 문이 열리고 폴린이 들어왔다.

리오는 토할 것 같았다. 폴린! 폴린도 한패였다. 그녀가 두 사람을 감싸고 있었다. 두 사람이 리오의 코밑에서 자고 다녔는데, 폴린도 그걸 알고 있었다.

이 못생긴 창녀 쟤들이 씹하는 거라도 보여 주던?

폴린이 지노에게 무슨 종이를 건넸다. 리오가 다시 **줌** 버튼을 눌렀다. 하지만 건진 거라고는 아랍어로 쓴 듯한 글씨밖에 없었다.

리오는 사무실에서 일하면서 모두를 위해 돈을 벌고 있는데 저들은 리오의 집에서 난교를 벌이고 있다.

다들 지노와 함께 지내는 것을 좋아했기 때문에 리오의 집에는 지노의 방도 몇 개 있었다.

당연히 지노랑 함께 지내는 게 좋았겠지 자지나 빠는 창녀들

리오는 폴린이 시칠리아의 공동 경영자라는 사실을 잊었다.

내가 크리스마스마다 앤테일러 상품권을 주는데도 막스앤스펜서 투피스만 입는 음탕한 년

리오는 지노가 호텔에서 지내도 될 만큼 충분한 돈을 번다는 사실을 잊었다.

저년이랑 할 침대 빌릴 돈도 없어서 내 침대를 쓰냐

리오는 미미 역시 돈을 벌고 자기 집도 있다는 사실을 잊었다.

길거리로 내쫓을 거야 창녀 같으니

세 사람 모두 포주에 뚜쟁이에 창녀에 도둑이었다.

그가 그들을 죽일 것이다.

이제 어쩔 건데?

미미는 알몸이었다. 속옷도 벗었다. 알몸. 폴린이 침대에 앉아서 지노와 이야기를 나눴다. 이게 뭘까? 〈조지 수녀의 살해〉*? 폴린이 레즈비언이었다! 그래, 말이 된다! 폴린은 남자를 가질 수가 없어서 매춘을 중개해야 하는 것이다. 그녀는 술에 취한 못생긴 레즈비언이었다. 음, 그래, 폴린은 술을 안 마신다. 위스키 한 병이라도 같이 마신다면 나를 거짓말쟁이라 불러도 좋다. 그녀는 멀쩡한 정신의 못생긴 레즈비언이다.

셋이서 하는 거군!

폴린이 막스앤스펜서의 평범한 투피스와 거기에 어울리는 재킷을 벗으려는 참이었다. 저 밑에는 커다란 막스앤스펜서 팬티와 걸이용 화분 같은 끈 넓은 꽃무늬 브래지어, 어쩌면 스팽스 허리 보정 속옷 어쩌고 하는 것까지 있을지 모른다. 리오는 스팽스를 알았다. 거기 투자도 했다. 폴린이 두꺼운 팬티스타킹을 내리고 아내의 성기에 무채색 군살 70톤—그래 좋다, 70킬로그램—짜리 중년의 몸을 문지를 것이다. 미미 위에 올라탄 그녀의 축 처

✦ 로버트 올드리치 감독의 1968년 작. 텔레비전 드라마에서 명랑한 수녀 역을 맡은 중년의 여배우와 그녀의 젊은 동성 연인, 방송국 여자 간부 사이에서 벌어지는 이야기를 그린 영화이다.

진 가슴. 폴린이 위인가? 리오는 레즈비언 섹스에 대해서 포르노 사이트에서 본 것밖에 몰랐지만 위와 아래가 있어야 한다고 확신했다. 하지만 미미는 임신 8개월째다, 누워서는 섹스를 할 수 없다. 미미가 아래가 될 수 없다면, 그렇다고 위가 될 수도 없었다, 빌어먹을, 그녀는 아직 그의 아내였다. 그렇다면 옆이 틀림없다. 레즈비언은 위랑 아래 말고 옆도 있나? 분명히 있을 거다. 찾아봐야겠다. 벌거벗은 그의 아내가 옆으로 누워서……

폴린이 신발을 벗고 침대에 다리를 올리더니 거대한 핸드백을 뒤지기 시작했고—여자들은 저기 뭘 넣고 다니는 걸까?—그때 리오는 깨달았다, 딜도가 틀림없다.

폴린이 벨트가 달린 20센티미터짜리 자주색 실리콘 딜도를 꺼내고 있었다. 커다란 팬티가 내려왔다. 허리에 벨트가 채워지고, 아래쪽의 뻣뻣한 회색 털들 사이에서 비어져 나온 좀먹은 독일 테디베어 같은 음모 위로 배가 출렁 내려왔다.

사실 폴린은 핸드백 안의 수수께끼 같은 내용물을 아직도 뒤적이고 있었다. 그녀가 꺼낸 것은 안경, 아이폰 그리고…… 폴린의 손에 잡힌 길고 빨간 가죽 물체가 나타났다.

잠수함만 한 바이브레이터구나 성인용품 가게나 다니는 음탕한 년!

그것은 필통이었다. 폴린이 자리를 잡고 앉아서 《가디언》의 십자말풀이를 하기 시작했다.

유대인 빨갱이!

침실 문이 열렸다. 리오가 평생 처음 보는 예쁜 여자가 지퍼 달린 비닐 정장 커버를 들고 나타났다.

빌어먹을 내 침실에서 나가 콜걸!

지노가 그녀에게서 정장 커버를 받았다.

간호사복을 입고 섹스 파티를 하는구나!

정장 커버 안에는 딱 떨어지는 파란색 리넨 양복과 딱 붙는 흰색 라인스톤 브이넥 티셔츠가 들어 있었다. 지노가 침대에 옷을 놓은 다음 셔츠를 벗기 시작했다. 리오는 입이 바싹 말랐다. 소년같이 날씬한 친구의 가슴과 등. 추락으로 생긴 어깨의 흉터가 아직도 보였다. 폴린이 지노의 몸을 보고 있었다. 한쪽 젖꼭지를 꿰뚫은 작은 금색 링. 귀에 달린 작은 금색 링. **폴린의 허리가 점점 올라갔다. 그녀의 손이 사타구니를 향하더니 치마를 걷어 올렸다. 지노가 폴린에게 다가가 그녀 위에 걸터앉았다. 그때 미미가 옷방에서 나와서 침대로 다가가더니 지노에게 몸을 밀착시켰다. 그가 몸을 돌리고 혀로 미미의 목을 핥았다.**

하지만 미미는 아직 옷방에 있었다. 그리고 다시 나타났을 때는 검정 민소매 초미니 드레스 차림이라 배 속에 온 세상이 들어 있는 것처럼 보였다.

지노가 배에 손을 얹었다.

미미가 그의 손에 자신의 손을 포개더니 갑자기 화장대 의자에 주저앉았다. 지노가 그녀에게 물을 가져다주었다.

폴린이 일어서서 뭐라고 말했다. 미미가 고개를 끄덕이더니 침대로 갔다. 그녀가 누웠다. 폴린이 그녀의 머리 밑에 베개를 받쳐

주었다.

저 새끼의 거대한 물건을 빨라고!

미미의 손이 불룩 솟은 지노를 감쌌다. 그녀가 지노의 청바지 지퍼를 내리고 자지를 꺼냈다. 지노는 팬티를 입고 있지 않았다. 임신을 한 그녀가 지노를 보며 옆으로 누워서 그의 자지 끄트머리에 키스를 했고 그가 그녀의 머리를 쓰다듬었다. 그런 다음 미미가 입안 가득 그를 넣었다.

리오는 발기했음을 깨달았다. 그는 모니터 앞에 서서 바지 앞섶의 지퍼를 내린 다음 거칠게 쓰다듬으며 재빨리 볼일을 봤다. 그가 자신을 뿌린 모니터 속에서는 아내가 침대에 누워 쉬고 있었고 그의 제일 친한 친구가 그녀의 옆에 가만히 서서 물 잔을 건네고 있었다.

이게 아무것도 아니라고?

Is This Nothing?

Is whispering nothing?
Is leaning cheek to cheek? is meeting noses?
Kissing with inside lip? stopping the career
Of laughing with a sigh?--a note infallible
Of breaking honesty--horsing foot on foot?
Skulking in corners? wishing clocks more swift?
Hours, minutes? noon, midnight? and all eyes
Blind with the pin and web but theirs, theirs only,
That would unseen be wicked? is this nothing?
Why, then the world and all that's in't is nothing;
The covering sky is nothing; Bohemia nothing;
My wife is nothing; nor nothing have these nothings,
If this be nothing.

(1. 2. 279-291)

미미와 지노, 폴린은 라운드하우스로 가는 길이었다.

열차 차고지로 쓰던 건물이었지만 지금은 연극과 음악 공연장이었다.

지노는 설득을 당해서 조금 더 머물기로 했다.

"리오는 대체 왜 그러지?" 자동차가 런던 동물원을 지날 때 지노가 말했다. "엉덩이가 아픈 곰 같아."

"리오는 머슈거너예요." 폴린이 말했다.

"머슈거너가 뭐예요?"

"미쳤다고요! 평생 하고 싶은 대로 하고 살아서 감정과 욕구, 분노, 정서를 통제 못 하는 거예요. 전형적인 우두머리 수컷이죠. 그런 사람들은 성장하지를 않아요, 더 비열해질 뿐이죠."

"아기 때문이야." 미미가 말했다. "아이를 더 갖고 싶어 하지 않

있어."

"괜찮을 거야." 폴린이 말했다. "리오가 마음은 착하잖아."

"리오는 이제 날 사랑하지 않아."

지노와 폴린이 미미를 보았다. 그런 다음 두 사람이 동시에 말하기 시작했다.

물론당신을사랑하지당신을숭배해그는당신을아무리봐도만족하지못해당신이리오를사람만들었어리오는당신이없으면자기삶이텅빌거라는사실을알아아이를낳기전에우울해지는건정상이야리오가관심을기울이지않는건알지만그는당신일거수일투족을지켜보고있어.

"바람을 피우는 것 같아."

지노와 폴린은 말이 없었다.

"우리가 처음 만났을 때 말이야." 미미가 말했다. "리오는 태연한 척 엄청나게 허세를 부렸어. 자동차로, 레스토랑으로, 검은색 아메리칸 엑스프레스 카드로, 개장 시간이 아닐 때 박물관이나 미술관에 특별 출입하는 걸로 좋은 인상을 주려고 했지. 내가 그런 걸 좋아할 줄 알고. 우리는 루브르 박물관이랑 오르세 미술관이 닫았을 때 들어갔어. 리오가 개인 안내원을 불렀지. 리오는 〈모나리자〉랑 〈세상의 기원〉을 가까이에서 보고 싶어 했어."

"슈퍼모델과 포르노 스타라." 지노가 말했다. "리오답네."

"리오는 두 그림의 엽서를 사서 호텔로 가는 자동차에 앉아서 봤어. 그가 말했지. '성모 마리아 다음으로 세상에서 제일 유명한 여자예요. 하지만 성모 마리아가 어떻게 생겼는지는 아무도 모르죠.' 그런 다음 〈세상의 기원〉을 봤어.

내가 말했어. '그건 포르노예요. 얼굴이 안 나오잖아요. 정체가 없죠.' 리오는 흥분했어. 그가 말했지. '포르노처럼 그려졌지만 포르노를 설명하기도 하죠. 두 그림을 나란히 놓으면 남자가 여자를 위협적이라고 생각하는 이유가 나와요. 세상은 당신 몸에서 나오고……' (그가 나를 향해서 〈모나리자〉를 흔들었어.) '당신 머리에 뭐가 들어 있는지 우리는 모른다. 그게 얼마나 무서운지 알아요?'"

"리오가 그렇게 말했어?"

"응. 그리고 자기 어머니가 아버지를 어떻게 떠났는지도 말했어. 어머니가 작별 인사를 하러 왔지만 자기는 어머니가 왜 떠나는지 몰랐고, 어머니가 리오가 너무 어려서 이해하지 못한다고 말했다고. 또 '이제 난 다 큰 어른이지만 아직도 이해를 못 하겠어요'라고 말했어."

"그런 다음에는?"

"그런 다음 엽서를 두 조각으로 찢어서 창밖에 버렸지."

"왜 나한테 한 번도 얘기 안 했어?"

"그런데 왜 바람을 피운다고 생각해?" 폴린이 말했다.

"리오는 소유욕이 강하지만 누구와든 가까워지는 걸 두려워해.

다른 사람을 만나는 걸로 나를 밀어내는 거야."

아니면 그냥 당신을 밀어내는 것일지도……라고 지노는 생각했지만 말하지 않았다.

미미가 음향 담당자와 무대에 올라갔다.

"지노!" 폴린이 말했다. "이리 와요, 얘기 좀 해요."

"무슨 일이에요, 폴린?"

"불안해요. 오랜 격언이 있어요, 문제가 있는 곳에 더 많은 문제가 있다. 미미의 말이 맞아요. 리오는 벌써 몇 주째 미친 사람처럼 굴어요. 당신한테 무슨 말 안 했어요? 아기에 대해서? 미미에 대해서?"

"아니요. 평소보다 더 짜증을 내기는 했지만 친구니까 그냥 잊어버렸죠. 나 알잖아요, 문제가 생기면 피해요."

"다른 사람을 만나는 것 같아요?"

지노가 고개를 저었다. "반대예요. 누굴 만나는 것 같진 않아요, 그게 문제죠. 리오는 자기 세상에 갇혀서 눈이 멀었어요. 일 때문이라고 생각했는데. 거리를 두고 있어요, 맞죠?"

"그래요, 거리를 두는 것만큼은 정말 잘하죠. 하지만 그게 다가 아니에요. 지노, 왜 떠나는 거예요?"

"할 일이 있어요. 아들한테 내가 필요해요. 하지만 솔직히 말하면, 맞아요, 환영받지 못할 만큼 너무 오래 머물렀다는 기분이 들어요."

"당신은 가족이에요."

"당신은 유대인이죠."

"그러니까 저를 이용해서 행복한 대가족이 되자고요. 환상이지만 좋은 환상이잖아요."

"늦어도 월요일에는 가야 해요."

"미미는 친구가 필요해요. 리오는 불안정하고요."

"우리 모두 불안정하죠. 리오는 불안정한 사람을 그린 만화 같고요, 그뿐이에요."

"리오는 불안정한데 알고 보니 그게 평소 모습인 사람의 만화 같아요."

리오는 흰 사무실의 흰 소파에 누워서 이륙하는 비행기들을 보고 있었다. 그는 로이스 레인이 자동차 안에서 죽자 슈퍼맨이 지구 주위를 아주 빨리 돌면서 축을 바꿔서 시간을 되돌리는 〈슈퍼맨〉 영화를 생각하고 있었다. 댐이 폭발하지 않는다. 로이스 레인이 죽지 않는다.

내가 어떻게 해야 미미가 죽지 않을까?

미미는 죽지 않았어, 곧 아이를 낳을 거야.

내 마음속에서 그녀는 죽었어.

네 마음 따위 누가 신경 쓴대?

내가. 마음의 평화가 필요해.

리오는 과거를 생각하고 또 생각했다. 은행에서 그를 영국으로 다시 발령했다. 리오는 미미에게 같이 가자고, 결혼하자고 했지만 그녀가 거절했다. 그가 떠났다. 리오는 그녀에게 전화하지 않았다. 미미도 그에게 전화를 하지 않았다.

그런 다음⋯⋯

그런 다음 그는 지노에게 파리로 가서 그녀를 찾아보라고 부탁했다.

지노는 유로스타를 타고 파리 북역에 내려 지하철 4호선을 타고 시테 역까지 갔다. 그런 다음 파리 경시청을 지나 센 강을 건넜다. 노트르담 성당이 그의 왼쪽에 있었다. 책방 셰익스피어 앤드 컴퍼니가 바로 앞에 있었다. 지노는 어느 해 여름에 여기서 일했고, 책 더미들 사이의 벼룩 먹은 여러 개의 침대 중 하나에서 잤다.

그가 길을 건널 때 화를 잘 내는 책방 주인 조지 휘트먼이 빨간색 모터 달린 낡은 자전거에 앉아서 미미에게 이야기하는 모습이 보였다.

조지는 예쁜 여자들을 좋아했다. 그는 이제 80대였고 딸이 스물몇 살이었는데, 이 사실은 그에 대해서 많은 것을 말해 주었다. 휘트먼은 책과 작가들을 정말 좋아했다. 작가가 아닌 남자들은 보통 조지와 사이가 나빴다. 지노도 예외는 아니었다.

지노가 다가갔다. 조지가 얼굴을 찌푸렸다. "누구야?"

지노가 손을 내밀었다. "안녕하세요, 휘트먼 씨―지노예요. 여기서 일했었는데…… 저는……"

"지노? 무슨 이름이 그따위야?" 조지가 말했다. "당신 같은 사람 몰라."

"제 친구예요." 미미가 말했다.

조지가 고개를 끄덕이면서 모터 자전거에 시동을 걸었다. 배기관이 관광객들에게 가스와 연기를 내뿜었다.

"한 시간 동안 나갔다 올 테니 친구한테 같이 가게 좀 보자고 해." 조지가 말했다. "돈 너무 많이 잃지 말고."

"안녕, 지노." 미미가 말했다. "파리에 잘 왔어."

미미가 가게로 들어가서 정문이 마주 보이는 금전등록기 서랍 뒤에 앉았다. "종종 가게를 봐 줘."

"사람들이 알아보지 않아?"

"닮은 사람인 줄 알아. 나야 당연히 날 닮았으니까."

지노가 책 사이를 돌아다녔고 미미는 미국 관광객들을 매료시켜서 뭐든지 두 개씩 사게 만들었다.

"서점 같은 게임을 만들고 싶어." 지노가 말했다. "층, 레벨, 이야기, 시가 있는 게임. 자신을 잃은 다음 다시 찾을 기회. 같이 할래? 여자가 필요해."

"왜?"

"당신은 세상을 다르게 보니까."

"난 게임에 관심 없어."

"그래서 당신 도움이 필요한 거야. 시간이 돌고 돌게 만들 거야, 마야력처럼. 게임의 각 레벨이 시간적 틀이 되는 거지. 구체적으로 정해져 있지만 구멍이 있기 때문에 다른 레벨에서도 날 볼 수 있어, 나도 다른 레벨을 알 수 있고. 서로 다른 레벨에서 동시에 진행할 수 있을지도 몰라, 아직 모르겠어. 잃어버린 것에 대한 게임이라는 건 알겠지만."

"그게 뭔데?"

"당신이 말해 봐. 뭐가 빠졌지?"

미미는 슬퍼 보였다. 그녀는 대답하지 않았다. 그러다가 미미가 말했다. "리오가 시켰어?"

"응…… 미미, 내가 왜 왔는지 알지. 리오는 당신을 사랑해."

"너무 사랑해서 1년 동안 전화도 안 했나?"

"당신은 전화했어?"

미미는 아무 말도 하지 않았다.

조지가 새 고양이를 안고 툴툴거리며 돌아왔다. 그러더니 고양이가 자리를 잡을 때까지 다들 가게에서 나가라고 했다. 미국인들과 책을 사랑하는 사람들 모두 거리로 쫓겨나고 조지가 요란하게 문을 잠갔다.

"이러면 장사에 나쁘지 않습니까?" 지노가 물었다.

"돈을 잃지 않는 건 가게 문 닫는 동안뿐이야. 아무도 책을 훔치지 않으니까."

쾅.

미미와 지노는 가게 앞에 있었다. 그녀는 웃고 있었다. 미미가 그의 손을 잡았다.

"지금·우리한테 필요한 건 바닷가재야." 그녀가 말했다.

"먹자고?"

"같이 산책하는 거야. 제라르 드 네르발 알아?"

지노는 몰랐다.

"당신도 정말 좋아할 거야. 내가 좋아하는 프랑스 시인이야. 애완동물로 바닷가재를 키웠는데, 목줄을 채우고 센 강을 산책했지."

"어떻게 됐어?"

"바닷가재?"

"시인."

지노가 잠시 미미의 어깨를 감쌌다.

미미가 말했다. "19세기였어. 오스만 남작이 옛날 파리의 빈민가와 뒷골목과 길모퉁이를 부수기 전이지. 그때 파리는 중세도시였어. 제라르 드 네르발은 우리 집이랑 비슷한 건물에 살았어. 작은 방과 작은 창들이 작은 안뜰을 둘러싸고 있는 17세기 건물이었지. 가운데 네모나게 보이는 하늘이 뚜껑 같았고.

네르발은 신분이 낮은 사람과 사랑에 빠졌고 스스로를 수치스러워했어. 어느 날 밤 그는 거대하고 마제스튀외*한 천사가 안뜰에 떨어지는 꿈을 꿨어. 천사가 떨어지면서 날개를 접는 바람에

✦ 프랑스어로 '장엄한'.

안뜰에 갇혔지. 깃털들이 창문을 통해서 어두운 아파트로 들어갔어. 어느 노파가 베갯속을 채우기 시작했지.

천사가 날개를 펴고 벗어나려고 하면 건물이 무너졌을 거야. 하지만 날개를 펴지 않으면 천사가 죽겠지.

며칠 뒤 제라르 드 네르발은 지하실에서 길거리의 하수구 창살에 목을 매고 죽었어. 거리를 지나던 남자가 밑을 내려다보다가 어둠 속에서 혼자 대롱거리는 네르발을 발견했지."

"끔찍한 이야기네." 지노가 말했다.

"하지만 당신이라면 어떻게 하겠어?" 미미가 말했다. "주변 모든 것을 파괴해야 자유로워질 수 있다면?"

"그러지 않을 경우 죽는다면 말이야?" 지노가 말했다.

"응, 그러지 않을 경우 죽는다면."

8월이었다. 센 강둑은 플라주*와 길거리 음식을 파는 노점, 임시 술집이 뒤섞인 해변이라는 환상으로 변했다. 날씨가 뜨거웠다. 사람들은 편안했다.

지노가 말했다. "리오 말인데……" 미미가 고개를 끄덕이고 안심시키려는 뜻으로, 또 이해한다는 뜻으로 그의 손을 꼭 쥐었다.

한동안 두 사람은 침묵 속에서 걸었다.

지노는 좋아하는 여자와 손잡는 것을 좋아했다. 그는 여자가

＊ 프랑스어로 '해수욕장'.

좋았다. 너무 가까워지지만 않는다면. 하지만 여자들은 항상 지나치게 가까워졌다, 혹은 가까워졌다고 생각하거나 가까워지려고 애썼다. 남자들이 더 편했다. 섹스는 간단했고 종종 이름도 몰랐다. (단 하룻밤의) 사랑이라는 이름의 어둡고 낯선 사람.

지노는 지나친 친밀함을 어찌하지 못했다. 그는 외롭고 내향적이었고 열정이 있었는데, 사람들은 그 열정을 사교성과 착각했다. 지노는 모든 것에 관심이 있었고, 사람들을 신경 썼고, 정말 친절했고, 곁에 있을 때는 온전히 곁에 있었다. 그러나 지노는 밤에 문을 닫는 것이, 또는 혼자인 것이 전혀 아쉽지 않았다.

리오는 미미에게 한 번 더 기회를 달라고 부탁하려고 지노를 보냈다.

"내가 만나면 다 망칠 거야. 네가 설명해."

"내가 뭐라고 하면 좋겠어?"

"몰라! '사랑한다'는 말을 길게 풀어 봐."

리오가 지노에게 악필로 쓴 종이 한 장을 주었다. "이게 길게 푼 거야."

지노가 그것을 보았다. 그는 웃음을 터뜨릴 뻔했지만 친구가 너무 처량하고 불안해 보였기 때문에 고개만 끄덕이면서 읽었다.

"고심해서 썼어." 리오가 말했다.

1) 내가 당신 없이 살 수 있을까? 응.

2) 당신 없이 살고 싶을까? 아니.

3) 당신 생각을 자주 할까? 응.

4) 당신이 보고 싶을까? 응.

5) 다른 여자랑 같이 있을 때 당신 생각을 할까? 응.

6) 당신이 다른 여자와 다르다고 생각할까? 응.

7) 내가 다른 남자와 다르다고 생각할까? 아니.

8) 섹스 때문에 이러는 걸까? 응.

9) 단지 섹스 때문에 이러는 걸까? 아니.

10) 전에 이런 느낌을 가져 본 적이 있을까? 응, 아니.

11) 당신을 만난 이후로 이런 느낌을 가져 본 적이 있을까? 아니.

12) 왜 당신과 결혼하고 싶을까? 당신이 다른 사람이랑 결혼한 다는 생각이 싫어서.

13) 당신은 아름다워.

둘이 한동안 걷다가 물을 마시려고 파란색 근사한 병에 든 로⁺ 를 파는 바에 들렀을 때, 지노가 종이를 꺼내서 미미에게 주었다. 그녀가 웃기 시작했다. "아니, 잘 들어." 지노가 말했다. "서툴지만 진심이야. 이건 리오가 마음을 정하는 방식이야."

미미가 고개를 저었다. "모르겠어."

"그럼 좋다고 해." 지노가 말했다.

⁺ 프랑스어로 '물'.

"푸르쿠아✦?"

두 사람은 계속 걸었다. 그들은 흐름으로서의 삶에 대해서 이야기했다. 무에 대해서. 환영에 대해서. 실천에 의해 훼손되는 이론으로서의 사랑에 대해서. 이론에 의해 훼손되는 실천으로서의 사랑에 대해서. 그들은 섹스의 불가능성에 대해서 이야기했다. 남자에게는 섹스가 다를까? 남자와의 섹스는? 사랑에 빠지는 것은 어떤 느낌일까? 사랑에서 벗어나는 것은?

그리고 우리는 왜 통베✦✦ 할까? 추락하기 위해서?

"어떤 이론이 있어." 지노가 말했다. "기독교가 처음 생겼을 때 영지주의파✦✦✦가 기독교에 맞서려고 시작한 이론이야. 우리가 사는 이 세상을 만든 건 항상 자리를 비우는 신이 아니라 추락자, 루시퍼 같은 인물이라는 거지. 일종의 흑천사야. 우리는 죄를 짓거나 지위를 잃은 게 아니야, 우리 잘못이 아니었지. 우리는 이렇게 태어났어. 우리가 무얼 하든 그건 결국 추락이야. 걷는 것조차 일종의 잘 통제된 추락이지. 하지만 실패와는 달라. 우리가 이걸 안다면—영지靈智, 그러니까 안다는 거야—고통을 견디는 게 더 쉬울 거야."

"사랑의 고통 말이야?"

✦ 프랑스어로 '왜'.
✦✦ 프랑스어로 '쓰러지다'.
✦✦✦ 선택받은 자에게만 주어지는 영적인 지식 또는 그 지식 위에 형성된 종교 체계를 주장하는 사상.

"그것 말고 뭐가 있어? 사랑. 사랑의 결핍. 사랑의 상실. 나는 지위와 권력이—죽음에 대한 두려움도 그렇고—별개의 동인이라고 생각한 적이 한 번도 없어. 우리가 서 있는 곳, 혹은 추락이 시작되는 곳은 바로 사랑이야."

"한 사람에게 결코 구속되지 않는 남자치고는 낭만적이네."

"난 그 생각이 좋아." 지노가 말했다. "하지만 달에서 산다는 생각도 좋지. 슬프게도 38만 킬로미터나 떨어져 있고 물이 없지만."

"하지만 당신은 내가 리오랑 결혼하기 바라기 때문에 여기 온 거잖아."

"난 말을 전할 뿐이야."

두 사람은 남자 몇 명이 불 게임*을 하고 있는 삼각형 광장의 레스토랑까지 걸어갔다. 어떤 남자가 빨간색 테니스공을 던져서 달마티안 두 마리를 운동시키고 있었다. 검정과 하양과 빨강. 검정과 하양과 빨강. 날이 저물면서 점점 시원해졌다.

두 사람은 아티초크와 대구 요리를 주문했다. 지노가 미미의 옆자리에 앉았고 미미는 메뉴를 보면서 그에게 이야기했다.

"당신은?" 미미가 지노에게 물었다.

"난 미국으로 갈 거야, 게임 일이 그쪽이야."

"하지만 내 주변에 있을 거지?"

✦ 공을 굴려서 다른 공을 맞히는 게임.

"항상 주변에 있을게."

우리에게 육체가 없으면 어떨까? 영혼들처럼 대화를 나눈다면? 그러면 나는 눈치채지 못하겠지, 당신의 미소를, 당신의 곡선을, **당신 눈 앞으로 떨어지는 머리카락을**, 솜털 때문에 갈색으로 보이는 테이블 위 당신 팔을, **의자 가로대에 발을 올리고 부츠를 잠그는 당신의 모습을**, 내 눈은 회색이고 당신 눈은 초록색이라는 것을, **당신 눈은 회색이고 내 눈은 초록색이라는 것을**, 당신은 비뚤어진 입을 가졌고 당신은 작지만 다리는 내가 끝맺지 못하는 문장처럼 길다는 것을, **당신의 손은 섬세하다는 것을**, 내가 **프랑스어로 된 메뉴를 읽으면서 뭐가 있는지 설명하는 말을 들으려고 당신이 가까이 다가앉는 방식을**, 나는 당신의 억양이, 당신이 영어를 말하는 방식이 좋다는 것을, 지금까지 누구도 당신처럼 대구를 '해덕haddock'이 아니라 '애덕addock'이라고 말한 적 없다는 것을, 그건 이제 더 이상 훈제 생선이 아니라 그 단어(머릿속에 떠올랐다가 사라진 단어는 사랑이야)처럼 들린다는 것을. **당신은 맨 위 단추를 항상 그렇게 열어 둬? 딱 하나만? 동물의 발처럼 살짝 보이는 털을 보고 내가 당신 가슴을 상상할 수 있게?** 그녀는 금발이 아니야. 아니지. 그녀의 머리카락은 원래 어두운색 같지만 나는 그녀가 드문드문 염색한 것이 좋아, 그녀가 테이블 밑에서 신발을 벗는 게 좋아. 당황스러워, 우리가 이야기를 나눌 때 당신이 나를 보는 눈길이. **우리 무슨 이야기를 하고 있었더라?**

미미가 바바오롬*을 주문하자 웨이터가 세인트제임스 럼을 병째로 가져와서 테이블에 쿵 내려놓았다.

그녀가 말했다. "가끔 난 헤밍웨이가 돼, 오전 11시에 굴과 함께 샹베리 카시스를 먹지. 나중에는 영감을 얻으려고 세인트제임스 럼을 마시고. 진짜 엄청나."

지노가 냄새를 맡았다. 바비큐 연료 같다. 하지만 어쨌든 한 잔을 따랐다.

미미가 자기 커피를 마셨다. 어떤 커플이 드라이클리닝 때문에 싸우면서 지나갔다. 누군가를 만나서 그 사람이 당신의 옷을 벗길 때까지 기다릴 수 없다가도 1년만 지나면 드라이클리닝 문제로 싸운다. 우리는 원래 불완전하게 만들어져 있다.

하기는 아름다움은 완벽하기 때문에 아름다운 게 아니잖아, 지노가 생각했다.

미미는 반딧불처럼 눈을 반짝이며 맨다리로 무릎을 세우고 앉아 있었다.

지노가 미소를 지었다. 리오의 목록 13번이 뭐였더라? **당신은 아름다워.**

두 사람이 저녁 식사를 마치고 레스토랑에서 나오려는데 삼각형 모양의 모래 광장 건너편 창가에서 누가 잭슨 브라운의 〈스테이〉를 틀었다.

◆ 럼주에 적신 스펀지케이크.

지노가 춤을 추기 시작했다. 미미가 그의 양손을 잡았다. 두 사람이 서로 껴안고 미소를 지으며 춤을 추었다. "곁에 있어요……조금만 더."

"제라르 드 네르발 시집 필요해?" 미미가 말했다. "셰 무아†에 하나 있어."

두 사람이 손을 잡고 생쥘리앵르포브르의 아파트로 걸어갔다.

계단은 어두웠다. 지노는 건물을 따라 굽이굽이 올라가는 17세기 철제 난간을 손으로 쓸었다. 좁은 층계가 계속 반복되는 꿈처럼 층계참마다 동그랗게 꺾였고 다른 집 문들은 닫혀 있었다.

미미가 자기 아파트 문을 열었다. 바깥에서 들어오는 가로등 불빛이 유일한 빛이었다. 그녀는 길쭉한 덧창을 닫지 않았다. 미미가 창가로 가서 액자 같은 창가에 파란 원피스 차림으로 노란 빛을 받으며 서 있었다. 마티스의 컷아웃 작품 같았다.

지노가 가서 그녀 뒤에 섰다. 그가 현관문도 닫지 않았고 너무 조용히 움직였기 때문에 미미는 그가 다가오는 소리를 듣지 못한 듯했다. 지노는 그녀가 무슨 생각을 하고 있을까 궁금했다.

이제 그가 미미의 바로 뒤에 섰다. 그녀는 라임과 민트 향기를 맡았다. 미미가 뒤돌았다. 뒤를 돌자 바로 앞에 지노가 있었다. 그와 부딪쳤다. 지노가 그녀를 안았고 미미가 그의 가슴에 머리

---

† 프랑스어로 '우리 집'.

를 기댔다.

잠시 두 사람은 그렇게 서 있었고, 그런 다음 미미가 그의 손을 잡고 자기 침대로 이끌었다. 아파트 안쪽에 놓인 커다란 리 바토[✦]였다. 그녀가 손을 들어 지노의 목덜미를 쓰다듬었다.

바깥 층계참의 전깃불, 계단을 오르는 발소리, 날씨가 덥다고 불평하는 어느 여자의 억센 프랑스 억양. 투덜거리며 대답하는 남자. 두 사람은 장 본 것을 들고 미미의 아파트를 지나쳐 천천히 올라갔고, 열린 문 안쪽을 흘긋 보지도 않았다.

그런 다음 지노가 재빨리 계단을 내려갔다.

콘서트 날 밤이었다. 라운드하우스는 테이블에 앉은 손님들로 가득 찼다.

리오는 **나는 1퍼센트이다**라고 적힌 티셔츠를 입고 있었다.

"그거 벗어." 폴린이 말했다.

리오가 티셔츠를 벗었다. "웃통 벗고 식사를 하라는 거야?"

"철 좀 들어."

리오는 저녁 식사를 하러 오지 않았다. 사라진 것 같았다. 사실 그는 무대와 테이블이 차려진 곳 위층의 관객석에서 자신이 비용을 지불한 행사를 지켜보고 있었다. 행사는 잘 진행되고 있었다. 입찰 경매로 이미 50,000파운드 넘게 모금했다.

✦ 배 모양의 침대.

"리오는 도대체 어디 있는 걸까요?" 폴린이 지노에게 물었다.

리오는 그림자 속에 앉아서 미미가 노래하기를 기다리고 있었다. 미미는 무대에 오르자 금방 자신감을 찾았다. 그녀에게는 자연스러운 일이었다. 박수 소리가 잦아들자 미미는 곧 아기가 될 8개월째의 배에 한 손을 얹고 자신의 아이가 안전하다는 사실을 안다는 것이 어떤 기분인지에 대해서 연설을 했다. 아이에게 미래가 있으리라는 사실을. 어머니가 되어도 안전하다는 사실을. 아이가 되는 것이 안전하다는 사실을. 두려움 없이 아이를 낳는다는 것. 미미는 여자로서, 어린 남자아이의 어머니로서, 그녀 안에 깃들인 새로운 생명의 어머니로서 말했다. 생명의 기적. 아기를 가진 모든 여자는 아기가 미소 짓기를, 자라기를, 사랑이 뭔지 알기를 바라지 않는가?

그런 다음 미미가 노래를 불렀다. 세 곡. 사람들이 열광했다. 갈채가 멈추지 않았다. 청중 가운데 어떤 남자가 소리쳤다. "5천이면 앙코르는 해야지!"

"개새끼." 위층 회랑에서 리오가 말했다. "5천 파운드로 내 아내를 살 수 있을 줄 알아? 그 돈으로는 저 여자 귀걸이 한 짝도 못 사."

리오가 아래를 내려다보았다. 지노가 테이블에 팔꿈치를 올리고 턱을 괴고서 눈으로 미미를 좇고 있었다. 그녀가 지노에게 윙크했다.

리오가 의자에 앉은 채 몸을 뒤로 기울였다. 떨어졌다. 쾅 소리가 났다. 사람들이 위를 올려다보았다. 미미가 위층 관객석을 흘 긋 보았다. 그녀가 리오를 보았다. 리오가 미미의 얼굴을 보았다. 1,000분의 1초 단위로 스치는 혼란, 불안, 그리고, 뭐지…… 두려 움?

하지만 그녀는 노래를 부르고 있었다. 미미는 프로였다. 그녀 는 노래를 끝까지 부르고, 갈채를 받고, 미소를 지었다. 미미가 손을 들었다. 배를 만졌다. 그녀가 무대에서 내려갔다.

리오가 위층 관객석에서 무대 뒤로, 분장실 쪽으로 내려갔다. 그는 복도를 달렸다. "미미!"

미미가 그에게 다가왔다. 그녀는 화가 났다. "당신 뭐 하는 거 야? 다들 찾았잖아. 위층에는 왜 올라갔어? 어디 있었어?"

리오는 대답하지 않았다. 그가 미미를 끌어당겨 거칠게 키스했 다. 그녀가 그를 밀어냈다. "사 쉬피*!"

"그만두라고?"

"집에 갈 거야. 캐머런이 뒷문에서 기다리고 있어."

"같이 가."

"리오, 뭐가 문제야?"

리오가 거의 말할 뻔했다. 당신이 이제 날 사랑하지 않아. 미미 가 거의 말할 뻔했다. 딴 사람이 있지, 응?

그 대신 미미가 리오를 지나쳐 복도를 걸어갔다.

✦ 프랑스어로 '이제 됐어'.

작대기 가시 쐐기풀 말벌의 꽁지

Goads Thorns Nettles Tails of Wasps

LEONTES

Make that thy question, and go rot!
Dost think I am so muddy, so unsettled,
To appoint myself in this vexation, sully
The purity and whiteness of my sheets,
Which to preserve is sleep, which being spotted
Is goads, thorns, nettles, tails of wasps,
Give scandal to the blood o' the prince my son,
Who I do think is mine and love as mine,
Without ripe moving to't? Would I do this?
Could man so blench?

(1. 2. 318–327)

새벽 1시.

가랑비 때문에 흐릿한 거리. 보호 필름처럼 번쩍이는 포장도로. 나트륨 가로등 아래 어른거리는 빛. 빨간 신호 앞에 줄지어 선 자동차들, 리듬에 맞춰 흔들리는 와이퍼, 열기 때문에 창문을 내린 운전자들. 차창을 내린 창틀에 오른팔을 올리고, 팔꿈치를 내밀고, 빗물이 차 속으로 들어오는 가운데, 안도하며 팔뚝으로 얼굴을 문지르는, 밴에 탄 커다란 남자.

갑작스러운 여름비.

리오는 지노가 폴린을 택시에 태우는 모습을 지켜보았다. 그런 다음 지노가 지하 주차장으로 갔다. 지금은 닫혀 있지만 시칠리아가 빌린 공간이었다. 비밀번호가 있었다. 리오가 그를 따라갔다. 리오의 차가 거기 있었다.

아래층. 네온 조명. 콘크리트 기둥들. 기둥과 기둥 사이 페인트를 칠한 공간. 위쪽 세상과 똑같은. 세탁소 아래쪽처럼 뜨거운 열기, 웅웅거리며 열기를 쫓아내는 환풍 통로.

지노는 차를 어디에 세워 놨는지 절대 기억하지 못했다. 오늘 밤도 다르지 않을 것이다.

리오는 자기 지프가 어디 있는지 알았다. 그가 재미로 산 자동차 중 하나였다. 군용이었던 차. 카키색 차체, 노출된 특대형 타이어, 캔버스 덮개, 세 개의 페달, 두 좌석, 속도계 하나밖에 없는 대시보드, 군데군데 이가 빠진 커다란 운전대, 묵직한 고무 핸드브레이크와 길고 가느다란 기어 스틱. 리오는 근무를 하지 않을 때 이 차를 썼다. 일을 할 때는 포르쉐였다.

리오가 투박한 열쇠로 지프 자동차에 시동을 걸고 끼익 소리를 내며 360도 돌아서 1층으로 향했고, 거기에서는 지노가 미미의 피아트 500(분홍색)을 후진시켜 빼고 있었다.

리오가 가속페달을 세게 밟고 피아트를 향해 전력 질주하여 뒤에서 들이받았다. 지노가 멈췄다. 무슨……? 그가 지프를 알아보고 리오임을 깨달았을 때 리오는 방금 자신이 역주행한, 화살표가 그려진 일방통행로를 따라 재빨리 후진했다. 그의 지프가 모퉁이를 돌아 사라지더니 회전속도가 빨라지고 엔진이 시끄러운 소리를 내며 콘크리트 위를 구르듯 달렸다.

약이라도 했나. 지노가 움푹 들어간 자동차 옆구리와 콘크리트

바닥의 얕은 웅덩이들에 물고기 밥처럼 떠다니는 분홍색 페인트 파편을 보면서 생각했다.

지노가 차로 돌아와서 출발시켰다. 휠 아치가 굽어서 바퀴가 걸렸다. 휠 아치를 당겨서 바퀴를 빼내는 게 좋겠다.

지노는 시동을 켠 채 차에서 내려 뒤쪽으로 갔다. 그가 움푹 들어간 휠 아치를 잡아당겼다.

불쾌한 영화에 나올 법한 고무의 비명이 들렸다. 지노가 고개를 들자 리오가 지프의 낮은 문 밖으로 몸을 내밀고 그를 향해 질주하고 있었다.

네 게임에 필요한 게 이거다

지노가 펄쩍 뛰어 옆으로 비켰다. 리오가 피아트를 들이받았다.

"이 미친 새끼야!" 지노가 소리쳤지만 리오는 피아트를 받았다 떨어졌다 하면서 완패한 피아트 뒷면에 박힌 지프의 충돌 방지용 금속 봉을 빼내고 있었다. 이제 지노의 존재를 신경 쓰는 것 같지도 않았다. 먹잇감에서 떨어져 나온 리오가 다시 차를 향해 돌진하자 지노가 물러섰고, 이번에는 조수석 문이 떨어져 나갔다.

지노의 내면에서 뭔가가 무너졌다. 그가 피아트의 잔해에 올라타서 시동을 걸었다. 시동이 걸렸다. 지노가 출구 표지판을 향해 달렸다.

리오가 쫓아왔다.

지노가 피아트를 타고 2층으로 올라가서 운전대를 돌려 출구를 향해 미친 듯이 꺾었다. 리오가 더 빨라서 지노의 바로 뒤까지 쫓아왔다. 그가 피아트를 들이받자 지노와 자동차가 옆으로 휙 밀려났다. 지노가 어떤 공간을 발견하고—지프가 들어가기에는 너무 작았다—왼쪽으로 꺾었고, 리오는 급히 후진을 했다.

하지만 지노가 방향을 바꾼 것은 실수였다. 그는 위로 올라가는 게 아니라 아래로 내려가고 있었다. 지노는 지하 주차장 더 깊숙한 곳으로 차를 몰고 있었다.

리오가 여전히 쫓아왔다.

정면충돌.

어떻게 했는지 리오가 지노의 앞을 막았다. 지프는 두 바퀴가 들릴 정도로 급하게 모퉁이를 정확히 돌아서 피아트를 쾅 쳤다. 지노가 할 수 있는 일은 하나밖에 없었다. 차를 돌려 리오가 원하던 정면충돌을 피하는 것이었다.

충격으로 자동차 앞 유리가 깨지고 피아트의 뻥 뚫린 조수석 바깥으로 지노가 반쯤 튀어 나갔다. 그가 잠시 멍하니 있노라니 자동차 계기판이 괴로운 듯 낑낑거리는 소리가 예리하게 들렸고, 계기 눈금판에 세계 종말을 알리는 노란색과 빨간색 경고등이 번쩍거렸다.

내려야 했다. 빨리!

지노가 좌석 위로 미끄러지면서 망가진 운전석 문을 밀어서 열었다. 그는 달리기 시작했다.

리오가 지프를 타고 쫓아왔다.

날 죽이려는 거야.

지노가 달리고 있었다. 그는 빨랐지만 지프는 더 빨랐다. 머리 위 네온사인이 흐릿해졌다. 숫자가 매겨진 기둥 사이 공간들, 20, 21, 22, 23, 24, 25. 눈앞을 가로막는 철망. 지프가 바로 뒤까지 따라붙었다. 리오가 주먹으로 경적을 내리쳤다. 지노는 엔진의 열기를 느꼈다. 리오가 출입을 막는 장애물에다 지노를 뭉갤 것이다.

지노가 앞으로 몸을 던져 장애물 꼭대기에 부딪치며 뛰어넘었다. 그가 건너편으로 묵직하게, 고통스럽게 툭 떨어질 때 리오가 장애물을 들이받았다. 지노는 바닥에 누운 채 후진 기어가 철컥 들어가는 소리를 들었고 등 위로 떨어진 차가운 금속 조각을 느꼈다. 그때 리오가 장애물을 다시 받았다. 그리고 또다시.

지노가 일어섰다. 얼굴에 축축한 공기가 느껴졌다. 거의 정신을 잃었던 것이 분명하다. 그렇다. 노란색 장애물이 있었다. 그는 거리로 달려 나갔다. 휴대전화가 아직 있었다.

"캐머런? 집에 가서 내 가방 좀 갖다 줘요. 특히 서류 가방이랑―빨간 가죽, 책상 위에 있어요―노트북 꼭 챙겨야 돼요. 폴린 집에 있을게요."

캐머런은 파자마 차림이었다. "어떻게 된 겁니까, 지노?"

"리오가 날 죽이려 해요."

캐머런이 재빨리 옷을 입고 래드브루크그로브의 아파트에서 리틀베니스의 저택으로 차를 몰고 갔다. 미미의 침실에 웹캠을 왜 달았을까? 왜 거부하지 않았을까?

그가 비밀번호를 입력하고 정문을 통과해서 차를 달리자 미미의 침실에 불이 켜진 것이 보였다. 나머지는 전부 캄캄했다.

캐머런은 도로가 보이지 않는 곳에 차를 세우고 집 옆쪽을 따라서 지노가 항상 지내는 작은 손님용 별채로 갔다. 짐은 이미 꾸려져 있었다. 캐머런이 남은 물건을 여행용 가방에 집어넣고 서류 가방과 노트북을 챙겨서 자동차로 돌아갔다. 타이어 소리/묵직한 철제 정문 밑으로 보이는 빛줄기가 리오의 지프가 바깥에 서 있다고 경고했다.

캐머런이 아이폰을 꺼내서 출입 비밀번호를 비활성화시켰다.

그런 다음 스크린 모드로 전환해서 정문 카메라로 리오를 지켜보았다. 그는 버튼을 마구잡이로 누르고 있었다. 가정부나 미미에게 연락을 해도 두 사람 역시 정문을 열 수 없을 것이다. 하지만 그때 캐머런의 전화가 울렸다.

"리오?"

씨발놈의 씨발것들이 씹했다고

완벽한 문장이라는 생각이 얼핏 스쳤다. 형용사, 명사, 동사. 물론 셰익스피어만큼 뛰어나지는 않지만 준수하다.

짧은 협상 끝에 리오가 보조 열쇠를 가지러 캐머런의 아파트로 오기로 했다. 캐머런은 전조등 불빛이 흐릿해지다가 사라질 때까지 지켜본 후에, 정문을 열고 조심스럽게 출입 비밀번호를 재설정한 다음 출발했다.

캐머런은 벨사이즈파크에 있는 폴린의 집을 향해 북쪽으로 차를 몰았다. 아래층 불이 켜져 있고 폴린이 막스앤스펜서 실내 가운 차림으로 문을 열었다. 그녀는 막스앤스펜서를 좋아했다.

"도대체 이게 무슨 일이래요?" 폴린이 말했다. "난 지금 스카치를 마시고 있는데, 원래 술은 입에도 안 댄다고요."

캐머런의 전화가 울렸다. **리오예요.** 그가 폴린에게 입 모양으로 말했다.

수화기 너머에서 고래고래 고함을 지르는 소리가 한참 들린 다음 캐머런이 리오에게 착각했다고 말하는 것으로 끝났다. 캐머런이 이미 집으로 가서 비밀번호를 재설정했다. 그렇다, 리오는 집으로 가면 된다.

전화가 끊겼다.

지노가 폴린의 양털 같은 실내 가운 차림으로 아래층에 내려왔다. 그는 샤워를 했다. 다리는 멍 들었고 자동차 앞 유리가 산산조각 나면서 얼굴이 베였다. 그가 가방을 열고 깨끗한 옷을 찾았다.

"병원에 가야 돼요." 폴린이 말했다.

"병원도 안 되고 경찰도 안 돼요." 지노가 말했다. "그런데 캐머런, 주차장에 있는 미미의 피아트 잔해를 치워야 할 것 같은데. 미미가 이런 일을 겪을 필요는 없잖아요."

"리오가 왜 주차장에서 당신을 쫓은 겁니까?" 캐머런이 물었지만 이유를 알았기 때문에 마음이 무거웠다.

"죽이려고요."

폴린이 고개를 저었다. "참 극적이네요."

"극적인 자동차 잔해 보러 갈래요?"

"레인지로버로 견인하면 됩니다." 캐머런이 말했다.

리오가 집으로 돌아왔다. 그는 자기 집이 좋았다. 1840년대식 흰색 스투코* 빌라였고 앞뒤로 정원이 있었다. 사생활이 보장되며 안전했다. 그는 2003년에 미미와 결혼하면서 이 집을 샀다. 리오가 직장에서 쫓겨났을 때는 대출을 다 갚은 참이었다. 1년 동안 금전 사정이 어려웠다. 사실 미미가 생활비를 다 냈기 때문에 어렵지는 않았다. 리오는 그게 싫었다. 그는 빚을 지는 것보다 그게 더 기분 나빴다. 리오는 아내가 자랑스러웠다. 그녀가 진짜 돈을 번다는 사실이 자랑스러웠다. 하지만 머릿속으로는 자신이 다 벌어야 한다고 생각했다. 리오도 잘 생각해 본다면 그것이 비합리적임을 깨달을 것이었으므로 그는 항상 하던 대로 했다. 즉 생각을 하지 않았다.

그러나 이제 리오는 생각하고 싶지 않은 것을 생각하고 있었고, 그 생각을 멈출 수 없었다.

---

* 벽돌이나 목조 건축물 벽면에 바르는 미장 재료.

그의 아내와 그의 아기는 그의 아내와 그의 아기가 아니었다. 온몸의 세포 하나하나가 그 사실을 알았다. 이 얼마나 뻔한 이야기인가.

리오가 진입로로 들어가서 차고에 지프를 세웠다. 이제 침착했다. 평소와 다를 것 없어 보였다. 그는 곧장 별채로 걸어갔다.

지노의 서류 가방과 노트북이 필요했다. 리오가 불을 켰다. 방이 왜 비었지? 자선 행사에 가기 직전에 여기서 지노와 이야기를 나누었다. 리오는 침실에 들어가 보고 벽장을 열어 보고 욕실 문을 열어 보았다. 지노는 호텔에서 나가는 것처럼 깔끔하게 체크아웃 했다.

폴린이 박살 난 피아트 주변의 유리 조각을 쓰는 동안 캐머런과 지노가 레인지로버의 견인 봉에 차를 연결했다.

"평소에는 약을 안 해요." 지노가 말했다. "파티에서 약을 하고 정신이 나간 게 틀림없어요."

"하지만 왜 그러겠어요?" 폴린이 말했다. "몇 년이나 끊었는데."

캐머런이 지노를 보았다. "리오는 당신이 미미랑 바람을 피운다고 생각합니다."

지노와 폴린이 사냥꾼의 기척을 느낀 동물처럼 동작을 멈췄다.

"저한테 직접 그렇게 말했습니다."

지노가 일어섰다. 냉혹하고 어두운 네온 불빛 밑에서 그의 얼굴은 수척해 보였다.

"난 미미랑 바람을 피우지 않아요."

"미미." 폴린이 말했다. "게발트[*], 미미 어디 있어요?"

"물론 집에 있지요." 캐머런이 말했다. "제가 모셔다드렸습니다. 왜 그러세요? 어디 가십니까?"

리오가 탁상 램프를 방 저쪽으로 던졌다. 램프가 벽에 부딪쳐 깨졌다. 리오가 안다는 것을 지노가 알았다. 그가 알고 있는 것을 안다는 사실을 알았다. 그래서 도망친 것이다. 누군가가 도왔다. 그래서 미미가 서둘러 집으로 온 것이다.

리오가 집으로 향했다.

미미는 자고 있었다.

리오가 침실 문을 열었다. 그가 신발을 벗었다. 그런 다음 재킷을 벗었다.

미미는 항상 수면등을, 어둡고 차분한 직사각형의 달빛 같은 어린이용 등을 켜 놓고 잤다. 그리고 그녀는 커튼을 열어 놓는 것을 좋아했다. 리오는 그녀가 뚜렷이 보였다, 베개에 올린 한쪽 팔, 흰색 카프탄[**]을 입고 옆으로 누워 둥글게 만 몸.

리오가 침대 옆에 섰다. 그는 그녀를 너무나 사랑했다. 그의 감

[*] 이디시어로 '이런'.
[**] 소매가 넓고 헐렁하며 긴 원피스.

정은 미미가 자신을 사랑한다는 놀라움과 기쁨, 애틋함의 혼합물이었다. 리오가 그녀를 위해 하지 않을 일은 없었다. 그는 미미의 신문 기사를 전부 오려 두었다. 서재에 상패를 줄지어 늘어놓은 사람은 미미가 아니라 리오였다.

그리고 미미는 자그마한, 새 같은 여자였다. 아니, 근육이 있으므로 새는 아니었다. 그녀는 꽃이었다. 하지만 장식용이 아니므로 꽃은 아니었다. 그녀는 보석이었다. 하지만 그는 그녀를 살 수 없으므로 보석은 아니었다.

리오가 침대 모서리에 앉아서 잠자는 그녀를 지켜보았고, 그의 마음이 과거를 향해 움직였다. 아니 어쩌면 과거가 그의 마음을 향해 움직였다.

마일로가 아직 어렸을 때 시드니에서 당신 공연이 있어서 주말에 다 같이 바이런베이 해변에 가 등대 근처에서 수영을 하는데 두 조류가 만나면서 물살이 거세어졌던 거 기억나? 당신이 안 보였어. 물에 빠진 줄 알았지. 내 머릿속에는 당신을 두 번 다시 보지 못할 거라는 생각뿐이었어. 내가 온 힘을 다해서 할 수 있는 건 해변으로 돌아오는 것뿐이었지. 나는 파도를 헤치면서 두 팔을 번갈아 가며 저었고, 폐에는 물이 반쯤 차올랐지. 그리고 고개를 들었더니 당신이 거기 있었어, 인어처럼 기적적으로 말이야. 당신의 무사한 모습을 볼 수 있다면 내 목숨도 주었을 거야. 그런데 당신은 무사했어.

리오가 침대 모서리에 앉아서 양말을 벗었다. 그가 미미의 잠든 몸 위로 무릎을 꿇었다. 일어나, 일어나, 일어나, 미미, 일어나.

미미가 눈을 떴다. 리오?

리오가 머리 위로 셔츠를 끌어당겨 벗고 있었다. 미미가 손을 들어 그의 가슴을 만졌다. 리오가 떨어지지 않으려고 꽉 붙드는 사람처럼 그녀의 손을 움켜쥐었다.

"너무 세잖아." 미미가 말했지만 리오는 더 세게 잡았다. 그가 미미 위로 몸을 숙이고 몸을 평평하게 미끄러뜨리자 다른 손이 그녀의 목에 닿았다.

미미는 순간적으로 장난이라고 생각했지만 그렇지 않다는 사실을 깨달았다.

"리오!"

"공연하기 전에 그놈이랑 잤어? 아니면 돌아와서 짐 싸는 걸 도와주면서 짧게 했나?"

"리오, 라슈무아†!"

리오는 바지 지퍼를 이미 내렸다. 바지를 벗으려면 양손이 필요했다. 미미가 침대에서 내려오려고 움직였다. 그가 그녀를 넘어뜨렸다.

"지노랑 바람피운 지 얼마나 됐어?"

그가 미미의 얼굴을 보았다. 믿을 수 없다는 표정. 두 사람은

---

† 프랑스어로 '놔줘'.

리오가 눈치채리라고 생각도 못했던 것이다.

"싸구려 창녀."

리오가 미미를 옆으로 눕히고 한 손으로 그녀의 입을 막았다. 미미가 개처럼 그를 물었다. 그녀는 개였다. 리오가 뒤에서 성기를 밀어 넣으려 했지만 그녀가 몸부림쳤다. 그는 미미를 때리고 싶지 않았다.

리오가 몸을 일으켜서 무릎으로 그녀의 다리를 억지로 벌렸다. **"난 당신에 대해서 다 알아."** 그가 말했다.

미미가 갑자기 몸부림을 멈췄다. 그녀가 몸을 돌려 똑바로 눕더니 헐떡거리면서 한 손을 배에 얹었다.

당신은 나에 대해서 아무것도 몰라.

리오는 미미의 바로 위로 몸을 낮게 숙이고 그녀를 가둔 양팔에 무게를 실었다. 두 사람의 얼굴이 가까웠다. 리오는 미미에게 키스하고 싶었다. 그는 울고 싶었다.

"당신은 내 거야. 당신은 내 거라고 말해."

미미는 아무 말도 없었다.

"그 자식이 당신을 어떻게 만지지? 당신 옆에 눕나? 당신 위에? 동양식 마사지를 하나? 관자놀이를 문질러 줘? 나처럼 입으로도 해 줘? 좋아? 그게 좋아?"

리오가 그녀를 흔들었다. 미미는 방금 죽은 사람처럼 흐느적거렸다. 그녀는 리오의 밑에서 그가 좋아하는 방식으로 움직이지도 않았고 프랑스어로 속삭이지도 않았다, 리오는 그것이 정말 좋았는데. 미미는 두들겨 맞은 동물처럼 가만히 누워 있었다. 그는 절정에 다다를 수 없었다. 계속 세차게 움직였지만 절정에 다다를 수 없었다.

리오가 미미에게 키스하려고 몸을 숙였다. 그녀가 그의 윗입술을 물었다. 입속으로 흘러들어 오는 피가 느껴졌다. **창녀**. 리오가 미미의 얼굴을 때렸다.

바로 그때 침대 위쪽 벽을 쓸고 지나가는 자동차 전조등 불빛이 리오의 눈에 들어왔다.

그가 벌떡 일어나 창밖을 내다보았다. 폴린의 아우디, 폴린이 왔다는 뜻이었다. 그렇다. 현관 벨이 화재경보기처럼 울리기 시작했다.

리오가 바지를 낚아채서 침실 밖으로 나간 다음 앞섶 지퍼를 올리며 아래층으로 달려갔다. 층계참에서 문이 열렸다. 슈퍼맨 잠옷을 입은 마일로였다. "아빠? 엄마는요?"

"침실에 있어. 들어가서 자. 폴린 아줌마야."

마일로가 계단을 올라갔고 리오가 문을 열었다. 리오는 침착해 보이려고 애쓰면서—

"폴린! 괜찮아?"

폴린이 그를 밀치고 복도로 들어왔다. 리오는 그녀의 카디건 단추 하나가 잘못 채워진 것을 눈치챘다.

"미미는 어디 있어?"

"자. 다들 자고 있었어."

폴린이 계단으로 시선을 돌리다가 마일로를 보았다. 그녀가 미소를 지으며 마일로에게 손을 흔들었다. 마일로도 손을 흔들었다. 폴린이 머뭇거렸다. "괜찮니?"

"그럼, 그럼." 리오가 말했다. "다들 잠 좀 자자, 응?"

폴린이 리오를 보았다. 그는 거짓말을 하고 있었다.

위층에서 뭔가가 부딪치는 소리가 났다. 마일로가 층계참을 달렸다. "**엄마!**"

리오가 계단을 뛰어올랐고 폴린이 뒤따랐다. 미미가 헐떡거리며 밖으로 나왔는데, 얼굴에 빨갛게 맞은 자국이 있었다. 마일로가 미미의 옆에 무릎을 꿇고 있었다.

"베베[*]." 미미가 아들을 안심시키려고 애쓰며 말했다.

"양수가 터졌어." 폴린이 말했다. "리오! 나랑 같이 미미를 부축해서 침대로 옮기고 구급차를 불러. 괜찮아 마일로, 아기가 나오려는 거야, 그뿐이야."

리오가 미미를 안아 올려 침실로 가뿐히 데려갔다. 그가 그녀를 침대에 눕혔다. 미미는 입으로 힘들게 숨을 쉬고 있었다. 폴린이 맥박을 짚었다.

"뜨거운 물이랑 수건 가져와."

리오가 욕실로 갔다. 마일로가 문간에 동상처럼 서 있었다. 폴린이 가서 아이를 안아 주었다. 마일로는 나이에 비해서 작았다.

[*] 프랑스어로 '아가'.

"마일로! 무서워하지 마. 너도 이렇게 태어났어, 다들 이렇게 태어난단다. 침대로 돌아가서 슐러피* 하렴. 아빠가 곧 오실 거야."

미미가 마일로를 향해 손을 내밀었다. 아이가 달려와서 엄마 손을 잡고 침대에 달라붙었고, 리오가 스테인리스스틸 물통 하나와 수건을 몽땅 다 들고 욕실에서 나왔다.

"마일로를 데려가." 폴린이 말했다. "의사 부르고."

리오가 고개를 끄덕였다. 미미는 그를 보지 않았다. 리오가 나가자 미미가 폴린을 향해 두 팔을 뻗었다.

"지금 나와." 미미가 이렇게 말하고 침대에서 내려와 엎드리더니 몸을 살짝 흔들었다.

"의사가 올 때까지 기다려." 폴린이 말했다.

아기가 너무 빨리 나와서 폴린은 겁에 질릴 틈도 없었다. 그녀는 미미의 옆에 무릎을 꿇고 앉아서 아기의 머리가, 또 작고 빨간 몸통, 다리, 작은 발이 나오는 것을 보았다. 폴린이 아기를 받아서 수건 위에 놓았다. 가위, 가위가 필요했다. "화장대에." 미미가 말했다. 폴린이 탯줄을 자르고 아기를 안아 올렸다.

"딸이야." 폴린이 말했고, 생명 같은 울음이 터졌다—생명이었다—벌거숭이에 피투성이의 새로운 생명. 폴린이 미미에게 아기

✦ 이디시어로 '잠'.

를 건넸고 두 여자는 서로 미소를 지으면서, 아무 말도 없이, 아기라는 불가능하면서도 평범한 존재에 감탄했다.

폴린이 아기의 머리와 얼굴을 따뜻한 물로 부드럽게 닦았다.

문이 열렸다. 마일로였다.

"와서 여동생을 보렴." 미미가 말했다. "무서워하지 말고."

"아기는 병원에서 낳는 거 아니에요?" 마일로가 물었다.

"일찍 나왔어." 폴린이 말했다. "봐, 여기 있어."

"리오는 어디 있지?"

"아빠는 계단에 앉아 있어요." 마일로가 말했다. "저도 이렇게 생겼었어요?"

폴린이 리오를 찾으러 갔다. 층계참을 돌자 계단 맨 아래에 앉은 그가 보였다. 두 손으로 머리를 감싸 쥐고 있었다.

"마절토브[*]." 폴린이 이렇게 말한 다음 그의 옆에 앉아 팔을 둘렀다. "의사가 뭐래?"

리오가 어깨를 으쓱하며 그녀의 팔을 떨쳤다. "의사 안 불렀어."

"뭐라고?"

"의사는 지노한테 부르라지. 그놈 자식이잖아."

폴린은 대답하지 않았다. 그녀가 일어나서 복도 테이블에 놓인 핸드백 쪽으로 갔다. 폴린이 휴대전화를 찾아서 가방을 뒤지기

---

[*] 이디시어로 '축하해'.

시작했다. 리오가 잠시 그녀를 보더니 뒤로 돌아 층계를 뛰어올라 갔다.

"리오!"

폴린은 생각해야 했다. 누군가에게 전화를 해야 한다. 가방에 전화기가 없었다. 집에 놓고 왔나? 한밤중이었다. 자동차에 있을지도 몰랐다. 그녀는 리오가 집 앞쪽에 마련해 둔 사무실로 갔지만 문이 잠겨 있었다. 쿵쾅거리는 심장이 느껴졌다. 폴린이 복도를 가로질러 크고 넓은 거실로 갔다, 거기 전화기가 있었다. 그녀가 불을 켜고—전화기를 보고—통화 버튼을 눌렀다. 아무 일도 일어나지 않았다. 그리고 다시. 아무 일도 일어나지 않았다. 어떻게 돼 가고 있는 거지?

부엌, 부엌 벽에 전화기가 있었다. 폴린이 달려서—그녀는 달리기를 못했다—지하 부엌으로 갔다. 조리대의 어둑한 조명이 아직 켜져 있었다. 빵 상자 옆 먹다 남은 샌드위치. 전화기가 있었다. 폴린이 999를 급히 눌렀다. 연결되지 않았다.

집에는 리오와 미미의 보좌인들을 위한 회선 네 개짜리 전화교환기가 있었다. 리오가 시스템을 끈 것이 분명했다.

리오는 미미의 맞은편에 다리를 꼬고 앉아 있었다. 맨발이었다. 셔츠도 입지 않았다. 꼭 아내의 출산을 옆에서 지킨 남편 같았다.

미미가 곧 덤벼들려는 개를 보듯이 그를 바라보았다. 그녀는 수건에 싸인 아기를 꼭 안고 있었다. 수건에서 작은 소리가 들렸지만 리오의 눈에는 아기가 보이지 않았다.

"얼마나 된 거야? 9개월은 분명하지, 하지만 그 전에는? 몇 년? 나랑 결혼을 하긴 한 거야?"

미미는 대답하지 않았다.

"당신이 그 자식을 향해서 고개를 드는 모양, 손을 잡는 방식, 그놈이랑 낄낄거리는 모습. 내가 바본 줄 알아? 그래, 난 바보야, 두 사람처럼 세련되지 못하지. 책도 안 읽고, 오페라를 보러 가지도 않고, 피아노도 못 쳐. 두 사람에게는 적수가 안 되지, 안 그래?"

"나 출혈이 있는 것 같아, 리오. 의사 좀 불러 줄래?"

"사실대로 말해."

미미는 후산 때문에 아직 끙끙거렸다. 그녀는 몸을 눕히고 다리를 벌린 채 태반을 밀어내고 있었다. 리오는 우스꽝스러운 기분이었다, 머리가 아팠다. 여기 아내가 있었다. 아기가 있었다. 리오는 도대체 어떻게 된 걸까? 미미가 애를 쓰고 있었다. 그녀가 죽으면 어떻게 하지?

아래층에서 폴린은 이 집에서 나갈 수 없다는 사실을 깨달았다. 문과 창문이 잠겨 있었다. 그녀는 모든 출구를, 출구가 될 만한 모든 곳을 확인했다. 폴린이 부엌으로 돌아왔을 때 잠옷 차림의 마일로가 슈퍼맨 곰 인형을 안고 나타났다.

"엄마가 울고 있어요."

침실에는 벌건 간 같은 태반과 양막이 수건 위에 놓여 있었다. 미미는 아기와 함께 카펫 위에 몸을 웅크리고 꼼짝도 하지 않았다. 아기는 자고 있었다. 미미는 아기의 심장박동이 느껴졌다. 충분히 안정적인 것 같았고 아기는 따뜻했다. 이 아이는 강해, 미미가 생각했다.

"지노한테 전화해야겠어." 리오가 말했다. "와서 자기 자식을 보라고 해야지. 그런데 대체 어디 있는지를 모르겠네, 전화할까? 전화하자. 지노랑 얘기하고 싶어? 암, 그렇겠지 그렇겠지 그렇겠지." 리오가 발을 뻗어 미미의 등을 밀었다. 세지는 않았지만 부드럽지도 않았다. 그가 재킷에서 전화기를 찾았다. 단축 번호를 눌러 지노에게 전화를 걸었다. 즉시 자동 응답 모드로 넘어갔다…… "안녕, 지노입니다……"

리오는 전화를 끊고 메시지를 따라 했다. "안녕, 지노입니다…… 그 자식 게이라는 거 당신도 알지, 응? 그놈은 자기가 너무 미워서 제일 친한 친구의 아내랑 자야만 남자다운 기분이 드는 거야."

"지노는 나랑 안 자." 미미가 말했다.

"그게 뭐야?" 리오가 목소리를 높이며 말했다. "그게 뭐야?" 그가 미미의 어깨를 흔들었다. 그녀가 몸을 뺐다. 리오가 미미 위로 몸을 숙였다. "아빠가 아기를 보고 싶지 않다네. 애 아빠가 친구한테 사생아를 남기고 떠났어."

"당신은 아파." 미미가 말했다. "어떤 아이도 사생아가 아니야."

"내 말에 기분 상했어? 흠, 난 당신 행동에 기분이 상했는데."

"의사를 불러, 리오."

부엌에서 폴린이 마일로를 숄로 감싸서 아이패드를 주고 소파에 눕혔다. 그녀가 우유를 데워 주면서 걱정하지 말라고 말했다. 그때 어떤 생각이 떠올랐다. "너 전화기 있니, 마일로?"

"네, 근데 문자 메시지만 돼요. 내 방 책가방에 있어요. 왜요?"

폴린이 위층으로 살그머니 올라갔다. 마일로가 방문을 열어 두었다. 그녀가 전화기를 찾아냈다. 캐머런의 번호가 있었다. **리오 집으로 와요. 구급차를 빨리 불러 줘요.**

미미가 일어나 앉아 있었다. 리오는 말이 없고 꼼짝도 하지 않았다.

"당신이 아기를 원하지 않았던 건 알아."

"난 지노의 아기는 원하지 않아."

"당신 딸이야. 보고 싶지 않아?"

미미가 아기를 싼 수건을 풀어 리오 쪽으로 내밀었다. 그는 떨고 있었다. 리오는 고개를 들 수 없었다. 위를 볼 수 없었다. 그의 몸은 그의 것이 아니었다.

구급차가 오자 리오가 한 마디도 없이 문을 열고 들여보내 주었다. 캐머런이 그들 뒤에 서 있었다.

"피아트는 견인했습니다."

"지노도 견인했겠지?"

"떠났습니다."

"겁쟁이."

"도대체 왜 그럽니까, 리오?"

"증거를 보고 싶어? 이리 들어와 봐."

리오가 캐머런을 사무실로 밀어 넣고 웹캠에 찍힌 영상을 화면에 띄웠다. 두 사람은 말없이 보았다. 두 사람 모두 등 뒤에서 폴린이 들어오는 소리를 듣지 못했다.

"이게 답니까?" 캐머런이 말했다.

"당연히 이게 다지, 뭐가 더 필요해?"

"미미가 제정신이라면 당신이랑 이혼할 거야." 폴린이 말했다.

리오가 돌아섰다. 전기 울타리에 걸린 것처럼 몸이 약간 떨렸다. "나랑 이혼한다고? 내가 내일 변호사한테 갈 거야."

"왜? 변호사를 웃기려고?"

"당신은 처음부터 알고 있었어, 그렇지?"

"뭘 알아? 당신이 좋은 건 지키지 못한다는 거? 스스로를 파괴하는 방법밖에 모른다는 거? 당신은 하룻밤 사이에 아내와 제일 친한 친구를 잃었어. 잘했다!"

"나가, 참견쟁이 년."

"안 그래도 가." 폴린이 말했다. "미미랑 병원에 갈 거야. 마일로는 누가 보살필 거야?"

"마일로는 내 아들이야. 내가 보살펴."

"마일로는 당신 아들이야." 폴린이 말했다. "그리고 당신한테는 딸도 있어, 리오."

집이 조용했다. 리오는 몇 시인지, 또 밤이 시작되고 몇 시간이 지났는지 몰랐다. 영원히 밤이었던 것 같다. 그는 낮 없이, 해도 없이, 밤이 끝나면 또 밤으로 이어지는 것이 가능할까 생각했다.

리오는 아직 바지만 입고 웃통을 벗고 있었다. 추웠지만 느낀다기보다 아는 것이었다, 피부가 하얗게 질리고 닭살이 돋았기 때문이다. 그는 아무것도 느낄 수가 없었다. 왜 아직도 새벽이 오지 않았을까?

리오가 부엌으로 내려갔다. 누군가가 우유를 데웠다, 팬에 우유가 있었다. 리오가 팬을 들어 남은 우유를 마셨다, 우유가 턱을 타고 가슴으로 흘러내리는 것도 상관하지 않았다. 그런 다음 소파 위에서 몸을 웅크리고 깊이 잠든 마일로를 보았다. 리오는 그것이 마일로일까 아니면 마일로의 복제품일까 생각했다. 아니면 리오 자신이 복제품인지도 몰랐다. 모든 것이 똑같아 보였지만 같은 것은 아무것도 없었다, 지금은 그렇지 않았다.

마일로의 아이패드가 아직 켜져 있었다. 리오가 몸을 숙여 아이패드를 껐다. 〈슈퍼맨〉. 1978년. 두 사람이 제일 좋아하는 영화였다. 리오가 제일 좋아하는 장면으로 되돌렸다. 시간을 되돌리는 슈퍼맨. 로이스 레인이 죽지 않는다.

로이스의 차가 협곡에 서 있다. 그녀가 시동을 걸고 또 건다. 저 위에서 댐이 터진다. 바위가 절벽 사면을 굴러 내려오고 있다. 너무 늦었다.

빛은 1초에 지구를 세 바퀴 돌아. 나도 그렇게 할 수 없을까?

이 모든 일이 일어나지 않았던 때로 우리를 데려가 줘.

세상이 공중에 멈춰 있다. 빛의 속도를 따라잡아서―그의 모든 사랑을 속도와 빛으로 바꾸어서―시간이 스스로 무릎 꿇게 만드는 슈퍼맨이 저기 있다. 슈퍼맨이 세상을 빙빙 돌리자 물이 댐으로 다시 빨려 들어가고 바위들이 다시 절벽 사면으로 돌아가 고정된다. 빨간 자동차가 서서히 협곡 위로 올라가고 금속 차체의 흠집이 사라지고 부서졌던 앞 유리가 복원된다. 그녀가 다시 시동을 켠다. 너무 늦지 않았다.

하지만 넌 시간을 되돌릴 수 없잖아, 안 그래?

리오가 가서 아들을 안아 들자 마일로가 졸린 듯 품으로 파고들었다. 그는 목에 닿는 마일로의 숨결을 느꼈다. 리오는 마일로가 아기였을 때 이런 식으로 안고 다녔다. 리오는 마일로를 단순하게 사랑했다. 그는 그것을 이상하게 생각하지도 않았고 걱정하지도 않았다. 숨 쉬는 것처럼 당연한 사랑이었다.

리오가 자기 자신과 아들을 데리고 집의 그림자 속에서 움직였

다. 그는 마일로를 안고 가는 동시에 자기 자신을 안고 가고 있었
다. 자신을 추슬러야 했다. 무슨 일이 벌어지고 있는지 기억해야
했다. 파티. 주차장. 지노. 미미. 그게 다 언제 일이지? 한참 전 같
았다. 여기는 아무도 없었다. 한참 전에 일어난 일이 틀림없었다.

마일로의 방문이 열려 있었다. 리오가 안으로 들어가서 몸으로
문을 밀어 닫았다. 불 켜진 수면등이 벽에 달빛 같은 빛을 비추었
다.

리오가 헝클어진 침대에 마일로를 눕혔다. 갑자기 피곤했다.
너무 피곤했다. 그가 마일로를 벽 쪽으로 살짝 밀고 옆에 누운 다
음 이불을 당겨 두 사람을 덮었다. 아들이 아버지의 가슴에 팔을
올렸다. 마일로의 작지만 확고한 온기는 꼭 잠 같았다. 그것은 잠
이었다. 리오의 의식이 서서히 멀어지면서 눈이 감기고 숨소리가
느려졌다.

일어나면 밤이 아닐 것이다. 잠에서 깨면 다를 것이다.

두려워하지 마.

내 삶은 당신의 꿈에 달려 있으니

My Life Stands in the Level of Your Dreams

HERMIONE

Sir,

You speak a language that I understand not:

My life stands in the level of your dreams,

Which I'll lay down.

(3. 2. 78-81)

미미가 병원 침대에 누워서 천장을 보고 있었다.

그녀는 움직이면 안 된다는 사실을 알았다. 미미가 날개를 움직이면 집들이 거리로 쓰러질 것이다. 하지만 집들은 이미 쓰러졌다, 안 그런가?

어떻게 하다가 천사가 안뜰에 추락했을까? 그것에 대한 설명은 없었다. 갑작스러운 추락, 부러지지 않도록 갑작스럽게 접은 날개.

안뜰에 천사 혼자였을까?

병원에서 미미에게 잠이 오는 주사를 놓아 주었다. 무슨 진정제. 그녀는 꿈 자체면서 꿈을 꾸는 사람이기도 했다.

병실은 절대 완전히 어두워지지 않는다. 절대로 조용해지지 않는다. 옆방에서 울리는 호출 벨 소리와 복도에서 간호사가 다가

오는 소리가 들렸다. 아기가 조용히 숨을 쉬고 있었다.

미미는 베개를 가다듬고 싶었다.

천사의 깃털을 채운 쿠션은 어떻게 됐을까?

문이 열렸다. 간호사가 미미의 위팔에 넓은 밴드를 능숙하게 고정시키고 혈압을 쟀다. 기계가 삑삑거렸다.

"천사를 믿으세요?" 미미가 말했다.

간호사는 아프리카 사람이었다. 그녀는 복음주의교회에 다녔다. "여기 좀 보세요." 간호사가 말했다. 그녀가 커튼을 젖혔다. 창밖의 오래된 교회가 미미의 눈에 들어왔다. "위를 보세요." 간호사가 말했다. 교회에 시계탑이 있었다. "천사들은 이 모든 걸 어떻게 볼까요? 지나가는 자동차들, 거리의 남자와 여자들. 이 모든 희망과 절망. 그래요, 그게 바로 천사들이 보는 거예요. 지구를 잃어버렸지만 되찾을 수 있을 거예요.

잃어버린 모든 것은 되찾을 수 있어요."

바람이 불 때마다 흔들리는 깃털

Feathers for Each Wind

LEONTES

I am a feather for each wind that blows:
Shall I live on to see this bastard kneel
And call me father? better burn it now
Than curse it then. But be it; let it live.
It shall not neither. You, sir, come you hither;
You that have been so tenderly officious
With Lady Margery, your midwife there,
To save this bastard's life,--for 'tis a bastard,
So sure as this beard's grey,
--what will you adventure
To save this brat's life?

(2. 3. 154-163)

리오가 정원사 토니 곤살레스에게 이야기하고 있었다.

"큰 거 다섯 장이에요, 토니, 그 돈이면 은퇴도 할 수 있어요. 아기를 지노에게 데려다주기만 하면 됩니다."

50,000파운드는 큰돈이었다.

리오의 말은 설득력이 있었다. 그는 할 이야기를 다 생각해 두었다. 다시 시작할 거다. 다른 남자의 아이를 키울 수는 없다, 특히 그를 배신한 사람이 제일 친한 친구―결혼식에서 신랑 들러리를 섰던 친구―라면 더더욱. 미미는 아프고, 지은 죄가 있고, 이성을 잃었다. 그녀는 이제 어떻게 해야 하는지 몰랐다. 토니라면 이해할 수 있지 않은가? 그렇다, 리오는 지노와 이야기를 끝냈다. 그렇다, 지노가 아이를 맡기로 동의했다.

하지만 토니는 여전히 잘 모르겠다는 표정이었다. 모든 일이 너무 빨랐다. 그는 정원사였다. 자연은 시간이 걸린다.

"그럼 왜 직접 오지 않는 겁니까?"

"토니, 토니, 당신이 내 상황이라면 기분이 어떻겠어요? 나는 지노를 두 번 다시 보고 싶지 않아요. 미미가 지노를 다시 만나는 것도 싫고요. 알죠?"

토니는 알았다. 그는 예순두 살이었다. 토니의 부모는 1950년 대에 멕시코에서 영국으로 건너왔다. 그들은 사팔라에서 같이 도망쳤다. 어머니는 수녀원 학교에서, 아버지는 군대에서. 토니의 아버지는 런던 이스트엔드에서 주택 건설을 위해 빈민가를 철거하는 일을 찾았다. 아버지는 토니가 두 살 때 건설 현장에서 죽임을 당했다. 곧, 너무나 빨리, 어머니는 건설 현장 십장과 결혼했다. 그리고 토니는 항상 그 남자가 아버지를 죽였다고 믿었다. 사람을 죽이는 방법은 아주 많았다, 크레인에서 떨어진 콘크리트 블록은 그중 하나일 뿐이다.

다른 아이들이 태어났다. 토니는 방치되었다. 그다음에는 맞았다. 새아버지는 토니를 원하지 않았다. 어머니는 그를 지킬 수 없었다. 사팔라에서 온 어머니의 파랗고 노란 영혼은 영국의 회색으로 오염되었다. 어머니는 무관심했고, 그다음에는 우울해졌다. 토니는 열여섯 살에 집을 나와 값싼 공동 숙소에서 자면서 적은 돈을 받고 왕립공원의 낙엽을 치우는 일을 했다. 하지만 그는 식물이 정말 좋았고 곧 공부도 했다. 토니는 원예학 학위를 따려고 개방대학에서 공부했다. 그는 결혼을 하지 않았다. 토니는 인간의 본성을 믿지 않았다. 식물이 더 나았다. 예순 살에 수석 정원사로 공원에서 은퇴한 토니는 리오의 집과 시칠리아에서 비상근직을 맡았다.

그는 리틀베니스 저택의 정원과 회사의 식재 및 조경을 관리했다. 얼마 전부터는 폴린의 집에서도 일했다. 그는 폴린이 좋았다. 토니는 폴린의 정원에서 일할 때면 줄기, 나뭇잎, 꽃, 뭐든 제철인 것을 다발로 묶어서 뒷문 옆의 물이 담긴 물뿌리개에 넣어 두었다. 폴린을 보면 그런 생각이 들었다―거의―그…… 어쩌면.

그리고 폴린은 토니가 좋았다. 그의 체격은 작은 곰 같았다. 강인한 팔. 절대 깨끗하지 않은 손. 토니는 항상 타이를 맸다. 체크무늬 셔츠 소매는 팔꿈치 위까지 말려 올라가 있고 옷깃에 깔끔하게 매인 울 타이는 세 번째 단추에서 셔츠 안으로 들어가 있었다.

폴린은 자기 시대에 걸맞은 여자였다. 그녀는 관계를 맺을 여유가 없었다. 폴린은 평생 직장 여성이었다. 그녀는 직장 남성 같은 말은 없다는 사실을 눈치챘다. 폴린은 선택을 했다. 후회는 없다. 하지만 잃은 것도 있었다. 항상 잃는 것이 있는 법이다.

"알겠지요, 토니, 네? 노년의 새 출발."

"하지만 지노도 아들이 있잖아요. 아내도 있고. 아내가 뭐라고 하겠어요?"

"아내가 아니에요. 둘이서 계약을 한 거예요. 나한테 가족에 대한 강의를 할 겁니까, 아니면 현금을 받고 이 일을 할 겁니까?"

"언제 가야 되는데요?"

"그게 훨씬 낫네! 비즈니스석에 태워 주죠. 공항에 멋진 렌터카도 예약해 놓고. 새 양복도 사 줄게요. 맡은 역할에 어울려 보이면 반은 해결된 겁니다. 아기 할아버지라고 해요. 자신감을 갖고."

"그런데 언제 가야 되는데요?"

"곧. 곧. 토니, 폴린한테 무슨 말이라도 하면—딱 한 마디라도 하면—끝입니다, 알겠죠?"

토니는 불안했다. 그는 폴린을 믿었다. 리오는 믿지 않았다. 그런데 왜……? 하지만 토니는 그 생각을 제쳐 두었다.

퍼디타의 여권을 만드는 것은 쉬웠다. 출생증명서에 리오가 퍼디타의 아빠로 올라 있었다. 미미가 출생신고를 했다. 폴린이 계속 이메일로 사진을 보내 주고 있었기 때문에 사진을 구하는 것도 간단했다.

리오는 3개월 동안 미미를 만나지 않았다. 마일로는 반은 폴린의 집에서 엄마와 지냈고 반은 집에서 리오와 지냈다. 리오는 미미가 회복할 시간이 필요하다고 설명했다.

"우리랑 같이 살면서 회복하면 왜 안 돼요?"

"그럴 거야…… 곧."

"그래서, 리오." 폴린 년이 늘 그러듯 리오의 사무실로 쳐들어

와서 말했다. "언제까지 이럴 거야?"

리오는 고개를 들지 않았다. "정말로 묻는 거야?"

"그렇게 슈멘드릭* 같은 짓은 그만둬, DNA 검사 받고 이제 끝내자, 응?"

"내가 시작한 거 아니야."

"사실을 알아야 할 거 아니야."

"이미 알고 있는 걸 알 필요는 없어."

"당신이 무슨 심령술사야?"

"입 좀 닥치지 못해?"

"당신 아내가 어떻게 지내는지 왜 안 물어봐? 아니면, 그 무시무시한 심령술로 그것도 알 수 있어?"

리오가 일어섰다. 적어도 키는 폴린보다 훨씬 컸다.

"미미는 어때?"

"어떨 것 같아?"

"전혀 모르겠어―물어보라며―그러니까 말해 봐."

"연약하고, 상처 받고, 모욕을 당했지. 내가 미미라면 당신이랑 두 번 다시 말도 안 할 거야."

"나한테 말 안 하고 있잖아."

"아직 당신을 떠나지 않았잖아, 리오, 이런 말도 안 되는 일이 있었는데 말이야. 왜 DNA 검사를 안 하려고 해?"

* 이디시어로 '멍청이'.

"그래서, 미미의 모욕을 서류에 기록하라고?"

"뭐야, 간통했다는 뜻으로 커다란 A자라도 미미 목에 걸고 싶어?"

"아기는 지노 자식이야."

"이 말도 안 되는 사태를 어떻게 해야 할지 모르겠다, 리오. 봐, 나중에 좀 와 봐, 응? 앉아서 이야기 좀 해. 제발……"

"미미가 나랑 얘기하고 싶대?"

"그냥 좀 와."

리오가 사무실을 일찍 나섰다. 그는 학교에 마일로를 데리러 갔다. "오늘은 엄마가 우리랑 같이 집에 돌아가요?"

"오늘은 안 돼. 엄마 만나러 아빠랑 같이 가자."

마일로는 기뻤다. 두 사람은 차를 타고 가면서 축구 이야기를 했고 리오는 주말에 축구 경기에 데려가 주겠다고 약속했다. 폴린의 집에 도착할 때쯤 리오는, 혹은 그의 일부는, 미미가 자신을 떠났다는 사실을 거의 잊었다, 아니면 리오가 그녀를 떠났던가? 기억나지 않았다.

리오가 레인지로버를 세우자 마일로가 계단을 달려 올라갔고, 그때 창가에 선 미미가 보였다. 짧고 검고 숱 많은 머리카락. 빨간 립스틱. 그녀는 사이즈가 큰 체크무늬 셔츠를 입고 있었다. 리오가 가만히 서서 미미를 빤히 보았다. 그는 얼굴이 젖었음을 깨달았다. 비가 왔던가?

"아빠! 오세요!"

리오가 마일로를 따라 안으로 들어갔다. 미미가 몸을 숙여 아들에게 입을 맞추고 머리카락을 헝클어뜨렸다. "가서 옷 갈아입고 부엌에서 보자. 어서 가! 데페슈투아*."

마일로가 머뭇거렸다. 아빠는 아직 문 앞에 있었고 엄마는 계단 아래에 있었다.

부모님 두 분 다 말이 없었다. 마일로는 바위와 난파선 사이의 등대처럼 두 사람 사이에 서 있었다.

미미가 응접실로 이어지는 문을 열었다. 리오가 그녀를 뒤따랐다. 그가 손을 들었다가 내려놓았다. 리오가 손을 들어 그녀의 어깨를 건드렸다. 미미가 움찔했다. **미미는 나를 원하지 않아.**

그녀가 테이블에서 뭔가를 꺼내더니 돌아서서 리오에게 주었다. 편지 같아 보였다.

"당신이랑 얘기 못 하겠어, 리오. 아직은 안 돼. 폴린이…… 폴린은 우리 둘이 잘되기만을 바라고 있어. 당신을 만나겠다고 했지만 만날 수 없다는 걸 깨달았어. 당신 주려고 이걸 썼어."

마일로가 운동복을 입고 계단을 달려 내려왔다. 아이가 부모님을 보았다. 마일로는 모든 것을 느꼈다. 숨김없이 열려 있던 아이의 얼굴이 닫혔다. 마일로가 조용히 부엌으로 내려갔다.

---

* 프랑스어로 '서둘러'.

"마일로는 혼란스러운 거야." 미미가 말했다.

"내가 마일로랑 살고 싶어." 리오가 말했다.

"뭐라고?"

"마일로의 양육권을 갖고 싶어."

리오는 이렇게 말을 하면서도 등신 같은 얼굴의 등신 같은 입에서 이렇게 등신 같은 말이 나온다는 사실을 믿을 수가 없었다. 그가 원하는 것은 아내를 안고 눈물이 강물이 되도록 울어서 둘이서 그 강물에 휩쓸려 육지로 둘러싸인 이곳에서 멀리멀리 떠내려가는 것밖에 없었는데.

미미가 방을 나갔다.

리오가 편지를 열었다.

리오에게

시간이 우리 모두를 바보로 만드는 거야? 나랑 결혼을 하는 게 쉽지 않았지, 그건 알아. 내가 당신과 결혼하지 않으려고 애쓴 건 우리 두 사람 모두에게 오래오래 행복하게 살았습니다라는 이야기 같은 건 적혀 있지 않았기 때문이야. 우리 둘 다 결손가정 출신이잖아. 우린 야생동물처럼 경계하지.

당신은 바깥세상의 남자들이 하는 것처럼 해 나갔어. 나는 운이 좋았지, 음악이 있으니까. 음악은 내 안의 세상이야. 나는 공연하는 사람이지만, 공연을 하든 하지 않든, 음악은 거기에 있어.

당신이 나를 읽기 힘들어하는 건 알아. 우린 당신이 악보 읽는 법을 절대 배우지 못할 거라는 농담을 하곤 했지. 우리가 시작할 때 당신은 남자가 여자를 아는 건 불가능하다 생각한다고 말했어. 기억나?

내가 당신을 알까? 난 안다고 생각했어. 나는 당신이 약하면서도 무서움을 모른다는 걸 알아. 어떤 것도 당신에게는 지나치게 어렵지 않다는 식으로 말이야. 당신이 삶을 움켜쥐는 방식. 번드르르한 말.

난 당신과 함께 있으면 안전한 느낌이었고, 그건 의외였어. 난 이제 더 이상 안전한 느낌이 아니고, 그래서 아파.

당신은 이 아이를 원하지 않았어? 왜 그랬어? 왜 우리는 이런 이야기를 하지 않았던 거야? 난 당신이 아기를 보면 사랑하게 될 거라고 생각했어.

지난 몇 달 동안 나는 당신이 바람을 피우고 있다고 확신했어. 당신은 너무나 멀었어. 그런데 당신은 내가 바람을 피우고 있다고 생각했지. 그러는 내내 우리 둘 다 아무 말도 하지 않았어. 나는 당신이 알아서 처리할 때까지 기다리기로 결심했던 것 같아. 아니면 언젠가 와서 나를 떠나겠다고 말하기를 기다리든지.

난 당신과 결혼했어, 리오. 지노를 이용해서 우리 결혼을 끝내지는 않을 거야. 당신을 더 이상 사랑하지 않게 되면 난 떠날 거야. 당신은 나를 그만큼도 몰라? 그것도 몰라?

그리고 지노에 대해서도 그걸 몰라?

당신이라면 그렇게 할 테니까 나도 그런다고 생각한 거야? 그가 그런다고 생각한 거야?

내가 언제 당신의 사랑을 잃은 거야?

리오가 편지를 내려놓았다. 봉투 안에 낡은 쪽지가 접힌 채 들어 있었다. 뒷면의 와인 자국. 그가 쪽지를 펼쳤다. 자신의 글씨였다.

1) 내가 당신 없이 살 수 있을까? 응.

2) 당신 없이 살고 싶을까? 아니.

3) 당신 생각을 자주 할까? 응.

4) 당신이 보고 싶을까? 응.

5) 다른 여자랑 같이 있을 때 당신 생각을 할까? 응.

6) 당신이 다른 여자와 다르다고 생각할까? 응.

7) 내가 다른 남자와 다르다고 생각할까? 아니.

8) 섹스 때문에 이러는 걸까? 응.

9) 단지 섹스 때문에 이러는 걸까? 아니.

10) 전에 이런 느낌을 가져 본 적이 있을까? 응, 아니.

11) 당신을 만난 이후로 이런 느낌을 가져 본 적이 있을까? 아니.

12) 왜 당신과 결혼하고 싶을까? 당신이 다른 사람이랑 결혼한다는 생각이 싫어서.

13) 당신은 아름다워.

리오는 창이 넓은 폴린의 응접실에 서 있었다. 출창 앞에 피아노가 있었다. 폴린은 어렸을 때부터 피아노를 쳤다. 보면대에 마일로가 연습 중인 악보가 있었다. 잠시 후 악보 용지가 눈에 들어왔다. 미미가 곡을 쓰고 있었다. 가사가 뭐지? **'배를 버려요, 그대여. 너무 늦기 전에. 배에서 뛰어내려요, 그대여, 기다리지 말아요. 위협은 당신의 것이 아니에요, 나의 것이에요. 우리는 시간의 틈에 갇혔어요.'**

맨 위에 〈퍼디타〉라고 휘갈겨 적혀 있었다.

리오가 악보를 챙겼다.

일주일 후 토니가 폴린의 정원을 돌보고 있을 때 그녀가 집에서 아기를 안고 나왔다. "리오 집에 있어요? 전화를 안 받아요."

"집에 있어요." 토니가 말했다. "요즘은 혼자 틀어박혀 지내요, 음."

"그런 말이 있어요." 폴린이 말했다. "어쩔 수 없는 과거의 일은 슬퍼할 필요도 없다."

"셰익스피어군요." 토니가 말했다.

"『겨울 이야기』죠." 폴린이 말했다.

그녀가 진입로에 서 있는 아우디로 걸어갔다. 토니가 쇠스랑을 내려놓고 그녀를 따라가며 말했다, 며칠 동안이나 생각했기 때문에 너무 갑작스럽게 튀어나왔다. "오늘 밤에 영화 보러 갈래요?"

"저 말이에요?" 폴린이 말했다.

"네." 토니가 말했다.

"저쪽 덤불을 빤히 보면서 말씀하셔서서요." 폴린이 말했다.

토니가 자갈을 내려다보았다. "에브리맨 극장에서 로런 버콜

특별전을 해요. 오늘 밤에는 〈소유와 무소유〉를 한대요."

"좋아요." 폴린이 말했다. "네."

토니는 차를 타고 멀어지는 폴린을 보았다. 뛰는 심장이 느껴졌다.

리오가 현관문을 열었다. 폴린이 아기를 안고 있었다.

"감상적인 쇼는 하지 말랬잖아." 리오가 말했다.

폴린이 리오에게 잠든 아기를 넘겨주었다. 리오는 아기가 활활 타기라도 하는 것처럼 멀찍이 들었다.

"난 두 사람을 믿었는데 두 사람이 나를 배신했어."

"두 사람이 당신을 사랑하니까 당신도 그들을 믿은 거잖아."

"행복한 대가족 말이지. 꿈같은 얘기야, 폴린."

"왜 말도 안 되는 일에 그렇게 집착해?"

"말도 안 되는 일? 당신은 말도 안 되는 일이라고 하겠지. 둘이 서로 사랑하지 않는다는 거야? 두 사람이 어루만지고, 이야기하고, 속삭이고, 춤추는 방식이 어떤데? 지노는 여기 오면 항상 미미와 함께 지내. 난 그게 좋았지."

"그러니까 두 사람이 서로 조금 사랑하면 어때서?"

"인정하는 거야?"

"두 사람이 서로 싫어하면 좋겠어? 서로한테 무관심하면 좋겠어? 당신이 두 사람 모두와 잤으니까 그러는 거야?"

"누가 그런 말을 해?"

"지노는 그 일에 대해서 솔직해."

"음, 난 아니야. 우린 학생이었어."

"지노한테 질투하는 거야, 미미한테 질투하는 거야?"

"텔레비전에나 나올 것 같은 정신분석은 참아 줘."

"리오, 당신은 이 아이의 아빠야. 미미는 정숙해. 지노는 당신 친구고. DNA 검사 받자. 그리고 모든 걸 바로잡자. 옳은 일을 할 기회가 아직 남아 있어."

폴린의 말이 귀에 들어왔다. 옳은 일을 할 기회. 옳은 일을 할 기회. 옳은 일을 할 기회. 아기가 잠에서 깨어 그의 품에서 발버둥 쳤다. 리오가 아기를 폴린에게 다시 넘겼다.

"이름이 왜 퍼디타야?"

"잃어버린 작은 아이라는 뜻이야."

"내일 집으로 갈게. 가서 검사받자. 됐지?"

이상하게도 어떤 곳으로

Strangely to Some Place

Mark and perform it, see'st thou! for the fail
Of any point in't shall not only be
Death to thyself but to thy lewd-tongued wife,
Whom for this time we pardon. We enjoin thee,
As thou art liege-man to us, that thou carry
This female bastard hence and that thou bear it
To some remote and desert place quite out
Of our dominions, and that there thou leave it,
Without more mercy, to its own protection
And favour of the climate. As by strange fortune
It came to us, I do in justice charge thee,
On thy soul's peril and thy body's torture,
That thou commend it strangely to some place
Where chance may nurse or end it. Take it up.

(2. 3. 170-183)

그날 밤 폴린과 토니는 에브리맨 극장에 갔다.

폴린은 예쁜 원피스를 입었고 토니는 옷솔로 스포츠 재킷의 먼지를 떨었다. 그가 영화 표를 샀지만 폴린은 영화관도 살 수 있었다.

두 사람은 편안한 커플 좌석에 꼿꼿하고 서먹서먹하게 앉아 있었다. 폴린은 영화관에 가면 자신이 불쌍하게 느껴져서 지금까지 한 번도 영화를 보러 가지 않았음을 깨달았다. 그녀는 어머니의 부모님에 대해서, 나치 독일을 피해 도망쳐 와 이스트엔드에서 절인 쇠고기 파는 술집을 시작했던 그분들에 대해서 생각했다. 폴린의 어머니는 간호사 교육을 받았고 치과 의사와 결혼했다. 폴린은 여학교에, 또 대학에 진학했고 투자 은행에 들어갔다. 3세대 만에 난민에서 부자로. 하지만 폴린은 인생을 함께할 만큼 좋아하는 사람을 만나지 못했다. 그녀는 부모님이 자신을 걱정한다는 사실을, 외롭고 늙고 돌봐 줄 사람이 없어서 걱정한다는 것을 알았다.

정확히 8센티미터의 거리를 유지하며 앉아서 로런 버콜을 열심히 바라보는 토니에게로 옆에 있던 폴린이 갑자기 다가앉았다. 아주 천천히 토니가 그녀의 손을 잡았다.

그런 다음 햄프스테드의 영화관에서 언덕을 내려와 벨사이즈 파크의 집으로 걸어가면서 폴린은 토니에게 주말에 주로 뭘 하는지 물었다. "산책을 갑니다." 그가 말했다. "야외에 나가면 기분이 나아져요. 내일은 큐 왕립식물원에 갈 겁니다."

폴린은 산책을 별로 믿지 않았다. 맨 처음에는 다리가 있었고, 그다음에는 자전거가, 지금은 차가 있다. 하지만 한번 해 보는 것도 좋겠다고 생각했다.

폴린의 집 문 앞에서 토니가 즐거운 저녁 시간이었다고, 고맙다고 말했다. 두 사람은 다음 날 다시 만나기로 했다. 폴린과 토니는 가로등 밑에 서서 서로에게 미소를 지었다. 둘 중 누구도 이제 뭘 어떻게 해야 하는지 몰랐다. 폴린이 그의 팔을 살짝 건드리고 고개를 끄덕인 다음 길을 따라 현관으로 걸어갔다. 토니는 폴린이 안전하게 들어갈 때까지 지켜보았다.

폴린이 복도 거울에 비친 자신을 보았다. 그녀는 아침에 잡화점에 들러서 새 립스틱을 사야겠다고 생각했다.

토니가 이상하게도, 또는 이상하지 않게도, 가벼운 마음으로 집에 도착했을 때 자동 응답기에 메시지가 하나 있었다.

내일. 히스로 공항. 정오.

다음 날 아침 리오는 일찍 일어났다. 머리가 깨끗하고 또렷한 기분이었다. 몇 주, 몇 달 만에 처음으로 생각을 멈출 수 있었다. 어떻게 해야 할지 드디어 알았기 때문이었다.

증오스럽게만 느껴지던 텅 빈 집이 이제는 새로운 것을 만들 수 있는 공간처럼 느껴졌다. 벌어진 일을 되돌릴 수 있었다.

리오가 한 시간 일찍 폴린의 집에 도착했다. 그는 면도를 하고 옷을 차려입었다. 리오는 달라 보였다, 더 나아 보였다.

폴린은 큐 왕립식물원에 갈 때 산책용 부츠가 필요한지 궁금했다. 사람들이 시골에 갈 때 입는 옷 상표가 뭐였더라? 바버?

"큐 왕립식물원은 공원이야." 리오가 말했다.

"음, 그래." 폴린이 말했다. "하지만 유대인은 비에 약해. 비가 오면 초조해지거든. 노아가 어떻게 됐는지 봐."

"누구랑 가?" 리오가 물었다.

"데이트 있어. 당신이랑 무슨 상관이야?"

"그럼, 하루 종일 나가 있는 거야?"

폴린이 고개를 끄덕였다. "미미는 마일로를 데리고 수영하러 갔어. 11시는 넘어야 올 거야."

"알아. 마일로가 말했어."

"리오, 검사받으러 가기 전에 잡화점에 잠깐 다녀오고 싶은데. 퍼디타 30분만 봐 줄래?"

"물론이지, 폴린. 이리 줘."

매력적인 리오, 미소 짓는 리오, 설득력 있는 리오였다. 폴린이 핸드백을 들고 볼일을 보러 갔다.

리오는 폴린이 확실히 멀어지자마자 집에서 나와 자기 차에 탔다. 그의 자동차에 담요 깔린 와인 상자가 있었다. 리오가 아기를 눕혔다. 아기가 울기 시작했다. 리오는 라디오를 틀었다.

토니는 5번 터미널 입구에서 기다리고 있었다. 리오가 그에게 여권과 가방을 주었다. "기저귀. 분유. 깨끗한 옷. 발진 크림. 다 있어요. 기저귀 가는 법 알죠? 모르면 비행기에서 누가 도와줄 거예요. 지노 주소랑 전화번호는 문자 메시지로 보낼게요. 월요일에 돌아오는 비행기 예약해 놨습니다. 문제 생기면 전화하고요. 빨리 가요, 한 시간 안에 출발이에요."

그다음부터 모든 일이 느린 동작으로 너무나 빨리 벌어졌다.

자동차를 타고 리틀베니스의 집으로 향하는 미미와 폴린.

리오! 리오!라고 소리치며 이 방 저 방 뛰어다니는 미미.

폴린의 집에 마일로가 혼자 있는데 울리는 전화벨, 토니였다.

마일로가 응답기 메시지를 들었다. "폴린, 토니예요. 오늘 큐에 못 가게 됐습니다. 공항으로 가는 길이에요. 미안해요."

마일로가 폴린에게 전화를 걸어 알려 주었다. 수화기 저편에서 엄마 목소리가 들렸다. "토니가 왜 공항으로 가는 거지?"

마일로가 전화기를 내려놓았다. **어떤 남자가 공항에서 살고 있었습니다.**

곧 현관 초인종이 울렸다. 리오였다.

"엄마가 아빠 찾아요." 마일로가 말했다.

"아빠랑 며칠 동안 멀리 가자. 뮌헨으로. 할아버지 만나러."

"엄마도 가요?"

"아니."

"난 여기 있을래요." 마일로가 말했다.

리오는 화가 났다. "같이 갈 거야. 네 가방은 아빠가 쌌어. 여기서 가져가고 싶은 거 있으면 뭐든지 가져가, 너무 많이는 안 된다. 가자."

차를 타고 가는 동안 마일로는 말이 없었다. 그러다가 말했다. "퍼디타는 어디 있어요?"

"퍼디타는 괜찮아."

리오는 베를린으로 가는 비행기 표를 예약해 두었다. 아버지를 만날 계획은 아니었다. 그냥 도망가고 싶었다. 리오와 마일로가 돌아올 때쯤 되면 미미는 모든 것이 최선을 위한 일이었음을 깨달았을 것이다.

하지만 미미가 이미 경찰에 전화를 해서 남편이 아기를 데리고 출국하려 한다고 신고했다.

"토니가 어쩌다 휘말렸는지 모르겠어." 폴린이 말했다. "전화를 걸어도 음성 메시지로 바로 넘어가네."

리오는 출국 심사대에 줄을 서 있었다. 서류를 검사하는 남자가 잠깐 비켜서서 기다리라고 말했다. 그러고 나서 정신을 차려 보니 경찰 세 명이 와서 아기를 어떻게 했느냐고 묻고 있었다.

그때 그 일이 벌어졌다.

경찰과 다투는 리오. 리오와 다투는 경찰. 모두 덩치 큰 남자들. 전부 같은 키. 여권을 검사하는 키 작은 인도인은 아무 일도 없는 척하려고 애를 쓰면서 들어오는 사람들의 수속을 진행했고, 사람들은 모두 리오를 빤히 보았다.

리오에게 아기가 없었기 때문에 경찰은 혼란스러웠다. 리오는 아내가 산후 우울증을 앓고 있다고 말했다. 그는 아내에게 쉴 시간을 주려고 아들을 데리고 가는 중이었다. 경찰이 마일로의 여권을 확인했다. 이 사람이 아빠니? 네.

덩치 큰 남자들이 다시 다투기 시작했다, 아무도 마일로를 신경 쓰지 않았다.

어떤 남자가 공항에서 살고 있었습니다.

마일로가 서서히, 조용히 뒷걸음질 쳐서 멀어졌고, 그들은 모두 마일로에게 등을 돌린 채 분노의 원을 그리고 있었다. 아무도 눈치채지 못할 것이다.

　마일로가 모퉁이를 돌아 보안 검색대로 걸어갔다. 4번 줄에 어느 가족이 있었다. 마일로가 그들에게 달려갔다. 누가 봤다면 가족을 쫓아가는 줄 알았을 것이다. 마일로는 금속 컨베이어벨트에 배낭을 올렸다. 금속 탐지기를 통과했다. 마일로가 뒤를 돌아보았다. 마일로는 지금 공항에 있었다. 어쩌면 토니를 찾을 수 있을지도 몰랐다.

솔개 까마귀 늑대 곰

Kites Ravens Wolves Bears

I swear to do this, though a present death
Had been more merciful. Come on, poor babe:
Some powerful spirit instruct the kites and ravens
To be thy nurses! Wolves and bears, they say
Casting their savageness aside have done
Like offices of pity. Sir, be prosperous
In more than this deed does require! And blessing
Against this cruelty fight on thy side,
Poor thing, condemn'd to loss!

(2. 3. 184-193)

토니는 뉴보헤미아에 있었다.

그는 도로 한가운데 심어진 야자수들이 좋았다. 식물원이 있을지 궁금했다. 비행기를 타기 전에 내일 하루 자유 시간이 있었다.

하늘은 낮고 잔뜩 흐렸다. 사우나처럼 열기가 갑갑하고 강렬했다. 토니는 양복 재킷을 벗었지만 타이는 풀지 않았다. 단정치 못해 보이는 것은 싫었다.

오늘 밤에 슈퍼문이 뜬다고 렌터카 회사 직원이 말했다. 달이 평소보다 지구와 더 가까워진다, 날씨도 따라서 변할 것이다. 아주 잘됐다.

토니가 BMW에 탔다. 그의 닛산과는 달랐다. 토니는 50,000파운드 중 일부로 새 차를 살까 생각했다. 폴린의 자동차는 아우디였다. 그녀는 닛산을 타고 다니고 싶지 않을 것이다. 토니는 폴린에게 자기가 무슨 일을 하려는지 말했어야 한다는 느낌이 들었다.

널따란 고속도로. 높은 건물들. 황금 시간대 텔레비전 쇼를 선전하는 광고판. 광장, 빠르고 적대적인 도로 위로 솟은 형편없는 공영주택. 도시 외곽의 싸구려 여인숙들. 2인 1실에 40달러, 주차가능. 뷔페식 아침 식사. 그는 다리 위 차량들 틈에서 시동을 켠채 서 있었다. 도로 공사 때문에 자동차 앞 유리가 베이비파우더 같은 시멘트 가루로 뒤덮였다. 양파 튀김과 디젤엔진 냄새가 났다.

토니가 도시의 심장부를 향해 달려가는 동안 사방—자동차, 건물, 길모퉁이, 술집—에서 음악이 들려왔다. 남자 두 명이 신호등 옆에서 자동차 앞 유리창을 닦고 있었다. 한 명은 금속 물통을 뒤집어 놓고 그 위에 앉아서 물기 제거용 고무 날로 물통을 두드리고 있었다. 토니는 초조하고 들뜬 기분이었다. 그는 영국을 한번도 벗어난 적 없었다. 휴가라고 해 봐야 스코틀랜드에 하이킹을 하러 몇 번 간 것이 전부였다.

토니가 은행 주차장에 차를 세웠다. 직원들이 그를 기다리고 있었다. 그들은 토니를 개인 상담실로 데리고 가서 리오가 준 여권과 서류를 확인하고 서류 가방에 든 돈을 주었다. 토니가 서명을 했다. 그런 다음 주소를 대면서 길을 물어보았다. 직원들 중에 신중하고 교활해 보이는 젊은이가 하나 있었다. 그가 주소를 적

었다. 어디인지 찾아보겠다고 말했다. 토니는 남자가 마음에 들
지 않았다.

토니가 자동차로 돌아가자 퍼디타가 작고 지친 듯한 소리로 꼴
깍거리며 울고 있었다. 달리 어떻게 해야 할지 몰라서 아기를 뒷
좌석에 두고 갔다 온 것이다. 토니는 아기가 굴러떨어질 경우에
대비해서 좌석 밑에 자기 코트를 둘둘 말아서 놓았다.

아기는 비행기에서 많이 울었다. 영국항공 직원이 토니를 대신
해서 기저귀를 갈고 분유를 먹여 주었지만 퍼디타는 음식과 잠
과 축축한 기저귀보다 더 심오한 것에 대해서 불평을 하고 있었
다. 토니는 아기를 엄마에게서 이렇게 빨리 떼어 놓아도 괜찮은
걸까 생각했다.

그래도 아빠와 곧 만날 수 있다.

토니는 자동차 뒷좌석에 앉아서 리오가 지노의 연락처라며 알
려 준 번호로 전화를 걸었다. 연결이 되지 않았다. 그래서 리오에
게 전화했다. 받지 않았다.

퍼디타는 이제 목청을 높여 울었고, 그래서 토니는 스페인어로
노래를 불러 주기 시작했다. 퍼디타가 좋아하는 것 같았다. 토니
는 돈이 든 가방에 리오가 준 벨벳 주머니도 넣었다. 그리고 거기
에 넣을 악보도 있었다. 토니는 물건을 다 챙겨 넣고 아기가 잠들
때까지 노래를 조금 더 불러 준 다음 지갑에 넣어 둔 주소로 차
를 몰고 갔다.

시내에서 멀지 않았다. 예쁜 교외. 1층에 철 세공 발코니가 달

린 옛날 식민지 시대 양식이었다. 진입로에 SUV가 서 있었다. 토니가 차에서 내렸다. 비가 그쳤다. 어딘가에서 천둥소리가 들렸지만 멀었다.

토니가 초인종을 울렸다. 지금쯤이면 지노가 자신을 기다리고 있을 것이다.

한참 동안 아무 응답도 없었다. 토니는 퍼디타를 안고 집 뒤로 걸어가면서 아열대 식물들을 보며 감탄했다. 그때 뒷문에서 여자가 나타났다. 생긴 것을 보니 스페인계였다. 그녀가 영어를 잘 못했기 때문에 토니는 스페인어로 말했다. 아니, 지노 씨는 여기 없다. 로스앤젤레스에 갔다. 열흘은 지나야 돌아온다.

토니는 리오에게 다시 전화를 걸었다. 아직도 받지 않는다. 그가 자동차로 돌아가서 문을 열어 둔 채 앞 좌석에 앉았다. 분유가 한 번 먹일 분량밖에 없었다. 병원. 아기를 병원으로 데려가야 했다. 분유를 먹이고 기저귀를 갈고 검사만 하는 것이다. 병원에서 알아서 해 줄 것이다. 그런 다음 호텔로 돌아가서 리오와 통화가 될 때까지 기다리자.

토니는 지노의 집을 나설 때에야 길 건너편에 서 있는 자동차를 보았다.

호텔 직원들이 도와주었다. 그렇다, 호텔비는 이미 결제되었다. 그렇다, 병원은 몇 킬로미터만 가면 있다.

토니는 갑자기 지쳤다. 그가 퍼디타를 안고 위층으로 갔다. 토니는 위아래가 붙은 아기 옷, 조끼, 기저귀를 벗겼다. 아기의 다리 사이가 쓸려서 빨갰다. 목욕을 시켜야겠다고 생각했다. 퍼디타가 식물이라면 토니는 그녀에게 물을 줄 것이다. 목욕을 시키는 것도 일종의 물 주기다, 그렇지 않은가?

토니가 목욕물을 틀고 조심스럽게 온도를 확인했다. 그런 다음 퍼디타를 부드럽게 들어서 욕조에 넣고 소매를 걷은 채 바닥에 무릎을 꿇었다. 그는 물속에서 양손으로 아기를 잡고 찰박거리며 앞뒤를 씻었다. 토니의 어머니는 분명 그에게 이렇게 해 주었을 것이다, 그렇지 않은가? 물이 다 마르고 사랑이 사라지기 전까지는.

아기는 목욕을 좋아하는 것 같았다. 어쩌면 난 아버지가 될 수도 있었을지 몰라, 토니가 생각했다. 하지만 그러려면 엄마가 필요했을 것이다……

토니는 아기의 몸을 닦아 주고 기저귀를 갈고 분유를 먹이고 나서 아기와 함께 침대에 누웠다. 둘 다 깊은 잠에 빠졌다.

그를 깨운 것은 방문이 열리는 소리였다. 방은 어두웠다. 복도에서 들어오는 빛이 보였다. 남자의 형체. 호텔 직원인가? 남자는 안으로 들어왔지만 불을 켜지 않았다. "이봐요?" 토니가 불렀다. "이봐요?" 그가 손을 뻗어 머리 위 스위치를 켰다. 모자 달린 방한복을 입은 남자가 거기 있었다. 남자가 나가고 문이 얼른 닫혔다. 몇 시지?

이미 한밤중이다.

토니가 전화기를 보았다, 리오에게서는 소식이 없다. 호텔에도 메시지는 없었다. 그가 문자 메시지를 보냈다. **전화 좀 해요. 급해요.**

퍼디타가 뒤척였다. 먹을 것을 줘야 한다. 아직 늦은 밤이었지만 그는 아침이 된 것처럼 샤워를 하고 면도를 했다. 토니가 바지를 다림대에 놓았다. 깨끗한 셔츠. 그는 졸려서 투정 부리는 아기를 데리고 나가다가 서류 가방도 가져가기로 했다.

아래층으로 내려가니 안내 데스크에 야간 직원밖에 없었다. 토니는 차를 가져다 달라고 부탁했다. 바깥에서 차를 기다리면서, 품에 아기를 안고, 그는 달을 보았다. 이렇게 큰 달은 본 적이 없었다. 땅으로 내려오려는 것처럼 보였다. 달빛 때문에 그의 품에 안긴 아기가 진주처럼 빛났다.

토니가 세인타마리아 병원을 향해 출발했다.

호텔에서 나올 때 그 차가 또 보였다. 토니는 같은 차임을 알았다.

첫 번째 빨간 신호에서 차를 세운 그는 거울로 그들이 누군지 보려고 애썼다. 남자 둘.

토니가 몇 번 길을 꺾었다. 차가 계속 쫓아왔다. 그렇다, 문제가 생겼다.

병원에 도착한 토니는 문 바로 앞 장애인 주차 구역에 차를 세우고 퍼디타와 서류 가방을 들고 안으로 들어갔다. 밝은 빛 때문에 방향감각을 잃었지만 안내 데스크에 친절한 남자가 있었고, 토니가 상황을 설명하면서 돈을 내겠다고 하자 한밤중의 이상한 요청도 별문제 없는 것 같았다.

곧 간호사가 내려와서 능숙한 여성의 손길로 퍼디타를 안아 갔다. 토니가 아기의 할아버지고 아들에게 데려다주는 길인데 아들의 비행기가 연착되었으며 애 엄마는 몸이 좋지 않다는 이야기를 간호사는 다 믿는 듯했다.

"우리 병원에는 베이비박스가 있어요." 간호사가 말했다. "세상에서 제일 슬픈 물건이지만 길모퉁이나 전차에 두고 가는 것보다는 낫겠죠."

"아이는 원하는 사람이 있어야 해요." 토니가 말했다.

"그렇죠." 간호사가 이렇게 말하면서 재빠른 손가락으로 퍼디타의 기저귀를 갈고 옷을 입혔다. 그녀가 토니에게 데워 먹일 분유가 든 병 두 개와 여분 기저귀 한 세트를 주었다. 집으로 가는 비행기를 탈 때까지 충분할 것이라고 그는 생각했다. 아무튼 그들은 식물원에는 갈 수 있다.

토니가 자동차를 타러 계단을 내려가다가 그들을 보았다. 두 명. BMW 근처 어둠 속에. 남자들은 아직 토니를 못 보았다, 트럭에 기대어 담배를 피우고 있었다. 토니는 그들이 자신을 기다리고 있음을 알았다.

토니가 다시 안으로 들어갔다. 병원 옆쪽으로 출구 표시가 있었다. 저쪽으로 가야겠다. 차는 두고 가자. 택시를 타자.

토니가 병원을 나서는데 하늘이 쪼개지고 비가 내리기 시작했다. 아기는 울고 있었다. 그가 양복 재킷을 벗어서 아기를 쌌다. 말도 안 된다. 빗방울이 너무 굵어서 무릎까지 철벅거리며 튀었다. 안으로 들어가야 한다. 토니가 병원 출구로 다시 뛰어갔지만 안에서만 열리는 문이었다. 그는 이미 폭 젖은 채 가로로 길게 달린 젖은 손잡이를 덜컹덜컹 흔들었다. 토니가 건물을 따라 빙 돌며 걸었다. 정문으로 갈 수는 없었다. 그때 불 켜진 그것이 눈에 들어왔다.

베이비박스.

5초 만에 내린 일생의 결단이었다. 토니가 박스의 문을 열었다. 부드러운 온기가 느껴졌다. 그는 퍼디타를 싼 재킷을 풀고 아기를 안에 넣었다. 그런 다음 서류 가방도 같이 넣었다. 비가 토니를 폭포로 만들어 버렸기 때문에 자신이 뭘 하고 있는지도 거의 보이지 않았지만, 베이비박스 뚜껑을 다시 열 수 있을 만큼만 닫고 맨 위의 맞물리는 부분에 펜을 끼웠다. 이제 자동차를 가지고 아기를 데리러 돌아오면 된다. 남자들이 노리는 것은 돈이었다. 그는 돈이 호텔에 있다고 말할 것이다. 그리고 호텔 열쇠를 준다. 그런 다음 곧장 공항으로 가는 것이다. 재킷에 여권이 있었다. 나머지는 아무래도 좋았다.

병원 주차장은 조용했다. 토니가 자동차로 다가갔다. 주변에 아무도 없었다. 그가 차에 타서 도로로 나가자마자 앞쪽에서 전조등 불빛이 토니를 비췄다. 토니가 차를 후진시켰다. 차가 그를 쫓아왔다. 토니가 다시 방향을 바꿔 움직이려고 페달을 밟는데, 그때 총소리가 들렸다. 앞 타이어가 터지자 핸들이 그의 손에서 빠져나가고 차가 담벼락에 부딪쳤다.

남자들이 자동차로 다가왔다.

한 명이 그를 끌어 내렸다. 토니를 때렸다. 다시 때렸다. 다른 남자가 차를 뒤졌다. 토니가 맞받아치다가 구두 위까지 차오르는 물 때문에 발을 헛디뎠고, 쓰러지면서 머리를 부딪쳤다. 멀어지는 의식 속에서 또 다른 차 소리가 들렸다. 또다시 들리는 총소리. 누군가가 그의 손을 잡았다. "폴린." 토니가 말했다, 혹은 말했다고 생각했다.

"경찰을 기다려야죠."

"그 사람 죽었어."

막간

잃어버린 것과 되찾은 것을 둘러싼 수많은 이야기들.

역사 전체가 거대한 분실물 센터인 듯이.

어쩌면 그것은 창백하고, 외롭고, 조심스럽고, 항상 존재하고, 수줍음 많고, 탁월한 달이 지구에서 떨어져 나갔을 때 시작되었을지도 모른다. 지구의 자폐증 쌍둥이.

그리고 쌍둥이를 둘러싼 온갖 이야기들이 시작된다. 떨어질 수 없지만 함께할 수도 없는 한 쌍. 쫓아내고 들어오지 못하게 하고, 반목하고 상심하고, 둘 중 하나가 죽을 때까지 자기들은 불멸의 존재라고 생각하는 연인들의 이야기.

낙원의 이야기들, 달이기도 하고 자궁이기도 한 낙원. 우주에서 분리되는 두 행성. 모선. 아틀란티스. 에덴. 천국. 발할라. 멋진 신세계. 다른 세상이 존재하는 것이 틀림없다.

우리는 배를 타고 출발했다. 별들이 돛대 꼭대기에 달린 빛이었다. 우리는 별이 화석과 같다는 것을, 과거의 흔적임을, 죽기 전 마지막 소원처럼 메시지 같은 빛을 보내고 있음을 알지 못했다.

우리는 배를 타고 출발했다. 우리가 세계의 끝까지 항해하면 폭포 위의 뗏목처럼 가장자리에서 미끄러져 떨어질 것이라고 생각했다. 찾으려는 용기만 낸다면 찾을 수 있는 곳, 존재한다는 사실을 우리가 이미 알고 있는 그곳으로 떨어질 것이라고 생각했다.

그것이 여기 어딘가에 틀림없이 존재한다.

상실의 상실성. 우리는 그것이 어떤 느낌인지 안다. 모든 노력, 모든 입맞춤, 심장을 찌르는 모든 것, 집으로 보내는 모든 편지, 모든 이별은 잃어버린 것을 찾아 우리 앞에 있는 것을 샅샅이 뒤지는 것이다.

저 하늘에 달이라는 행성이 380,000킬로미터 떨어져 있다.

태양이 15,000,000킬로미터 떨어져 있다는 사실을 생각하면 별로 멀지 않다.

하지만 붉은 화성에 서면 푸른 지구와 창백한 달은 머리를 나란히 맞대고 앉아 책 위로 몸을 숙인 쌍둥이처럼 보일 것이다. 시간이 지나도 절대 헤어지지 않는.

달은 지구의 조수를 지배한다. 여기 있는 우리의 삶 하루하루의 밀물과 썰물. 그리고 달 때문에 지구의 기후는 안정적이다. 달의 인력은 지구가 지나치게 비틀거리지 않게 한다. 과학자들은 그것을 자전축 경사라고 부른다. 달이 우리를 꽉 붙든다.

생명체라는 것이 생기기 수억 년 전에 지구와 달이 처음으로 헤어졌다는 사실이 우리의 상상에 중대한 모티프가 될 이유는 없다. 하지만 그렇다.

모든 역년에는 열세 개의 달이 있다.

달에서는 시간이 다르다.

달은 28일마다 지구를 한 바퀴 돈다.

잃어버린 무언가를 찾는 것처럼.

아주 오래전에.

둘

부정한 사업

Traffic

When daffodils begin to peer,
With heigh! the doxy over the dale,
Why, then comes in the sweet o' the year;
For the red blood reigns in the winter's pale.
The white sheet bleaching on the hedge,
With heigh! the sweet birds, O, how they sing!
Doth set my pugging tooth on edge;
For a quart of ale is a dish for a king.
The lark, that tirra-lyra chants,
With heigh! with heigh! the thrush and the jay,
Are summer songs for me and my aunts,
While we lie tumbling in the hay.
I have served Prince Florizel and in my time
wore three-pile; but now I am out of service:
But shall I go mourn for that, my dear?
The pale moon shines by night:
And when I wander here and there,
I then do most go right.
If tinkers may have leave to live,
And bear the sow-skin budget,
Then my account I well may, give,
And in the stocks avouch it.
My traffic is sheets; when the kite builds, look to
lesser linen. My father named me Autolycus; who
being, as I am, littered under Mercury, was likewise
a snapper-up of unconsidered trifles. With die and
drab I purchased this caparison, and my revenue is
the silly cheat. Gallows and knock are too powerful
on the highway: beating and hanging are terrors to
me: for the life to come, I sleep out the thought
of it. A prize! a prize!

(4. 3. 1-31)

토요일 아침. 봄날.

플리스는 높은 지대에 있기 때문에 저 아래로 좁은 도로가 내려다보였고, 이 도로는 구불구불 특이한 모양으로 고속도로와 이어졌다. 그 뒤에 놓인 강은 가능성처럼, 계획처럼, 우리가 아직 어려서 가능성과 계획과 강물이 곧 저 너머 대양으로 흘러가리라는 사실을 모를 때의 삶처럼 넓었다.

하지만 오늘 저 너머는 없다.

정원의 기다란 테이블들에는 흰 테이블보가 깔려 있었다. 테이블 위에는 해가 지면 불을 붙일 중국식 등이 가벼운 철제 틀에 매달려 있었다.

클로가 무더위에 땀을 흘리고 살갗을 태워 가며 칠이 벗겨진

벤치에 페인트를 칠했고, 커플들이 노을 속에서 나른하게 흔들리며 타기 좋아하는 배 모양 그네에 새 밧줄을 꼬아서 달았다.

퍼디타가 아침 일찍 클로를 침대에서 끌어내 쇼핑을 하고 오라며 내보냈다.

"아버지한테 뭘 사 줘야 되지?"

"상상력을 발휘해 봐!"

"정말 잔인하다, 난 상상력 없단 말이야!"

클로는 키가 180센티미터 넘었고 체격이 레슬링 선수 같았다. 야구 모자를 뒤로 돌려 쓰고, 티셔츠에 선글라스를 끼우고, 지나치게 큰 레이스업 부츠에 청바지를 구겨 넣은 클로가 휴대전화를 찾아서 쿠션을 마구 던지고 있을 때 퍼디타가 그에게 전화기를 주었다. "목록 입력해 놨어." 그녀가 말했다. "우리한테 필요한 걸 사, 그런 다음에 어떻게 되나 보자고."

"날 위해서 어떻게든 되기를 기도하는 게 좋을 거야."

퍼디타가 그에게 커피를 따라 주었다. 클로가 커피를 단숨에 마셨다. "어쩌다 네가 이 집 살림을 하게 됐냐?"

"오빠가 할래?"

클로가 퍼디타의 정수리를 내려다보았다. 그는 퍼디타보다 최소 30센티미터는 컸다. 클로가 퍼디타를 안았다. 퍼디타도 마주 안았다. 그가 그만 나가려고 돌아섰다. "어이, 넌 아빠 생일 선물로 뭐 줄 건데?"

"하모니카." 퍼디타가 말했다.

"난 왜 그 생각을 못 했지?"

클로가 쉐보레 실버라도에 올라 선글라스를 쓰고 음악을 켜고 차창을 내린 다음 구불구불한 흙길을 따라 고속도로로 출발했다. 도시의 고층 빌딩 윤곽이 저 멀리 보이는 지평선을 깨뜨렸다. 금속과 유리에 반사되는 이른 아침 해가 건물을 금빛 주괴로 바꾸었다. 공기는 상쾌했고 점점 따뜻해지고 있었다.

토요일 아침. 봄날.

오토스 라이크 어스AUTOS LIKE US로 가려면 여기서 내리세요

베어 카운티를 벗어난 후 첫 번째 갈림길이었다.
표지판이 하나 있었다.

차를 고르세요! 아무 차나!

오톨리커스Autolycus는 판매업자였다. 자동차 판매업자. 자동차를 판매하는 사람. 대단한 언변의 길거리 세일즈맨.

오톨리커스. 반은 부다페스트, 반은 뉴저지. 구유럽의 대담한 여자와 신세계의 대담한 남자의 만남.

오톨리커스 : 하나로 묶어 늘어뜨린 머리, 염소수염, 카우보이 부츠, 줄무늬 넥타이. 반은 사기꾼, 반은 현자.

쉐보레를 타고 고속도로를 달리던 클로의 눈에 들어온 것은 들로리언*의 위로 열리는 날개 문이었다. 클로가 들로리언 앞에 차를 세우고 내렸다. 오톨리커스가 차 뒤편에 장착된 엔진 위로 몸을 숙였다. 오톨리커스의 작은 체구 중에서 자동차의 위쪽으로 열린 갈매기 날개 같은 문에 가려지지 않은 부분은 냉각기와 개스킷에서 피어오르는 증기가 가렸다.

---

* 들로리언 자동차 회사에서 만든 스포츠카로, 영화 〈백 투 더 퓨처〉에서 타임머신으로 쓰였다.

"〈백 투 더 퓨처〉에 나온 차예요?"

오톨리커스가 몸을 폈고 그의 눈이 클로의 친절하고 진솔한 얼굴을 읽었다. 클로는 선글라스를 손에 들고 차대가 낮은 자동차와 신경질적인 차 주인 옆에 높다랗게 서 있었다.

"망치 있소?"

"이런 차에다 망치질을 한다고요?"

"망치로 내 머리에 구멍을 내려고. 이걸 판 사람한테 속았어. 난 너무 정직해."

"원하면 태워 드릴게요."

"예쁜 트럭이네. 난 쉐보레가 좋아. 새 차군."

"네, 작년에 플리스가 잘됐거든요. 가 봤어요?"

"플리스? 거기 살아?"

"물론이죠. 그러니까, 아빠 집이지만 전 아들이니까요."

오톨리커스가 약품을 묻힌 천으로 손을 닦고 들로리언을 잠근 다음 쉐보레에 올라탔다. "스티치가 들어간 가죽, 게다가 아주 깨끗하군. 마음에 들어."

"아빠가 항상 말씀하셨죠, 차가 아무리 오래되고 낡아도 항상 단정하게 관리해라. 가난할 때 배운 교훈이지만 지금은 부자예요."

"이제 아메리칸 드림은 끝난 것 같아, 부자만 돈을 벌지. 아니면 정치가나."

"오해하지 마세요, 가족끼리 사업을 하는 것뿐인데, 네, 좋은 사업이죠."

"그래서, 어디로 갑니까, 덩치 큰 친구?"

"시내에 나가요. 오늘이 아버지 일흔 번째 생일이에요. 파티를 하거든요. 여동생이 물건 몇 가지랑 아버지 드릴 특별한 선물을 사 오라고 해서요, 아들이 아버지에게 드릴 만한 선물로 말이죠. 제가 그랬어요, 아이고 유다의 사자獅子*님, 내가 아빠한테 뭘 사 드려야 돼?"

"종교가 있나? 아버지도?"

"저는 성경을 읽으며 자랐어요. 요즘은 교회에 잘 안 나가지만 그래도 아직 하나님께는 당신만의 방법이 있다고 믿어요."

"하나님이 우리에게 필요한 것을 보내 주신다고 믿어?"

"물론이죠, 아버지는 항상 하나님이 여동생을 보내 주셨다고 하죠, 짜증 나는 녀석이지만요."

오톨리커스가 고개를 끄덕였다. "오늘도 하나님이 보내 주신 날인 거 같아. 하나님이 당신에게 나를 보내셨지."

"제가 당신을 돕고 있는 건데요!"

오톨리커스가 다시 고개를 끄덕였다—그가 고개를 갸웃거리며 주머니에서 술병을 꺼냈다. 오톨리커스가 한 모금 마셨다. "버 번 마실래?"

"면허 취소당하고 싶지 않아요."

✦ 『창세기』 49장 8∼12절과 『요한계시록』 5장 5절에 언급된다.

"의사가 그러는데, 나는 간 때문에 매일 술을 마셔야 한다더
군."

"드세요."

"이름이 뭐지?"

"클로라고 해요."

"만나서 반가워, 클로. 좋은 날이군, 진짜로."

토요일 아침. 봄날.

퍼디타는 아버지가 망치를 손에 들고 입에 못을 물고서 사다리
에 올라가 있는 모습을 보았다. 그녀는 아버지가 아직 자고 있는
줄 알았다. 퍼디타가 신선한 커피를 준비한 다음 아빠에게 생일
축하 인사를 하러 정원으로 나갔다.

지난 몇 년 동안 셉은 열심히 일을 하면서 술집을 발전시켰다.
플리스에서는 먹을 것도 팔았다. 최고의 생선 수프, 껍질째 요리
한 게, 완두콩 밥, 검정콩. 가마우지가 날씨를 예언하는 제방으로
드라이브를 하러 나가는 길이라면, 음, 드라이브를 하는 보람이
있었다.

처음에는 셉이 대부분의 일을 직접 했다. 기다란 덧문을 수리
하고, 철제 난간의 길이를 알아내서 건물 주변을 빙 돌아 난 발코
니를 개축했다.

셉은 퍼디타를 등에 업고 일했다. 퍼디타는 한 번 버려진 적이

있었으니 셉은 퍼디타를 두 번 다시 버리지 않을 생각이었다. 밤이 오면 퍼디타는 셉의 방에서 잤고 셉은 사랑과 상실에 대한 옛날이야기를 들려주었다. 퍼디타는 너무 어려서 그게 바로 두 사람의 이야기라는 것을 몰랐다. 퍼디타가 아는 것은 그의 목소리밖에 없었다.

퍼디타가 자라자 셉은 피아노와 화음을 들려주었고 두 사람은 셉이 자랄 때 들었던 음악을 함께 들었다. 마벌레츠 같은 여성 그룹들, 민중가요, 밥 딜런과 존 바에즈, 그리고 셉이 제일 좋아하는 마빈 게이.

퍼디타가 정원으로 나갔다. 아버지는 바람에 맞춰 날개를 펼친 대머리수리를 보고 있었다.

"생일 축하해요, 아빠."

셉이 퍼디타를 안았다. "너한테 줄 게 있단다."

"저요? 아빠 생일이잖아요, 제 생일이 아니라."

셉이 주머니에서 부드럽고 낡은 가죽 주머니를 꺼냈다.

"네 어머니 거야. 네가 열여덟 살이 될 때까지 기다렸는데, 오히려 내가 일흔 살이 됐구나. 갑자기 죽어서 너한테 이걸 직접 주지 못하면 안 되니까."

"아빠는 갑자기 안 죽어요."

"자." 셉이 주머니의 내용물을 퍼디타의 손에 쏟았다.

퍼디타는 말없이 앉아서 반짝거리는 차가운 불꽃처럼 아름다운 그것들을 바라보았다. 세상을 만드는 것. 시간의 층. 그것이 바로 다이아몬드다.

"진짜예요?"

"그럼. 전부 다이아몬드야."

"그럼 엄만 가난하지 않았네요."

"가난한 여자는 아니었던 것 같다, 그래."

퍼디타는 어머니가 분명 한때 자신을 안았을 방식으로 다이아몬드를 잡고 있었다. 두 손으로.

퍼디타가 울기 시작했다.

"울지 마." 셉이 말했다. "넌 그때도 사랑받았고 지금도 사랑받고 있단다. 그걸로 충분하지 않니?"

퍼디타가 고개를 끄덕이며 손등으로 눈을 닦았다. 가끔은 다 큰 여자였다가 가끔은 아직 아이인 그런 나이였다.

"오늘 저녁에 하고 나올게요." 퍼디타가 말했다. "아빠 파티 때요."

"파티를 왜 하는지 모르겠구나. 번거롭게."

"파티도 할 수 없다면 늙는 게 무슨 소용이에요?"

"내가 늙었어?"

"네, 아빤 늙었어요." 퍼디타가 그에게 입을 맞췄다. "하지만 죽진 않아요."

"내가 나이가 많을지는 몰라도 아직 춤은 너보다 잘 추지."

퍼디타가 손을 뻗어 그를 찰싹 때렸다. 셉은 클로만큼 키가 컸

기 때문에 퍼디타보다 30센티미터는 컸다. 그런 다음 퍼디타가
그의 손을 잡았고, 두 사람은 잠시 노래하며 같이 춤을 추었다.
셉이 멜로디에 맞춰서 손가락을 딱딱 울렸고, 퍼디타는 화음을
맞춰서 높은 음으로 노래했다. **나를 달에 보내 주세요, 별들 사이
에서 어울리게 해 줘요**⋯⋯

"엄마는 춤을 잘 췄어요?"

"노래를 잘했지. 너한테 노래를 만들어 줬잖아. 내가 너한테 처
음 가르쳐 준 노래."

"정말로 그걸 썼어요?"

"네 엄마 글씨에 네 엄마가 그린 음표야. 피아노 파트도 그렇
고. 멋진 음악가였지. 그 노래는 엄마가 너한테 보내는 편지야.
이따가 그거 부를래?"

퍼디타가 춤을 멈추고 고개를 저었다. "아빠가 좋아하는 노래
다 불러 줄게요."

"들어가서 피아노로 몇 곡 쳐 보자. 애들 아직 안 왔니?"

"아직요, 아빠. 아직 일러요."

셉이 고개를 끄덕였다. "그렇겠구나. 어젯밤에 잠을 잘 못 잤어.
죽음이 잠깐 찾아왔었거든."

"아빠 괜찮아요!"

"혈압이 높아."

"그러니까 오빠랑 저한테 일을 맡기시라니까요."

"일을 그만두는 거야말로 세상을 떠나는 제일 확실한 방법이

지."

"뭐 때문에 죽었어요? 엄마 말이에요."

셉이 퍼디타를 끌어안았다. "나도 모른다는 거 너도 알잖니."

"이렇게 오랫동안 이 다이아몬드를 간직하면서 한 번도 말 안 했잖아요. 말 안 한 게 또 있을지도 모르죠."

셉이 웃었다. "아가야 누가, 어디서, 왜, 어떻게 그랬는지 내가 알면 왜 너한테 말을 안 하겠니?"

"알면 말해 줄 거예요?"

퍼디타는 베이비박스에 대해서 전혀 몰랐다. 그녀가 아는 것은 엄마가 죽었고 셉이 자신을 입양했다는 사실밖에 없었다. 저 멀리 떨어진 어딘가의 교회에서. 과거는 멀리 떨어진 곳이었다. 자동차를 타고 가도 거의 18년이나 걸리는 곳.

퍼디타가 엄마에 대해서 물을 때마다 셉은 이렇게 말했다. "정말 좋은 여자였지."

퍼디타가 아빠에 대해서 물으면 이렇게 말했다. "그 사람에 대해서는 전혀 모른단다."

클로에게 물어보면 이렇게 말했다. "아빠한테 물어봐."

대답이 없었기 때문에 퍼디타는 질문을 그만두었다.

머리 위에서 대머리수리들이 높은 소리로 차갑게 울면서 뱅뱅 돌았다. 잃어버린 것을 찾는 것처럼. 오래전에.

토요일 아침. 봄날.

고속도로에서 클로는 폭발적인 베이스로 안에서부터 차를 날려 버리려는 듯이 라디오 음량을 최대로 높였다. 정지신호를 향해 속도를 줄일 때 자동차가 음악 소리로 붕붕거리면서 금속 차체가 울렸고, 오톨리커스가 양손을 모아 입에 대고 소리쳤다.

"좋아, 덩치 큰 친구! 여기서 우회로로 나가!"

클로가 고속도로 출구 차선에 줄을 섰다. "우회로는 진짜 싫어요! 제가 어렸을 때 생기기 시작했죠. 눈앞에 쭉 뻗은 도로가 좋아요. 가끔 정지신호가 있으면 물도 마시고. 주행 제어장치도 있고. 스트레스도 없고 운전대를 잡을 필요도 없어요."

클로는 운전대를 많이 잡는 사람처럼 보이지는 않았다. 팔뚝을 운전대에 올리고 커다란 양손으로 박자에 맞춰 두드리고 있었다.

오톨리커스가 술병의 술을 한 모금 더 마시고 반사되는 햇빛 때문에 선글라스를 썼다.

"노상강도라면 절대 말해 주지도 않고 알지도 못하는 이야기를 알려 줄까? 듣고 있어?"

클로가 라디오 소리를 줄였고 자동차 소리가 멈췄다.

"사실은 말이야…… 우회로가 조금 더 일찍 만들어졌다면 서구 문화 자체가 달라졌을 거야."

"전부 다요?"

"빌어먹을 전부 다."

"어떻게 알아요?"

"오이디푸스 이야기 기억나?"

"이디…… 누구라고요?"

"아버지를 죽이고 어머니랑 결혼한 남자 말이야."

"〈폭스 뉴스〉에 나온 얘기예요?"

"좀 옛날 일이야. 오이디푸스는 좁은 도로를 달리다가 채리엇을 탄 늙은이를 만났어."

"쉐보레 채리엇 말이에요?"✦

"아니, 진짜 전차 말이야. 늙은이는 라이오스라는 왕이었는데, 새파랗게 젊은 놈한테 길을 내주고 싶지 않았고, 오이디푸스는 변덕스러운 데다가 전형적인 민주주의자라, 나이나 전차 같은 것에도 개의치 않았기 때문에 마찬가지로 길을 내주려 하지 않았지. 그래서 둘이 싸웠고, 이디가 결국 늙은이를 죽였어."

"무기 소지 면허는 있었대요?"

"그냥 머리를 때려서 죽였어."

"어른을 공경할 줄 모르네요."

"그냥 들어! 이 모든 일이 교차로에서 일어났잖아, 응? 세 갈래 길이 하나로 합쳐지는 곳이었지. 우회로만 제때 만들었어도 그런 참사는 절대 일어나지 않았을 거야. 당신 먼저, 그런 다음에 나, 알겠어?"

"네, 알았어요, 그래서 뭐요?"

✦ 고대에 사용하던 말이 끄는 전차를 채리엇chariot이라고 하는데, 미쓰비시에서 같은 이름의 미니밴이 나왔다. 클로가 미쓰비시 샤리오chariot를 쉐보레 채리엇으로 착각하고 있다.

"그래서 뭐요? 프로이트가 그래서 뭐냐고? 정신분석학에서, 서구에서 제일 중요한 이론인데 그래서 뭐냐는 거야?"

"음, 전 한 번도 못 들어 봤는데요."

"오이디푸스 콤플렉스! 남자는 항상 자기 아버지를 죽이고 자기 어머니랑 결혼한다고."

"아니, 그렇지 않아요! 제가 아는 사람들 중에 한 번이라도 그런 짓을 한 사람은 없어요."

"그런 건 단 한 번밖에 못 하는 거야. 한 사람한테 부모가 몇이나 된다고 그래?"

"제 말은, 한 번도 못 들어 봤다는 거예요. 그래요, 여동생이랑 자는 사람도 있겠죠…… 그래, 그런 일은 있을 수도 있어요, 하지만……"

"들어 봐! 이건 은유야. 경쟁심, 금지된 욕망, 가족 로맨스를 버리지 못하는 마음."

"아저씨, 왕이 그 청년 아버지라고 말 안 해 줬잖아요. 엄마가 어디 있었는지도 말 안 했고. 쉐보레에 같이 타고 있었어요?"

"쉐보레가 아니라니까! 엄마는 집에서 왕비 노릇을 하고 있었지. 오이디푸스는 노인이 자기 아버지인 줄 몰랐어. 입양아거든. 오이디푸스는 장차 부모를 죽이게 된다는 저주에 걸려 있었지, 그런데 오이디푸스는 부모님을 좋아했거든. 어렸을 때 같이 놀아 주고 강아지도 사 주고 그랬으니까, 뭐 그런 거지."

"그럼, 그럼요. 우리 아빠가 그래요."

"그래서 이디는 집에서 도망쳤어. 자기가 입양된 줄 몰랐지."

"말을 안 해 준 거예요? 제 여동생도 입양아예요. 사실대로 말해 줘야 한다고요."

"맞아! 그래서 불쌍한 이디는 저주에서 벗어나려고 도망쳤다가 저주에 제 발로 걸어 들어간 거야. 자기 아버지를 죽였지."

"진짜 뭣 같네요."

"그렇지. 그래서 오이디푸스는 라이오스를 죽인 다음 도시로, 테베라는 멋진 도시—술집, 클럽, 전부 싸구려가 아니었지—로 들어가서 테베가 **위협**당하고, **위협**당하고, 위**협당**하고 있다는 것을 알게 됐지. 마피아가 눌러앉은 거나 다름없었어, 스핑크스라는 거 때문에."

"스핑크스? 그거 속옷 아닙니까?"

"속옷은 스팽스고. 스핑크스는 여자였어. 그런 유형 알지, 반은 괴물에 반은 메릴린 먼로인 거지. 스핑크스는 나름 여자의 논리가 있었어. 자기한테는 말이 됐지만 다른 사람들한테는 완전 미친 소리로 들렸지. 스핑크스의 말은 이거였어. 자, 앉아서 한잔하고 퀴즈를 맞혀 봐, 답을 맞히면 테베의 통제권을 넘겨줄게. 스핑크스는 다른 데에도 일거리가 있었거든. 하지만 스핑크스는 까다롭고 나쁜 년이었기 때문에 답을 못 맞히면 머리를 잘라 버렸지."

"그런 여자 알아요! 알아요!"

"하지만 오이디푸스는 답을 맞혔고, 부상에는 왕비와의 결혼도 포함되어 있었지. 이제 왕이 죽었으니 가능했어. 그런데 왕비는 바로 오이디푸스의 어머니였다고!"

"그 남자가 불쌍하네요. 그래서 어떻게 됐어요?"

"오이디푸스는 어머니인 이오카스테와의 사이에 자식을 넷 낳았어, 아들 둘 딸 둘. 멋진 가족이었지. 정신적으로 좀 불안하긴 했지만 근친상간이니까 뭐. 전체적으로는 괜찮았어. 그러다가 도시에 역병이 돌았고, 쓸데없이 참견하는 신탁이 선언했지, 죽은 왕의 살인자를 찾지 못하면 역병은 절대로, 절대로 끝나지 않을 거라고. 당시 사람들은 바이러스라는 걸 전혀 몰랐어. 역병은 신들이 보내는 거라고 생각했지."

"에이즈에 대해서도 그렇게 말하죠. 제가 의사는 아니지만 그게 멍청한 소리라는 건 알아요."

"진보에 대해서 우리가 알 수 있는 한 가지는 말이야, 모두에게 일어나는 일은 아니라는 거야."

"바로 그거예요, 우리 앞에 가는 저 개자식 좀 보라니까요."

"테베 출신일지도 모르지. 아무튼 그래서 오이디푸스는 살인자를 찾기 시작했고 결국은…… 자신이라는 게 밝혀졌지! 기분이 어땠을지 상상해 봐."

"개똥 같았겠죠."

"개똥 같았지. 아내, 혹은 어머니, 혹은 아내/어머니인 이오카스테가 침실로 들어갔어, 침실로 말이야! 중의적이지. 그 여자는 목을 맸어. 오이디푸스는 이오카스테의 시체를 내린 다음 브로치를 빼서 그걸로 자기 눈을 찔렀지."

"진짜로요?"

"진짜로. 이 사건 자체가 서구 사상에서는 아주 중대한 거라고. 10억 명쯤 되는 신경증 환자들, 100만 명쯤 되는 정신과 의사들이랑 씨발놈들, 문학 이론, 영향의 불안[+]……"

"요즘은 주사 맞으면 돼요."

"영향은 인플루엔자랑 달라."[++]

"전 의사가 아니라니까요."

"그리고 특별한 포르노도 있지."

"밀프MILF[+++] 말이에요?"

"풀어서 말해야지, 내가 자고 싶은 엄마라고."

"어허……" (그리고 두 사람 다 웃음을 터뜨렸다.) "어허!"

"우회로를 진작 만들었다면 그 사건 자체가 일어날 수 없었을 거야."

"그거 참 거지 같은 일이네요."

"하지만 우회로는 절대로 그렇게 심오하거나 시적이지 않아, 안 그래? 내 말은, 근엄한 표정으로 **저는 인생의 우회로에 다다랐습니다**라고 말하는 사람은 없다고. 아니지, 다들 갈림길이라고 한다니까."

"무슨 소리예요?"

[+] 문학비평가 해럴드 블룸이 오이디푸스 콤플렉스를 도입하여 만든 문학 이론.
[++] 영향influence과 인플루엔자influenza는 발음이 비슷하다.
[+++] '내가 자고 싶은 엄마Mother I'd Like to Fuck'의 줄임말로, 포르노그래피 장르이기도 하다.

"다음 출구에서 내려, 다음 출구에서. 다 왔어."

그리고 클로는 '**오토스 라이크 어스**'라는 표지판을 보았다.

"어어! 아이고 성령님! 들어 본 적 있어요! 당신이 오톨리커스
군요! 유명하잖아요! 자동차 박물관도 있다면서요. 당신이 이곳
에 오고 얼마 안 돼서 우리가 도시 밖으로 이사했거든요. 디트로
이트에서 오셨죠?"

"맞아! 박물관 보고 싶어?"

"시간이 없어요."

"늘 없다 없다 하면 시간이라는 게 무슨 소용이야?"

클로가 실버라도를 세웠다. 잘생겼다기보다 예쁘고 호리호리
한 젊은이가 지붕 없는 지프를 타고 굉음을 내며 차고에서 나왔
다.

"너무 빠르잖아!" 오톨리커스가 소리쳤다.

"엔진이 거지 같아서 그래요!" 청년이 외쳤다. 그는 기름때 묻
은 멜빵바지를 입고 있었다. 목에는 묵직한 고글이 걸려 있었다.
청년이 시동을 끄고 차에서 내렸다.

"들로리언 좀 견인해 와."

"또요?"

"클로…… 이쪽은 젤이야. 내 조수지." 오톨리커스가 말했다.
"요즘 애들은 아스팔트 같은 두뇌에 불도저 같은 몸을 가지고 있

거나 대학 학위를 가지고 펜더를 닦고 싶어 하거나 둘 중 하나지. 얘도 그런 애야. 항상 뭔가를 읽는다니까."

"제 여동생도 항상 뭔가를 읽어요." 클로가 말했다. "어이, 우리 플리스에서 본 적 있지 않나?"

젤은 바닥이 말이라도 거는 것처럼 내려다보고 있었다.

"음, 나도 젊을 때는 읽는 걸 좋아했지." 오톨리커스가 말했다. "그럼 얘기를 풀기 쉽거든. 여기 이 지프는 어니스트 헤밍웨이가 타던 거야."

"옆에 묶인 연료 통은 그 사람 거였죠." 젤이 말했다.

오톨리커스는 젤을 무시했다. "1940년산 카키색의 아름다운 물건이지. 어니스트 헤밍웨이. 작가. 헤밍웨이는 제2차 세계대전 때 미 육군에서 소령으로 복무했지. 파리 해방 때 그 자리에 있었어. 오데옹 거리*를 달리면서 셰익스피어 앤드 컴퍼니 서점을 찾았지."

"셰익스피어는 들어 본 적 있는데 그 사람이 서점을 운영했는지는 몰랐네요."

"책 별로 안 읽나 봐, 응? 자, 기념이야."

오톨리커스가 사냥 재킷에서 낡은 문고판을 꺼냈다. 재킷은 그의 몸 자체가 하나로 묶어 주고 있는 주머니 여러 개의 모음 같았다. "어니스트 헤밍웨이, 『태양은 다시 떠오른다』."

✦ 프랑스 파리 센 강의 왼편에 위치한 유명한 서점 거리.

"고마워요. 여동생한테 줄게요."

"아니. 난 미래를 보는 눈이 있어. 언젠가 이 책 때문에 나한테 고마워할 일이 있을 거야. 자, 둘러봐, 저건 메릴린 먼로가 타던 폰티악이야. 코를 바짝 붙이면 아직도 샤넬 넘버 파이브 냄새가 난다니까."

클로가 느릿느릿 뒷걸음질 치자 오톨리커스가 젤의 기름때 묻은 멜빵바지를 잡았다.

"내가 망하면 좋겠어? 저 사람이 들로리언을 산다잖아."

"저 사람이요?"

"난 누구에게든 뭐든지 팔 수 있어. 돈 있는 사람이라면 말이야. 들로리언을 처분해야 돼."

"아저씨는 사기꾼이에요."

"난 항상 사기꾼이 되고 싶었지. 그게 내 소명이야."

"저는 들로리언 못 가져와요. 오늘 일찍 나가야 돼요. 말했잖아요."

"아빠가 오신대? 머큐리 가지러?"

"머큐리가 아니라 서류를 위조한 조립 자동차죠."

"아바타, 클론, 대량생산, 복제, 3D 프린터로 가득한 이 세상에서 뭐가 진짠지 말할 수 있을 때가 되면 그때 가서 뭐가 가짠지 말하라고, 건방진 놈."

"어쨌든 전 상관없어요. 아버지는 돈 좀 낭비해도 돼요. 그래서 일찍 가는 게 아니에요."

젤은 스물몇 살이었고, 몇에 해당하는 숫자가 그리 크지는 않았다. 날씬한 체격, 강인한 어깨, 여자처럼 뒤로 넘겨서 묶은 머리. 기분이 나쁠 때는 얼굴을 찌푸리며 손금을 읽으면 방법을 찾을 수 있다는 듯 뒤집어서 보는 손바닥. 젤은 1년 넘게 차고에서 살았다. 그는 어느 날 직접 고친 브리티시 로얄엔필드 오토바이를 타고 나타났다.

성인聖人이라고 할 수는 없는 오톨리커스가 그에게 일을 주었고, 나중에 자동차를 고칠 때 버려진 발포 고무 위에서 자는 젤을 발견하고 일종의 집 비슷한 것도 제공했다. 젤은 열심히 일했고, 책을 읽었고, 외출은 별로 하지 않았다.

"아버지랑 화해해야지. 너 어떻게 지내느냐고 물어보시던데."

"부모잖아요. 아버지가 저랑 화해해야죠."

"난 자식이 다섯이야. 한 번도 본 적은 없지만."

"애가 있다는 말은 안 했잖아요."

"뭐야, 갑자기 우리가 친한 사이라도 된 거야? 내가 왜 너한테 애들 얘기를 해야 돼? 다른 이야기, 더 중요한 이야기를 해 주지. 살다 보면 후회는 금방 와. 후회를 찾아다니지는 말라고."

"아빠 얘기는 이제 됐어요, 네? 오늘 MGB 로드스터 써도 된다고 하셨죠?"

"내가 그랬어? 왜?"

젤이 얼굴을 붉혔다. "데이트가 있어요."

"누군데?"

"아저씨는 절대 모르는 사람이에요."

"우리 친한 사이 아니었어? 날 이렇게 취급하기야?"

젤은 말이 없었다. 그러다가 이렇게 말했다. "죄송해요. 전……
저 긴장한 것 같아요."

오톨리커스가 빙긋 웃더니 젤의 어깨를 툭 쳤다. "긴장할 거 없
어! 걔도 널 좋아할 거야. 근데 로드스터는 뒷좌석이 없어. 키스
나 그보다 더한 건 어떻게 하려고?"

젤이 고개를 푹 숙였다. "그런 여자 아니에요."

"거짓말은 하지 말자. 그건 정치가나 하는 거지."

"연료가 많이 안 드는 차가 필요해요. 걘 환경주의자거든요."

"그럼 같이 산책이나 해."

"저 밤새도록 로드스터 고쳤다고요."

클로가 박물관에서 나왔다.

"여기 있는 차, 전부 빌릴 수 있는 거예요?"

"그럼, 그럼요. 음악도 딸려 가지. 젤! 저기 타이어에 흰 줄무늬
들어간 차 라디오 좀 켜 봐, 두 가지 색 배색에 나팔 모양 안정판,
당장이라도 선더 앨리*에 갈 수 있는 자동차라고!"

젤이 몸을 숙여서 플라스틱 손잡이를 돌렸다. 〈록 어라운드 더
클록〉이 앞마당에 울려 퍼졌다. 젤이 물러서기도 전에 오톨리커

---

* 동명의 시트콤에 나오는 자동차 경주장.

스가 그를 겨드랑이에 끼고 빙글빙글 돌았다.

"클로, 클로, 골라 봐. 요금은 전부 1달러야."

"1달러라고요?"

"그 밖에 우리가 청구하는 5백 달러, 천 달러, 2천 달러는 자동차 박물관 기부금이거든. 가능하면 현금이 좋고. 난 법에 어긋나는 쪽이 좋으니까."

클로가 손을 내밀었다. "있잖아요, 만나서 진짜 반갑고 그랬어요. 아버지 모시고 올게요. 이젠 가 봐야겠어요. 여동생한테 문자 메시지가 왔는데……"

오톨리커스가 몸을 쭉 뻗더니 고장 난 전구를 치듯 젤과 클로의 이마를 쳤다.

"좋은 생각이 났어! 선물! 당신 아버지 선물!"

"뭐라고요?"

"내가 들로리언을 팔지."

"속았다면서요!"

"그래, 그래, 그랬지, 그랬어! 당신한테 반값에 팔지. 난 10만을 줬어. 5만만 줬어야 하는 건데. 2만 5천만 내면 넘길게."

"고속도로에서 퍼졌잖아요!"

"파티 시간에 맞춰서 잘 달리게 고쳐 놓으면 되잖아. 아버지가 일흔 살이라고 했나?"

"네, 맞아요."

"그렇다면 시간을 되돌리고 싶지 않으시겠어? 여동생이 상상력을 발휘하라고 했다며. 들로리언은 생각도 못했을 거야, 내기 해도 좋아. 절대 못하지! 그러면 여동생도 둘 중에 누가 더 똑똑한지 알겠지. 저 차는 단순한 자동차가 아니야, 타임머신이지. 시간을 사는 거라고, 일흔 번째 생일 선물로 시간을 받고 싶지 않은 사람이 어디 있겠어?"

"그럴까요?"

"난 알아, 알아, 안다고! 빙고! 하이파이브! 춤을 춥시다……"

오톨리커스가 클로의 손을 잡고 〈록 어라운드 더 클록〉에 맞춰서 자이브를 추기 시작했다. 바람 속에서 나부끼는 라이터 불꽃에 맞춰 춤을 추는 기분이었다.

"이봐요! 전 남자랑 춤 안 춰요! 당신 게이예요?"

"내가 게이처럼 보여?"

"손놀림이 너무 현란하잖아요."

"꼭두각시 극장에서 배웠거든. **축하해, 클로!**"

축하의 날

The Day of Celebration

FLORIZEL
Thou dearest Perdita,

With these forced thoughts, I prithee, darken not

The mirth o' the feast. Or I'll be thine, my fair,

Or not my father's. For I cannot be

Mine own, nor any thing to any, if

I be not thine. To this I am most constant,

Though destiny say no. Be merry, gentle;

Strangle such thoughts as these with any thing

That you behold the while. Your guests are coming:

Lift up your countenance, as it were the day

Of celebration of that nuptial which

We two have sworn shall come.

(4. 4. 40–51)

"하나! 둘! 셋! 넷!"

"그가 당신을 얼마나 사랑하는지 알고 싶다면, 그의 입맞춤을 보면 알아요, 바로 거기에 있어요."

세퍼레이션즈는 대단했다. 세퍼레이션즈의 음악은 스네어드럼, 여성 그룹 하모니, 페달과 픽을 이용한 기타 연주가 어우러진 자칭 힐리빌리 솔 밴조라는 스타일이었다. 손가락으로 뜯는 콘트라베이스와 오순절교회파 피아노. 모든 화음이 최후의 심판일을 부르는 소리였다. 그게 바로 셉이었다.

헤어짐이라는 뜻의 세퍼레이션즈란 이름은 본인들이 직접 붙인 것이었는데, 홀리, 폴리, 몰리 모두 베이비박스 출신이기 때문이다. 처음에는 그룹 이름을 고아라는 뜻의 오펀즈라고 붙였지만, 그건 너무 슬펐다.

아무튼 퍼디타는 엄밀한 것을 좋아했고, 고아란 부모가 죽은 아이들을 가리키는 말이었기 때문에 홀리폴리몰리는 고아일 수가 없었다. 이 아이들은 업둥이였다. 하지만 업둥이, 그러니까 파운들링스라는 여성 그룹을 좋아할 사람이 어디 있겠는가?

그때 홀리가 학교에서 6단계 분리 이론six degrees of separation✦을 들었고, 모두들 스리 디그리즈The Three Degrees 같은 레트로 솔 LP의 팬이었고…… 또 모두들 친부모와 헤어졌기 때문에 정말 딱이었다.

세 여자아이들, 그러니까 홀리몰리폴리는 중국인 세쌍둥이였다. 누가 광저우의 베이비박스에 그들을 버리고 갔는지 아무도 알아내지 못했다. 세 사람은 영국인 선교사 부부에게 입양되었다. 셋의 아버지는 하이위컴 출신 목사로, 중국으로 선교를 다녀온 다음 뉴보헤미아의 침례교 교회를 맡게 되었다. 그는 세상의 종말에 대한 나름대로의 생각이 있었고 셉은 그의 생각—묵시록 혹은 아마겟돈—에 동의하지 않았지만, 두 사람은 친구였다.

홀리폴리몰리는 퍼디타보다 한 살 위였다. 네 아이들은 처음부터 같이 노래했고, 처음에는 셉이 퍼디타를 교회에 데리고 다녔다.

홀리는 말을 더듬었다. 홀리가 노래할 때는 더듬지 않는다는

✦ 세상의 모든 사람이 여섯 단계만 거치면 아는 사이라는 이론.

사실을 알아차린 사람은 셉이었다. 그래서 셉은 홀리가 어색해하지 않도록 자신이 피아노를 치고 여자애들 모두에게 노래를 시켰다.

당시 셉은 믿음이 깊었지만 지난 10년 동안 자기 믿음에 대한 믿음을 잃었다. 세상은 점점 더 밝아지는 것이 아니라 점점 더 어두워졌다. 가난한 사람은 더 가난해졌고 부자는 더 부유해졌다. 사람들은 신의 이름으로 서로를 죽였다. 따르는 자들이 〈월드 오브 워크래프트〉 게임에서 총을 휘두르면서 성전을 벌이는 아바타처럼 굴기를 바라다니, 그건 도대체 어떤 신일까?

지금이 시간이 끝나는 종말이라면 내세로 곧바로 돌진하여 잊어버리면 그만이다.

셉은 시간의 핵심은 그것이 끝난다는 사실에 있다고 생각했다. 영원히 계속된다면 그것은 시간이 아닐 것이다, 안 그런가?

무엇을 믿어야 할까? 무엇을 굳게 믿어야 할까?

하지만 퍼디타는 당연한 믿음의 대상이었다. 셉은 그녀를 믿었다.

홀리폴리몰리는 브이넥 민소매 무대의상을 입고 서로 지퍼를 올려 주고 있었다. 퍼디타는 칫솔로 분홍색 스웨이드 신발에 솔질을 했다.

"그래서, 내가 너네 오빠랑 데이트를 해야 할까?" 홀리가 말했다. "데이트 신청받았는데."

"클로? 나이가 배는 많잖아!"

"난 나이 많은 남자가 좋아."

"나이 30대에 아직도 가족이랑 사는 남자랑은 데이트를 하면 안 된다고 생각해." 폴리가 말했다.

"가족이랑 사는 게 아니야, 같이 사업을 하는 거지."

"클로가 그렇게 말해?" 퍼디타가 거울 속에서 홀리를 향해 얼굴을 찌푸렸다. 홀리는 립스틱을 고쳐 바르고 있었다.

"음, 난 클로 귀엽던데."

"안 귀여워."

"너네 오빠잖아. 어떻게 알아?"

"공화당을 찍는 데다가 회계사 시험을 볼 정도로 머리가 좋은 것도 아니잖아."

"계산은 클로 대신 내가 하면 돼. 넌 그냥 못되게 구는 거야."

"긴장해서 그래. 남자 친구가 오거든."

"남자 친구 **아니야!**"

여자아이들이 한 줄로 서서 머리를 맞대고 노래했다. "**그녀가 그를 얼마나 사랑하는지 알고 싶다면, 그녀의 입맞춤을 보면 알아요.**"

퍼디타가 얼굴을 붉히면서 몸을 숙여 신발을 점검했다.

"놀리지 마, 알았지? 그 사람, 수줍음을 탄단 말이야."

"수줍음을 타는 게 그 사람이야 아니면 너야?"

퍼디타가 일어나 앉았다. "정말 말도 안 돼. 그냥 남자야. 난 여자고. 너무 정상적이라서 이상해. 삶은 달걀을 먹는 것 같아. 삶은 달걀 먹다가 접시를 내려다보면서 달걀 그릇, 달걀, 숟가락, 토스트, 소금, 그리고 그 뒤쪽 어딘가에, 눈에 보이지 않지만 이걸 낳았을 암탉을 생각하면, 정말 이상하다 싶잖아?"

홀리폴리몰리가 퍼디타를 빤히 보았다. 퍼디타는 달걀을 먹다가 깨닫는 순간이 이 아이들에게는 없었나 보다, 라고 생각했다.

퍼디타가 다시 도전했다. "설명을 제대로 못 했어. 그냥 그런 거야, 영화, 책, 텔레비전 프로그램, 노래, 뭘 보든지 그렇잖아. 알아? 어떤 건지 알지. 남자가 여자를 만나면, 『로미오와 줄리엣』. 여자가 남자를 만나면, 『위대한 개츠비』. 여자가 고릴라를 만나면, 〈킹콩〉. 여자가 늑대를 만나면, 『빨간 모자』. 여자가 소아성애자를 만나면, 『롤리타』, 이건 별로 좋지 않아. 남자가 엄마를 만나면, 『오이디푸스 왕』, 역시 좋지 않아. 남자가 문제 있는 여자를 만나면, 『잠자는 숲 속의 공주』『라푼젤』. 여자가 신체적 문제가 있는 남자를 만나면, 『개구리 왕자』."

퍼디타가 말을 멈췄다. 홀리몰리폴리가 아직도 퍼디타를 바라보고 있었다. 달걀이 있든 없든 말이 안 통했다.

"그냥 노래나 하자." 퍼디타가 말했다.

젤이 짙은 빨간색 MGB 로드스터를 후진시켜 주차장에서 뺐다. 그는 철선 스포크 바퀴와 가운데의 크롬 휠캡, 커다란 목제 운전대를 사랑했다. 좌석은 짙은 색 얼룩 가죽이었다.

라디오에 구식 버튼이 달린 멋지고 인기 많은 클래식 자동차였다. 1950년대, 1960년대, 1970년대, 1980년대, 원하는 시기의 노래가 미리 설정되어 있었다. 버튼을 누르면 대시보드의 정사각형 벌집 모양 그릴에서 과거가 흘러나왔다.

"난 사랑에 빠지지 않았어요, 그러니 잊지 말아요······"

젤이 차를 몰았다. 넓은 도로, 좁은 도로, 비포장도로, 시골길, 시내에서 벗어나는 도로. 그가 상상한 길들. 진짜이기를 바랐던 길들. 젤은 전에도 이 길을 달린 적이 있었다. 오토바이를 가게 바깥에 세워 두고 가게 안 문 바로 앞에 서서. 그녀는 금요일마다 바에서 노래를 불렀다.

다들 몰려들었지만 젤은 그러지 않았다. 그의 눈에는 군중들 틈 사이로 만화경처럼 조각난 그녀의 모습만 보였다.

지난주에 그녀가 같이 춤을 추자고 했을 때 젤은 비 맞은 개처럼 머리부터 온몸을 다 떨었다.

그녀는 그가 어디에 사는지 몰랐다. 그의 전화번호도 페이스북도 몰랐다. 가끔 젤은 몇 주 동안 오지 않았다. 그러다가 갑자기 나타나서 다시 저 뒤에 서 있었다. 너무나 깨끗하고 너무나 꼿꼿하고 너무나 조용하게, 잘 연마한 금속으로 만들어진 사람처럼.

그리고 그는 무슨 말을 해야 할지 정말 몰랐다. 그녀는 머뭇거리는 그의 목에 입 맞추고 싶었다.

대신 그녀는 파티에 그를 초대했고, 그는 "좋아요"라고 말했다.

이제, 머리를 깔끔하게 빗어 넘기고 향긋한 냄새를 풍기는 그가 깨끗한 리바이스와 집요할 정도로 주름 하나 없는, 보톡스로 다림질을 한 것 같은 흰 셔츠를 입고 정문에 서 있었다.

퍼디타가 그의 자동차 소리를 들었다. 그녀가 울타리 너머로 그를 보았다.

퍼디타는 뒷걸음질 쳤다. 심장이 너무 빨리 뛰었다. 기분이 왜 이럴까? 내 이런 기분은 뭘까? 나 자신과 내 영혼 둘만의 비밀 같은 것인데, 너무나 개인적이고 너무나 사적인 것인데, 어떻게 모든 사람의 영혼이 이와 똑같이 개인적이고 사적인 비밀을 가질 수 있을까?

나의 이런 느낌은 새롭거나 낯설거나 놀라운 것은 전혀 아니다.

하지만 나는 새롭고 낯설고 놀라운 기분이다.

두 사람은 환영 간판의 양쪽에 서서 마주 보고 있었다.

퍼디타는 일어나야 하는 일이 전부 다 일어난 뒤라면 좋겠다고 생각했다. 시간이 끼어들어서 두 사람을 자유롭게 해 준다면. 그들이 시작할 수 있다면.

그리고 젤은 그녀를 만질 수 있다면, 모든 것이 그를 통과해서 지나가고 그녀가 그를 안다면, 두 사람이 시작할 수 있다면 좋겠다고 생각했다.

퍼디타가 말했다. "안녕."

젤이 말했다. "꽃을 가져왔어."

클로가 깃발 장식을 끝냈다. 그는 소매를 걷어 올리고 앉아서 홀리몰리폴리와 함께 다이어트 코카콜라를 마시고 있었다. 셋은 너무나 예뻤다. 그리고 나이는 그의 반밖에 되지 않았다. 그 속담이 뭐더라? 열여덟 살에 두 명을 만날 수 있는데 왜 서른여섯 살에 한 명을 만나겠는가? 하지만 지금 여기엔 세 명이 있다. 정말 마음에 든다.

퍼디타와 젤이 접시에 게살과 정어리를 담아 왔다.

"어이! 너구나, 넌 줄 알았어!" 클로가 말했다.

"클로 오빠를 알아?" 퍼디타가 젤에게 말했다.

젤은 이것이 현실이 아니기를 바랐지만 현실이었다. "너희 오빠가 우리 사장님을 알지."

홀리가 아이패드를 꺼냈다. "일 얘기는 그만두자. 내가 무슨 퀴즈를 발견했어. 아서 에런이라는 옛날 사람, 이미 죽었을지도 모르는 백인 심리학자가 만든 거야. 「대인 친밀감의 실험적 생성」이란 건데."

"허어?"

"진심으로 노력하지 않고 사랑에 빠지는 방법이라는 뜻이야. 서로에게 이런저런 질문을 하다가 결혼하게 되는 거지."

"우린 자매야, 결혼 못 해."

"ㅋㅋㅋㅋ."

"아무튼, 우리가 누구랑 사랑에 빠져야 하는 건데?"

"나랑 사랑에 빠져도 돼." 클로가 말했다. "내가 받아 줄 수 있어."

"그래, 근데 우리가 받아들일 수 있을까?"

분홍색 폴리. 옥색 몰리. 환하고 아름답고 몸을 앞으로 숙인. 완벽하다. 자주색 홀리, 리더, 허리까지 내려오는 굵고 검은 머리카락.

"자자, 다들! 질문은 서른여섯 개야. 그냥 시작하자. 클로랑 사랑에 빠질 것 같은 사람이 있으면 손을 들어, 멈출 테니까. 퍼디타, 너도 할 거야?"

젤이 퍼디타를 흘깃 보았다. 그녀는 젤을 전혀 보지 않았다.

"좋아, 1번 질문. '언제 어느 시대의 누구든 초대할 수 있다면 저녁 식사에 초대하고 싶은 사람은 누구입니까?'"

폴리 : 마틴 루서 킹.

몰리 : 재니스 조플린.

홀리 : 하나님.

몰리 : **하나님**은 안 돼!

홀리 : 하나님은 왜 안 돼?

폴리 : 하나님은 아무것도 안 먹잖아, 뭐하러 저녁 식사에 초대해?

홀리 : 하나님이 아무것도 안 먹는다는 말이 성경 어디에 나와?

몰리 : 왜 먹고 싶겠어? 하나님인데.

홀리 : 왜 먹고 싶지 않겠어? 내가 하나님이라면 항상 먹을 거야, 절대 살 안 찔 테니까.

폴리 : 하나님 얘기는 **그만** 좀 할래?

홀리 : 좋아, 좋아! 퍼디타, 넌 누구 초대할 거야?

퍼디타 : 미란다.

몰리 : 미란다가 누구야?

퍼디타 : 이야기 속 인물이야. 셰익스피어 작품 속에 살아.

홀리 : 이야기 속 인물은 안 돼.

퍼디타 : 왜 안 돼? 유명 인사도 이야기 속 인물이잖아. 살아 있다는 이유만으로 진짜가 되지는 않아.

클로 : 나한텐 너무 심오하다.

퍼디타 : 아무튼, 홀리가 **하나님**을 골랐잖아, 하나님 맙소사.

클로 : 함부로 하나님 이름을 들먹이는 거 아빠 귀에 안 들어가게 해라.

퍼디타 : 아빠는 하나님을 더 이상 안 믿어. 아빠가 말 안 했어?

클로 : 뭐라고?!?!?

홀리 : 우리 지금 **게임** 하는 중이잖아! 다른 질문을 해 보자. '마지막으로 노래를 부른 때는?' 이건 쉽네. '마지막으로 운 때는?' 어어…… '그 이유는 무엇이었습니까?' 이건 너무 개인적이다.

클로 : 당연히 개인적이지! 개인적이지 않으면 어떻게 사랑에 빠져?

홀리 : 몰라? 그것도 모르다니 믿을 수가 없다! 사랑에 **빠지는** 사람은 아무도 없어, 사랑은 섹스와 절망의 뜨거운 혼합물이야, 해야 되니까 섹스를 하고, 외로우니까 절망하지. **누구와** 사랑에 빠지는지는 사실 아무 상관 없어.

클로 : 섹스는 누구와든 할 수 있지……

홀리 : 클로 말하는 것 좀 봐!

클로 : 하지만 사랑은 달라, 아빠는 달이 지구를 사랑하는 것처럼 엄마를 사랑했어.

퍼디타 : 항상 그렇게 말씀하시지.

홀리 : 난 그냥 사랑에 대해서 최근에 발견된 내용을 알려 주는 거야.

젤 : 하지만 그 사람들은 모르잖아요, 안 그래요? 사랑에 대해서 누가 뭘 알 수 있어요?

클로가 아이패드를 잡았다. "'이 문장을 완성하시오. ……와 공유할 수 있는 사람이 있으면 좋겠다.'"

홀리 : 개. 개를 공유할 수 있는 사람이라고 해야 하겠지만. 개가 있으면 좋겠어. 래브라두들이라든가?

클로 : 개라고? 마리화나를 함께 하는 건 어때? 멋진 데이트 상

대, 어두운 조명……

몰리 : 우린 항상 옷을 같이 입으니까, 나는 속옷을 공유하지 않아도 되는 사람을 만나고 싶어.

클로 : 종말이군, 종말이야. 네 속옷을 생각하고 싶지는 않다. 좋아, 생각하고 싶긴 해, 근데 내 여동생 앞에서는 싫어.

퍼디타 : 오빠 역겨워.

클로 : 젤은 내 말 알 거야, 그렇지, 젤? 으음식이랑 와인 때문에 이 먼 길을 온 건 아닐 테니까.

퍼디타 : 우리 오빠 맞아? 뭔가 착오가 있다고 누가 좀 말해 줘. 젤은 내가 초대해서 온 거야.

클로 : 뭐? 음식이랑 와인 들러 오라고 네가 초대한 거야? 오, 내가 미안! 젤, 젤! 너 이 문장 완성할 수 있어? '……와 공유할 수 있는 사람이 있으면 좋겠다.' 쉬워, 자, 이 자리에 숙녀분들도 있으니 조심하시고.

젤 : 책. 저는 책이에요.

퍼디타 : 나도. 책.

홀리폴리몰리는 낄낄낄낄낄낄 '낄' 자가 여섯 번 들어갈 정도로 웃으면서—자주분홍옥색 옷을 입은 세쌍둥이로서는 최대한 조심스럽게—멀어져 퍼디타와 젤만 남겨 두었다.

젤 : 무슨 책?

퍼디타 : 아빠가 준 책을 읽고 있어. 소로라는 19세기 남자가 쓴
    거야.

"『월든』? 『월든』 읽고 있어?"

"응! 알아?"

"우리 아빠가 나한테 읽히려고 항상 애썼지. 난 아빠랑 말도 안
하는데 말이야, 진짜 멍청한 짓이야."

"단순하게 사는 데 필요한 돈을 벌 만큼만 일하고 더 의미 있게
사는 것에 대한 책이야."

"응. 우리 아빠도 해 봤던 거야. 아주 오래전에, 아빠가, 음, 우
리 나이 정도일 때. 밴에서 살면서 페스티벌에 다녔고 재산도 없
었어."

"아직도?"

"아니. 아빤 부자야."

두 사람이 약간 어색하게 웃었고, 젤이 말했다. "난 부자가 아
니지만. 난 카센터에서 일해. 그래도 네 차는 고쳐 줄 수 있어."

"넌 나한테 무슨 책을 줄래? 나한테 책을 주고 싶다면 말이야."
퍼디타가 말했다.

젤이 양손을 펴고 손바닥을 살폈다. "나는 안 유명한 것들을 읽
어. 그러니까, 『월든』도 별로 안 유명하지만 아빠 때문에 그건 절
대 안 읽어, 미안. 지금은 벤저민 프랭클린의 자서전을 읽고 있어.
100달러에 그려진 남자 말이야. 그러니까, 우리는 늘 돈을 쓰지

만 지폐에 그려진 사람들에 대해서는 아무것도 모르잖아. 벤저민 프랭클린은 자유와 안보 중 하나를 선택해야 한다면 자유를 선택하라고 말했어."

"그때는 세계적인 테러가 없었잖아."

"우리를 겁먹게 하려는 것뿐이야."

"난 그렇게 생각하지 않아. 사람들이 죽잖아."

"그래, 죽지, 하지만 폭탄 배낭을 멘 남자라니, 그런 일이 얼마나 자주, 얼마나 많은 사람들한테 일어날 것 같아? 직장도 없고, 집도 없고, 의료보호도 없고, 희망도 없고, 그런 건 수백만, 수억 명의 일상이야. 내가 보기에는 그게 진짜 위협 같아. 그리고 기후변화도 위협이지. 전쟁과 가뭄, 기아……"

"그래, 그래서 우리에게 안보가 필요한 거야. 안전한 미래가."

"아니야! 우리는 소수의 사람들을 위해서 세상을 굴리면서 나머지 사람들의 세상을 망치는 기업의 통제에서 벗어나야 해."

퍼디타는 말하는 젤의 입을 보았다. 그녀는 그가 하는 말이 좋았다. 하지만 젤이 '요기 곰이 땅콩버터 샌드위치를 먹네'라고 말하고 있을지도 몰랐다. 퍼디타가 손을 들었다, 그녀의 손이 마음대로 그의 입술을 만지려 했다. 손이 반쯤 다가갔을 때 퍼디타의 뇌가 사실을 알아차렸고, 그녀는 대신 눈 앞을 가린 머리카락을 쓸어 넘겼다.

퍼디타가 도발적이면서도 침착하게 들리도록 애를 쓰며 말했다. "안보 같은 건 신경 쓰지 않는다면, 넌 뭐가 두려워?"

"나?" (젤이 한숨을 쉬고 손바닥을 보았다.) "다른 사람들과 다르다는 게 두려운 것 같아. 아니, 그렇지 않아. 다른 사람과 다른 것은 두렵지 않아. 내가 다른 사람과 달라도 신경 쓰지 않는 사람을 찾지 못할까 봐 두려워. 난 돈이나 권력에 대한 야망이 없어. 나는 진실하게 사는 방법을 찾고 싶어."

퍼디타가 길고 검은 그의 속눈썹을 보았다. 젤은 창백하고 주근깨가 난 그녀의 피부를 보았다. 그는 고양이 같은 회색 눈을 가졌다. 그녀의 눈은 갈색이었고 그 앞으로 갈색 머리카락이 떨어졌다. 퍼디타는 너무 멀어서 만질 수 없는 클로즈업 사진 같았고, 젤을 보는 눈이 너무나 진지하고 아름다웠다. 두 사람은 자신을 비추는 거울 같은 상대방을 향해 몸을 내밀었다.

테이블에서 터져 나오는 웃음소리.

클로 : 마지막 질문. **마지막 질문.** 여러분! 동생! 너부터 해 봐!

'시간을 되돌릴 수 있다면 나는 ⋯⋯와 함께하고 싶다.'

당신과 함께. 당신과 함께. 당신과 함께.

밴드가 음을 맞추고 있었다. 사람들이 도착해서 술을 마시기 시작했다. 웃음소리와 행복, 오랜 친구들이 있었다.

샤워를 하고 일요일에 입는 양복으로 갈아입은 셉이 바를 걸어 다니고 있었다. **이게 내 삶이야.** 그가 생각했다. **여기, 내 주변 모**

두, 참 좋아.

밴조가 연주를 시작했다.

셉이 테이블로 다가왔다. 홀리폴리몰리가 말했다. "생일 선물로 뭐 받았어요, 셉 아저씨?"

셉이 몸을 숙이고 양손으로 테이블을 짚었다. "나에게는 착한 아들과 착한 딸이 있지. 내가 원하는 건 그것뿐이란다. 음, 노래 한 곡도 괜찮겠지…… 퍼디타, 무대에 올라가서 내가 좋아하는 노래를 불러 주겠니? 연주 준비가 끝난 것 같구나."

퍼디타가 자리에서 일어나 까치발을 하고 아버지에게 입을 맞췄다. 그런 다음 사람들을 지그재그로 헤치고 지나 무대로 향했다. 연주자들이 그녀를 보고 고개를 끄덕이며 미소를 지었다. 밴조는 톰. 콘트라베이스는 빌. 호른은 스티브. 기타는 론. 스네어드럼과 하모니카는 조이.

그들은 톰 웨이츠의 옛날 노래를 벳 미들러가 옛날에 다시 부른 곡을 다시 연주하고 있었다. 밴조 연주가 시작되고 퍼디타의 목소리가 머나먼 옛날이야기처럼 들려왔다.

"나는 가족을 떠나네, 친구들을 모두 떠나네. 내 몸은 고향에 있지만 내 마음은 바람에 실려……"

셉은 클로 옆에 앉아서 버번을 조금 마시고 퍼디타의 노래를 들으며 그녀를 보고 있었다.

그날 밤 그가 다른 선택을 했다면 어땠을까? 그 자리를 떠나서 아기에 대해서는 잊었을까?

그렇다면 그의 삶은 어땠을까? 그리고 퍼디타의 삶은?

그날 밤, 폭풍과 비, 구름이 흩어지자 드러난 만다라 같은 달, 그에게 알려 준 것은 달이었다. 누워 있는 아기가 접힌 지도의 모서리처럼 살짝 보였다. 퍼디타라는 지도에 표시되어 있었지만 지금은 희미해진 것은 퍼디타가 결코 알지 못할 부모님, 그리고 사라져 버린 삶이었다. 퍼디타가 선택하지 않았을 또 다른 길들. 결코 만나지 않았을 사람들. 그렇지 않았을 그런 것들.

퍼디타의 어머니나 아버지, 혹은 두 사람 모두가 그녀라는 지도를 접어서 테이블 위에 놓고 방에서 나가 버렸다.

그것은 발견의 지도였다. 이제 북극이나 대서양이나 아메리카 대륙은 없었다. 달에도 다녀왔다. 그리고 해저에도.

하지만 퍼디타는 자신만의 나침반과 빈 종이를 가지고 출발하고 있었다.

길이 없는 바다. 꿈꿔 보지 못한 해안.

노래가 끝났다. 퍼디타가 마이크를 들고 조용히 해 달라고 말했다.

"우리 아빠 셉, 모두 아시죠." (환호와 갈채) "우리는 아빠의 생일을 축하하기 위해 이 자리에 모였습니다." (더 큰 환호성) "그리고 곧 다 같이 〈생일 축하합니다〉를 부를 건데요, 그 전에 제가 직접 아빠한테 고맙다는 인사를 하고 싶어요. 아빠, 이 세상 최고의 아빠가 되어 줘서 고마워요."

셉이 일어섰다. 밴드가 연주를 시작했다. **생일 축하합니다.**

그때 그 소리가 들렸다.

천둥이었을까?

포효였을까?

침략이었을까?

세계 종말이었을까?

모두 일어서서 지켜보는 가운데 반대편에서 누군가 혹은 무언가가 정원으로 이어지는 커다란 대문을 당겨 열었다.

눈부신 전조등 불빛. 낮게 으르렁거리는 소리. 클러치로 제어되는 근엄하고 느릿느릿한 빛의 속도.

들로리언이었다.

젤 : 아, 안 돼!

클로 : 산타 할아버지 맙소사!

셉 : 이게 무슨……?

들로리언의 갈매기 날개 같은 문이 올라갔다. 오토리커스가 항상 거기 있었던 것처럼 자동차 옆에서 나타났다. 그는 통이 점점 좁아지는 검은색 바지와 검은색 니트 터틀넥, 빨간 조끼 차림이었다.

돈을 받으러 온 악마처럼 보이는군, 젤이 생각했다.

내가 돈을 낸다고 했었나? 클로가 생각했다.

오톨리커스가 의자 위로 펄쩍 뛰어오르더니 양손을 들었다. "전 배달원입니다. 클로! 클로! 어디 있어?"

클로가 일어섰다. 이 만화 같은 나랑 내가 앉아 있는 이 만화 같은 의자를 통째로 오려 내서 망각에 빠뜨려 줄 만화 같은 칼이 어디 있지?

"아드님은 여기 계시고." 오톨리커스가 말했다. "아버지는 어디 계시죠?"

셉이 군중을 헤치고 나왔다. 오톨리커스가 태엽 장치 인형처럼 손을 흔들고 또 흔들었다.

"이게 뭡니까?" 셉이 말했다. "무슨 쇼라도 하시는 분입니까?"

"저는 말하자면 천사죠. 좋은 소식을 가져오는 천사. 클로! 클로!"

클로가 오톨리커스를 한쪽으로 끌고 갔다. "제가 서명했어요? 제가 서명이라도 했다는 거예요?"

오톨리커스가 주머니에서 종이를 한 장 꺼냈다. 클로는 그 종이에서 정말로 진짜로 실제로 연기가 난다고 생각했다.

"그럼, 그럼, 서명했지, 여기 이 불꽃이랑 발자국 보이지? 농담이야. 내가 실버라도를 갖고 당신이 들로리언을 갖는 게 어때? 괜찮은 거래라고, 젊은이!"

클로가 몸을 곧게 펴고 아버지를 향해서 목청을 가다듬었다. "아빠, 응, 아빠, 생일 축하해요. 이거 아빠 차예요."

"내 차라고?"

오톨리커스가 서커스단의 개처럼 펄쩍 뛰어 의자에 올랐다. "신사 숙녀 여러분! 주목해 주세요! 소개드리지요…… **들로리언!**"

남자들 몇몇은 이미 고개를 끄덕이며 환호하고 있었다. 오톨리커스가 미스아메리카에 뽑힌 것처럼 겸손한 미소를 지었다. 눈에는 눈물이 고여 있었다.

"**감사합니다. 감사합니다.** 몇몇 분께서 회상하는 소리가 들리는군요. 〈백 투 더 퓨처〉, 영화죠. 1985년. 네, 맞습니다!

들로리언은 그냥 자동차가 **아닙니다,** 타임머신이죠.

위대한 작가 윌리엄 포크너가 뭐라고 말했죠?

'**과거는 죽지 않았다. 아직 지나지도 않았다.**'"

(박수)

오톨리커스가 털썩 내려왔다. "셉! 셉, 차에 타세요! 이걸 디자인한 존 들로리언은 키가 195센티미터였습니다. 이건 덩치 큰 사람용 자동차예요, 그래서 전 팔아야 했죠. 페달에 발이 안 닿아서 말입니다. 정말 좋은 아들을 두셨어요."

군중 속 목소리 : 타요, 타요, 셉! 1984년으로 돌아가서 마빈 게이를 구하자고요!

셉이 차에 올라 시동을 켰다.

아무 반응도 없었다. 다시 시도했다. 아무 반응도 없었다. 이제 오톨리커스는 약간 덜 느긋해 보였다. 그가 클로를 한쪽으로 데리고 갔다. "그때 그 망치 있나?"

양손으로 머리카락을 끝없이 빗어 넘기던 젤이 손을 멈추고 들로리언 뒤로 달려가서 보닛을 열었다.

"젤! 여기서 뭐 하는 거야?"

"말했잖아요, 데이트가 있다고. 아저씨가 아들한테 사기를 치고 아버지의 생일을 강탈했으니 이젠 데이트도 못 하겠지만요."

"나한테 화내지 마."

"비켜요!"

"망치 필요하니?"

젤이 휴대용 레더맨 멀티툴을 꺼냈다.

"앤 뭐든지 고칠 수 있어요, 뭐든지 말입니다! 뭐 하나 말씀드릴까요? 이런 자동차는 경주마나 마찬가집니다.

움직이는 차를 원하세요? **움직이는** 차는 누구나 살 수 있어요, 서민적이라고 할 수 있죠. 들로리언은 늘 **움직이는** 자동차는 아니지만 늘 **자동차**라는 건 틀림없습니다. 아시잖아요. 한 가지 말씀드리죠, 이런 차가 **움직이지** 않을 때, 그것은 사실 앞으로 나아가는 것에만 사로잡힌 세상에서 명상에 잠길 순간을 제공하는 겁니다. 최근에 코르티솔 검사 받아 보셨어요? 미국은 코르티솔로 굴러가죠. 심장에 안 좋고, 콜레스테롤에 안 좋고, 결혼 생활에도 안 좋죠, 항상 성급하고 사납게 굴게 되니까요. 자, 당신 자동차에—이 자동차에—올라타서 어디로도 **움직일** 수 없다는 사실을 깨닫는다면, 그때가 바로 스스로에게 질문을 던질 순간입니다. 내가 지금 어디로 **움직이고** 있지? 하고 말입니다.

코앞의 철학이죠.

이건 진짜 차예요. 일단 몰아 보면—또, 몰아 보지 않으면—이 자동차는 슈뢰딩거의 고양이나 마찬가집니다, 안 그래요? 살아 있으면서 죽은 거죠. 들로리언을 한 번 경험하면, 나머지는 다 대수롭지 않고 사소하게 여겨지는 겁니다."

셉이 팔짱을 끼고 오톨리커스를 내려다보고 있었다. 그는 말솜씨가 좋은 하찮은 물건 밀매상보다 최소 45센티미터는 더 컸다.

"이 철학적인 차에 내 아들이 얼마나 냈소?"

"거저 준 거나 다름없어요. 축하의 뜻으로 말이죠."

"얼마요? 클로? 클로!"

그 순간 들로리언에 시동이 걸렸다. 젤이 엔진에서 물러섰고, 그의 흰 셔츠에 기름얼룩이 생겼다. 그의 손은 기름투성이였다. 군중이 환호했다. 오톨리커스가 인사를 했다.

"이래서 우리가 자동차를 '그녀'라고 부르죠. 절대 알 수 없거든요. 빌리 조엘 노래 기억하시죠? **'그녀는 대체로 친절하지만 갑자기 잔인해지죠. 그녀는 자기 하고 싶은 대로 할 수 있어요, 속이기 힘든 사람이죠.'"**

"차에 수리공도 딸려 오는 거요?" 셉이 말했다.

오톨리커스의 뾰족한 얼굴이 밝아졌다. "당신 딸이랑 데이트하고 있어요. 그러니까……"

"뭘 한다고?"

"그녀는 내게 항상 여자랍니다."

섭이 젤과 오톨리커스를, 오톨리커스와 젤을 번갈아 바라보았다. "노래는 그만하고 이게 다 무슨 일인지 누가 나한테 얘기 좀 해 주겠소?"

"전 아저씨 딸과 데이트를 하는 게 아니에요."

"술이나 마시죠!" 오톨리커스가 말했다. "어떤 밤이든 버번을 마시면 진실에 반은 다가간 셈이죠. 집이 참 좋군요, 섭. 포커 칩니까?"

화가 나서 울타리 앞에 혼자 서 있는 젤을 발견한 사람은 퍼디타였다. 그녀가 젤의 등을 건드렸다. 그는 퍼디타가 목덜미에 찬물이라도 퍼부은 것처럼 움찔했다. 젤은 돌아보지 않았다.

"미안해." 그가 말했다.

"재밌어." 퍼디타가 말했다.

젤이 돌아섰다. 그녀는 웃고 있었다. 퍼디타는 너무 예뻤다. 그녀의 뒤쪽 저 너머에서는 파티가 진행되고 있었다. 사람들이 들로리언을 가지고 놀았다. 웅웅거리는 소리는 편안하고 행복했다.

젤은 들어가고 싶은 곳에 들어가지 않고 바깥에 서서 상처 받고 매 맞은 기분으로 간절한 바람의 창을 통해서 안쪽을 멍청하게 들여다볼 때가 너무나 많았지만 상처 주고 매를 때린 사람이 본인이라는 것을 잘 알면서도 또, 또다시 그렇게 했다.

왜 퍼디타가 그를 위로하고 있었을까? 젤이 그녀를 위로해야 했다. 퍼디타는 그에게 손을 내밀려고 젤의 외로운 섬으로 노를 저어 왔다. 퍼디타는 젤을 데리고 노를 저어서 빛과 온기가 있는 쪽으로 가고 싶었다.

"춤출래?"

젤은 '춤 못 춰'라고 말하고 싶었지만 퍼디타가 이미 그의 손을 잡고 따뜻한 빛 쪽으로 이끌고 있었다. 마이크 앞에서 뛰어난 화음으로 노래를 부르던 홀리폴리몰리는 퍼디타가 북적거리는 사람들 틈을 헤치고 빈자리가 약간 남아 있는 무대를 향해 젤을 이끄는 모습을 보았다. 세 사람은 셉이 좋아하는 버디 홀리의 곡을 노래하고 있었지만 젤은 절대 자이브를 추지 못할 것이다. 세쌍둥이는 퍼디타에게 뭔가 다른 것이 필요하다는 사실을 알았다.

홀리가 잠시 노래를 멈추더니 콘트라베이스를 연주하는 빌에게 뭐라고 말했다. 그가 다른 연주자들에게 말을 전했다.

음악이 멎었고 누가 박수를 치거나 춤을 멈추기도 전에 세쌍둥이가 제임스 테일러의 〈하우 스위트 잇 이즈(투 비 러브드 바이 유)〉를 부르기 시작했다.

퍼디타가 젤을 붙잡고 춤 비슷한 것으로 그를 이끌었다. 젤은 자신이 즐기고 있음을 깨달았다.

"단지 몸이 흠뻑 젖는 게 좋아서 비를 맞아 본 적 있어?"

젤이 구름 사이로 나오는 태양처럼 느긋하고 어색한 미소를 지었다. 그는 대답하지 않았다. 그 대신 퍼디타에게 물었다.

"누구와도 마주치지 않고 산책을 하고 싶어서 가끔 아주 일찍 일어나거나 늦게까지 잠들지 않거나 해?"

퍼디타가 말했다 : 혼잣말해?

젤이 말했다 : 잘못 사는 것보다 잘 죽는 게 좋아?

퍼디타가 말했다 : 별을 좋아해?

젤이 말했다 : 바다 좋아해?

퍼디타가 말했다 : 이건 우리만의 서른여섯 가지 질문일까?

젤이 말했다 : 사랑에 빠지는 질문?

아니. 그녀가 생각했다. 그 일은 이미 일어났잖아, 안 그래?

퍼디타가 말했다 : 서로를 알아 가는 질문?

젤이 말했다 : 우리 아빠는 심리학자랑 인간의 행동에 대해서 이야기를 많이 나눴어. 사전 설정이 필요했거든.

사전 설정이라는 게 있어?

어, 응. 인간은 대부분 주어진 상황에서 어떻게 행동할지 미리 생각했던 대로 정확히 행동하거든.

너희 아빠는 무슨 일을 해?

컴퓨터 게임을 개발해. 총을 쏘거나 트롤이 나오는 게임은 아니고, 복잡한 게임이야.

엄마 아빠랑 같이 살아?

아니, 우리 엄마랑 아빠는 같이 산 적 없어. 이야기가 긴데, 우리 아빠는 기본적으로 게이야. 아빠랑 엄마는 일종의 계약을 했어. 아빠는 아들을 갖고 싶었대. 나는 말하자면 과시용 프로젝트였던 거지.

젤이 아주 신랄하게 말했기 때문에 퍼디타는 물어보지 말 걸 그랬다고 생각했다. 그녀가 젤의 어깨를 주물렀다. 그는 퍼디타의 걱정이나 그녀의 손길을 알아차리지 못한 것 같았다. 그는 현재 시제가 아니었다.

여덟 살 정도까지는 아빠가 자주 왔어. 그러다가 아빠가 큰일을 겪었고, 그 뒤로는 자주 못 봤어. 돈은 아빠가 다 냈지. 내 대학학비도 아빠가 냈어.

기계학?

아니. 철학 전공이야. 놀랐니?

그럴지도…… 난 널 모르니까.

하지만 넌 알아. 젤이 현재 시제로 돌아오며 생각했다. **넌 날 알아.**

아빠랑 연락하니?

젤이 고개를 저었다. "아빠는 많이 돌아다녀. 그리고, 속세를 떠났어. 많이 돌아다니면서도 속세를 떠날 수 있다면 말이야. 게다가 알코올중독이야. 그래서 나랑 만날 때 아빠가 취해 있을지 제정신일지 알 수가 없어. 보통은 너무 취해서 제정신인 것처럼 보이지. 그게 최악이야."

"그래서 술을 안 마시는 거야? 넌 항상 물만 시키잖아."

젤은 금속처럼 멍하니 서 있었다. "다른 얘기 할까?"

퍼디타가 젤에게 몸을 밀착시키고 자기 몸을 따라 그의 몸을 이끌었다. 젤은 자신을 관통하는 그녀의 따뜻한 부드러움을 느꼈다.

"네 드레스에 기름 묻힐 것 같아."

두 사람 모두 아래를 내려다보았다. **세상에! 가슴이 보이잖아!** 젤의 몸이 젤 대신 생각을 하고 있었다. 그는 재난과 홍수에 생각을 집중하려 애썼다. 아픈 새끼 고양이들. 실험실의 침팬지들. 왜 딱붙는 청바지를 입었을까?

"잠깐만. 화장실 좀 다녀올게."

홀리폴리몰리는 공연이 끝나 갈 때쯤 젤이 재빨리 멀어지는 모습을 보았다. 홀리가 무대 끝에 앉아서 퍼디타를 붙잡았다.

"그래서? **그래서 그래서 그래서 그래서 그래서???**"

"그래서 뭐?"

"쟤 좋아하지, 그치?"

"쟨 너무 진지하고 사랑스러워."

"게다가 저 자동차 고친 것 좀 **봐!** 손재주도 좋아."

"나 좀 가만 놔둘래? 너희를 사랑하지만 나 좀 가만두면 안 돼? 뭘 좀 먹어야겠어."

퍼디타가 음식이 잔뜩 놓인 임시 테이블로 갔다. 요리사가 웍에 파와 참새우를 넣고 뒤적이고 있었다.

퍼디타는 음식을 두 접시 담아 와서 테이블을 찾고 있었다. 조금 떨어진 곳에서 아빠가 오톨리커스, 그리고 퍼디타가 모르는 남자와 카드놀이를 하고 있었다.

젤이 테이블로 돌아왔다. 이제 가라앉았다. 퍼디타가 음식이 담긴 접시를 젤 쪽으로 밀고 빙그레 웃었다. 젤은 그게 좋았다. 잘 먹는 여자와 잘 웃는 여자. 퍼디타는 남의 눈을 전혀 의식하지 않았다.

"넌 네 삶을 스스로 통제하고 있다고 생각해?" 퍼디타가 말했다.

젤은 방금 화장실에 다녀온 이유로 판단해 볼 때 참 어려운 질문이라고 생각했다. 그는 퍼디타에게 드레스가 예쁘다고 말하려던 참이었다. 퍼디타는 우아하면서도 지저분하게 먹고 있었다. 이 두 가지가 어떻게 연결될 수 있는지 젤도 몰랐지만 퍼디타는 국수 가락을 흘릴 때도 우아하게 흘렸다.

계속 그렇게 해 줘. 그가 생각했다. **네가 하는 걸 영원히 계속해 줘. 그리고 날 곁에 있게 해 줘.**

젤이 말했다. "자유의지와 운명, 무엇을 믿느냐에 따라 다르지. 손 줘 봐, 양쪽 다. 옆에 앉을게."

길고 강한 그의 허벅지에 닿는 길고 강한 그녀의 허벅지를 느끼기 좋은 핑계였다.

"손금 볼 줄 알아?"

"우리 엄마가 알아. 엄마는 플랜테이션 노예의 후손이래. 모계를 따라서 손금 보는 법이 계속 전해진 거야. 엄마는 부두교를 약간 믿어."

퍼디타가 그에게 왼손을 주었다. 젤이 그녀의 손바닥을 따라 손가락을 미끄러뜨렸다. "이건 피부 위의 지도야. 여기 선 보이지, 손목까지 이어지는 선. 이게 네 생명선이야. 참 이상하다."

"뭐가? 뭐가 이상해?"

"선이 시작하는 곳에—여기—갈라지는 부분이 있어, 보여? 완전히 갈라져. 죽은 것처럼 말이야. 하지만 네가 죽은 건 분명히 아니잖아. 그리고 여기 선이 하나 더 있어, 진짜 삶의 그림자인 또 하나의 삶처럼. 그게 여기서 주요 선이랑 합쳐져, 폐쇄된 철로처럼 말이야."

"그거 또 다른 삶 맞아." 퍼디타가 말했다. "난 입양됐거든."

"아…… 미안해. 용서해 줘, 난 몰……"

"미안할 거 하나도 없어. 난 입양아야. 그게 뭐 어때서?"

"친부모님을 찾고 싶었던 적 있어?"

"어떤 의미에서 그 사람들이 부모님이라는 거야? 그러니까, 부모라는 게 뭐지? 삶의 원료를 준 사람이야, 날 길러 준 사람이야? 난 셉을 사랑해. 그 사람이 바로 우리 아빠야."

젤이 고개를 끄덕였다. "우리 아빠는 친아빠지만 난 사실 아빠를 몰라. 다른 애 아빠라고 해도 될걸. 난 다른 사람의 아들이라고 해도 되고."

"너희 엄마는?"

"엄마는 최고야. 최선을 다하셨어."

"날 낳아 준 엄마는 돌아가셨어. 그래서 내가 입양된 거야."

"정말 미안해."

"미안하다는 말 그만할 수 없어?"

퍼디타가 젤의 입술에 손가락을 댔다. 그런 다음 몸을 숙여 키스했다. 젤이 퍼디타가 처음으로 키스한 남자애는 아니었지만 젤은 그런 기분이었다. 참새우와 라임 맛이 났다. 젤은 퍼디타가 잠들어 있는데 깨우고 싶지 않은 사람처럼 그녀의 머리카락을 부드럽게 만졌다. 젤은 이 꿈이 끝나지 않기를 바랐다.

가끔 지금 이 시간 전에 다른 시간이 존재했다는 사실이 전혀 중요하지 않은 순간이 있다. 가끔은 밤인지 낮인지, 지금인지 그때인지가 전혀 중요하지 않다. 가끔은 당신이 존재하는 곳으로 충분하다. 시간이 멈춘다거나 아직 시작하지 않았다는 것은 아니다. 이것이 시간이다. 당신은 여기에 있다. 평생을 향해 열려 있는 지금 이 순간.

"젊은 사람들이 좋은 시간을 보내는 모습을 보니 기쁘군." 오톨리커스가 두 사람의 자리로 와서 앉으며 말했다.

퍼디타가 셉을 보았다, 아직 카드놀이를 하는 중이었다. 오톨리커스가 침울하게 고개를 저었다. "네 아빠는 뛰어난 포커 선수구나. 난 아니야."

"이번엔 뭘 잃었어요?" 젤이 말했다.

"우리 엄마처럼 말하네. 걱정하지 마. 인생은 확률 게임이야. 소개 안 해 줄 거냐?"

"전 퍼디타예요."

"만나서 반가워, 퍼디타. 난 오톨리커스라고 하지. 젤이 너에 대해서 다 말해 줬어."

"아니, 안 했어! 퍼디타에 대해서 아무 말도 안 했잖아요."

"그래서 네가 진지하다는 걸 알았지."

"우린 자유의지에 대해서 이야기하고 있었어요." 퍼디타가 말했다. "자유의지를 믿으세요?"

"이론적으로는 믿지만, 사람들은 자유의지라는 사상을 만들어 낸 다음에 자유의지를 불가능하게 하는 사상을 만들어 냈지, 예를 들면 섹스 같은 거."

"섹스의 어떤 점이 불가능하게 해요?"

"넌 너무 어려서 몰라. 옆길로 새지 말자고."

"섹스 이야기를 시작한 건 아저씨잖아요."

"나이 많은 남자가 젊고 예쁜 여자 옆에 앉으면 그렇게 되는 거지. 그래도 걱정하지 마."

"퍼디타는 걱정 안 해요." 젤이 말했다.

"고맙지만, 내 생각은 내가 말할 수 있어." 퍼디타가 말했다.

오톨리커스가 복을 부르는 고양이 인형처럼 고개를 끄덕였다. "바로 그거야! 난 자기 생각을 직접 말하는 여자가 좋아! 얘기하던 주제로 돌아가자면, 이것만은 말할 수 있어, 내 생각엔 자유 시장이 자유의지를 불가능하게 만들고 있어.

내가 너랑—퍼디타랑—나한테 불리할 정도로 할인된 가격으로 거래를 해야 한다면, 내 자유의지는 어디 있지? 젤 네가 사기업인 척하는 독점 업체라서 내가 너한테서 뭔가를 사야 한다면, 그럼 내 자유의지는 어디 있지?"

퍼디타가 말했다. "아빠가 『월든』을 읽어 보라고 주셨어요, 소로의 책 말이에요. 체제에서 벗어나는 것을 선택할 수 있어요. 나름의 방식에 따라 살 수 있죠."

오톨리커스가 어깨를 으쓱했다. "예수님이 말하지 않은 게 뭐였지? 부자는 항상 너희 가운데 있다. 세상에서 떨어져 나가서 양상추만 먹으면서 살 수 있는 섬을 하나 찾아봐라, 그러면 무슨 벤처 자본가가 수상비행기 왕복 서비스를 지원할 거고 스파를 만들어서 세계 최고급 양상추만을 이용한 디톡스를 제공할 거다."

"아저씨는 사업가 아니에요?" 퍼디타가 말했다.

오톨리커스가 고개를 저었다. "사업가가 되기에는 너무 솔직해. 난 정직한 사기꾼이야."

셉이 퍼디타가 모르는 키 큰 남자와 함께 테이블로 다가왔다.

"마지막으로 한 판 더 할 건데 끼시겠소?" 셉이 오톨리커스에게 물었다.

"가난한 늙은이가 위험을 얼마나 더 감수할 수 있겠습니까?"

젤 뒤에 서 있던 낯선 남자가 말했다. "어떤 위험을 감수하는지 보면 무엇을 가치 있게 여기는지 알 수 있죠."

젤이 몸을 돌려 벌떡 일어섰다. 메두사를 본 것처럼 얼굴에 떠오른 부드러운 표정이 굳어 버렸다.

"아빠!"

"안녕, 젤. 네가 여기 있을 거라고 오톨리커스가 그러더구나. 차를 가지러 들렀다가 오톨리커스랑 같이 오기로 했지. 방해하고 싶지는 않아. 오랜만에 보는구나."

"14개월 만이에요." 젤이 말했다. 그는 분노와 혼란으로 덜덜 떨고 있었지만 아무도 눈치채지 않기를 바랐다. 아버지를 만날 때는 항상 이런 식이었다. 몸이 뻣뻣해지고 머릿속은 백지가 되었고, 그의 아버지는 우아하고 편안했지만 젤은 할 말이 없었다. **저리 꺼져. 저리 꺼져. 저리 꺼져.**

지노가 계약할 모델을 살펴보는 사람처럼 젤을 위아래로 훑어보았다.

"좋아 보이는구나, 셔츠에 묻은 기름 자국만 빼면."

젤이 얼굴을 붉혔다. 그는 아빠를 한 대 쳐서 아예 없애 버리고 싶었다.

지노가 퍼디타를 보며 미소 지었다. 그는 아들보다 키가 컸다. 멋진 이목구비와 회색 눈. 영화배우처럼 빗어 넘긴 두꺼운 회색 머리카락. 매력적이고, 자신이 매력적이라는 사실을 알고 있는 사람. 그는 짙은 파란색 맞춤 정장과 끈 달린 파란색 스웨이드 옥스퍼드 단화, 분홍색 브이넥 티셔츠 차림이었다. 지노가 퍼디타에게 손을 내밀었다.

"난 지노라고 해. 젤의 아버지란다."

"말투가 영국 사람 같아요." 퍼디타가 말했다.

"영국인이야. 젤은 엄마가 미국인이라서 미국인이지만. 그리고 여기서 자랐지."

"퍼디타예요." 퍼디타가 말했다. 그녀가 지노의 손을 잡고 흔들었다. 그가 손을 놓지 않았다. 젤은 칼이 있으면 좋겠다고 생각했다.

밴드가 잭슨 브라운의 곡을 연주하기 시작했다.

"여러분 조금만 더 있어 줘요……"

지노가 말했다. "〈스테이〉군. 아주 오래전부터 좋아하는 곡이야. 전생만큼이나 옛날에. 네가 태어나기도 전이지. 춤출까?"

퍼디타가 머뭇거리다가 미소를 지으며 고개를 끄덕이고 지노와 함께 댄스 플로어로 갔다.

젤은 얼음물을 뒤집어쓰고 냉장고로 들어간 기분이었다. 그는 움직이지도 않고 아무 말도 하지 않았다.

"음, 음." 오톨리커스가 말했다. "가족 관계는 항상 놀랍지."

"아빠는 제 가족이 아니에요." 젤이 말했다.

지노는 춤을 잘 췄다.

물처럼 움직이네, 퍼디타가 생각했다.

그는 퍼디타에게 말을 걸려고 하지 않았다. 그들은 그저 춤출 줄 아는 사람이 춤추는 방식으로 춤을 췄다.

지노는 젤처럼 느릿느릿하고 수줍은 미소를 가지고 있었지만 그의 얼굴은 젤의 얼굴과 달리 내적인 면이 있었다. 지노는 딴 곳에 있는 사람 같았지만 그것 때문에 매력 없게 느껴지지는 않았다. 그는 어딘가 초연한 느낌이 있었다.

두 사람이 보기 좋았기 때문에 춤을 추던 사람들이 자리를 내주었다. 퍼디타는 즐기고 있었다. 지노가 퍼디타의 뒤로 가서 팔을 잡고 그녀가 몸을 흔들도록 잡아 주었다. 그가 퍼디타에게 몸을 기대며 귓가에 속삭였다. "나랑 있으면 완벽하게 안전해. 난 게이거든."

바깥쪽에서, 댄스 플로어 가장자리에서, 젤이 두 사람을 보고 있었다. 젤은 항상 가장자리에 서 있는 기분이었다. 젤이, 꼼짝도 하지 않는, 어찌할 수 없는 비참함의 기둥이, 드러낼 수 없는 분노의 막대가, 일어섰다. 젤은 지노가 퍼디타와 춤추는 것이 싫었다. 그러면서도 지노가 다른 댄스 플로어에서, 젤에게 아버지가 있고 그의 아버지에게 아들이 있는 곳에서, 자신과 춤을 추고 있으면 좋겠다고 생각했다.

퍼디타는 지노의 이중성을 알아차렸다. 그의 상체는 협조적이고 예의 발랐다. 지노는 그녀를 빙빙 돌리고, 그녀에게 손을 내밀고, 다가서는 것이 아니라 물러서면서 춤을 추었다. 하지만 그의 골반은 앞으로 흐르는 물이었다.

지노는 '네'면서 '아니요'였다.

음악이 끝났다. 지노가 퍼디타 등의 우묵한 부분에 손을 올리고 바 쪽으로 이끌었다. 그가 우드퍼드 리저브 위스키 더블을 주문했다. 바텐더는 퍼디타에게 뭘 마시겠느냐고 묻지도 않고 신선한 라임 주스와 물을 건넸다.

지노가 굴을 삼키는 것처럼 버번을 꿀꺽 삼켰다.

"내 아들을 안 지 얼마나 오래됐지?"

"얼마 안 됐어요. 가끔 우리 바에 오거든요."

"나도 예전에 여기 오곤 했지—여러 해 전에—네 가족이 여길 인수하기 전에 말이야. 그때 여기가 유명했거든."

"어떻게 유명했어요?"

"그건 중요하지 않아. 시대는 변하니까. 혹은, 시대는 변한다고 우리가 믿으니까. 하지만 시대가 변한다면 사람들도 변할까?"

"무슨 뜻인지 모르겠어요……"

"그것도 중요하지 않아. 긴 이야기야. 난 항상 시간에 대해서 생각하지. 내가 늙고 있다는 것도 이유 중 하나겠지. 오해하지 마, 잃어버린 젊은 시절이 갖고 싶다는 건 아니야. 내 젊은 시절 중에서 되찾고 싶은 건 아무것도 없어. 뱀, 개, 책들, 여자들, 남자들, 리오."

"리오가 누구예요?"

"예전에 알던 사자."

퍼디타는 자석과 같은 색의 지노의 회색 눈이 정말로 자석이라는 느낌이 들었다. 지노는 퍼디타를 건드리지도 않고 안았다.

"난 시간에 대해서 생각해, 시간이라는 게 이해가 가지 않기 때문이지. 그 점은 똑같아, 너와 내가. 너는 시간이 끝날 것이라고 생각하지 않으니까 이해할 필요가 없다는 점만 빼면. 이상하지 않아? 우리가 죽을 때까지는 죽지 않을 거라고 생각한다는 거."

바텐더가 다가와서 지노의 잔을 채웠다. 그가 퍼디타를 향해 잔을 들고 건배한 다음 그가 트리스탄이고 그녀가 이졸데인 것처럼 위스키를 마셨다.

지노가 말했다. "나이는 갑자기 들어. 바다로 헤엄쳐 나갔다가 네가 향해 가고 있는 해안이 처음에 목표했던 해안이 아니라는 걸 깨닫는 것과 같지."

"아저씨는 어디서 출발하셨는데요?"

"영국의 추운 남자 기숙학교에서. 나는 수영을 좋아했어, 물이 너무 차가워서 다른 건 아무것도 느낄 수 없었거든."

"전 느낌으로 이루어진 것 같아요."

지노가 퍼디타를 보며 미소를 지었다. 퍼디타에게는 그가 알 것 같은 면이 있었다.

지노가 손을 들었다. 그에게는 편안하고 자연스러운 권위가 있었다. 바텐더가 지노의 잔을 다시 채웠다.

"좋아해? 젤을?"

"네, 좋아해요."

지노가 고개를 끄덕였다.

그러자 퍼디타가 말했다. "아저씨는요?"

지노가 술을 삼켰다. 그가 퍼디타의 어깨에 손을 올렸고 두 사람은 테이블로 돌아갔다.

젤은 없었다. 클로가 크림, 훈제 생선, 땅콩버터, 얇게 저민 닭고기, 평생 먹을 수 있는 양의 천천히 움직이는 유전자 변형 쥐를 다 먹은 고양이 같은 표정을 하고 있었다.

"어이, 어이, 어이!" 클로가 말했다. "어이! 카드놀이 할 사람 어딨어요?"

그는 트릭을 쓰는 마술사처럼 이 손에서 저 손으로 카드를 섞고 있었고, 카드가 꼭 피아노 아코디언의 주름 잡힌 가죽 부분처럼 오갔다. "내가 쉐보레를 다시 땄어." 클로가 말했다.

"뭐라고?" 쉐보레를 다시 딴 셉이 말했다.

테이블 위에 메이커스마크 버번 큰 병 하나와 얼음 한 통, 술잔들이 있었다. 지노가 자기 잔에 스트레이트 버번을 길게 따랐다. 양이 너무 많아서 아이스티를 들고 앉아 있는 노처녀 고모라고 해도 될 정도였다.

"마음껏 들어요." 셉이 말했다.

"전 이미 크게 잃었습니다." 지노가 말했다. "술이 필요해요."

"오늘은 내 생일입니다." 셉이 말했다. "오늘 밤엔 운이 좋죠."

"아니면 혹시, 도박장 주인이 항상 이긴다든지?" 지노가 위스키를 단번에 마시고 롱 스트레이트로 한 잔 더 따르며 말했다.

"도박장 같은 건 없습니다." 셉이 말했다. "위장 빨래방도 아니고 말이지요."

"술을 마시러 오기에는 먼 곳이지요."

셉이 카드를 뗐다. "할 겁니까, 말 겁니까?"

"하지요." 지노가 말했다. "판돈을 올려 드리든지 그만두든지 하죠." 그가 테이블에 1,000달러를 던졌다.

"아이고 하나님 아버지 성인 성녀님." 클로가 말했다.

"좋아요, 좋아." 오톨리커스가 말했다. "나도 끼겠소. 로볼입니까, 텍사스 홀덤입니까?"

"전 안 할래요." 클로가 말했다.

"저도 해도 돼요?" 퍼디타가 말했다.

"언제부터 포커 배웠냐?" 클로가 말했다.

"오늘 밤부터. 가르쳐 줘요. 10달러로 시작해도 돼요?"

남자들이 웃었다. 분위기가 가벼워졌다. "청소년용 게임을 하면 되겠군." 셉이 말했다. "10달러로 시작하죠, 신사분들."

지노가 퍼디타를 보았다. "포커는 확률이야. 포커 선수는 무질서한 우주에서 질서를 찾고 있다고 할 수 있지."

"아, 저도 동의합니다." 오톨리커스가 말했다. "질서/무질서. 무질서/질서. 여기 얼음에 위스키 좀 부어 주겠소?"

지노가 말을 이었다. "자기가 무슨 카드를 받을지 예측할 수 있는 사람은 없지만 한 팩에 든 카드는 52장이니까 다른 사람 패가 어떤지 금방 파악할 수 있어. 주의를 기울이면 말이지. 그러니 주의를 기울이렴."

"난 현실에서 포커 치는 법을 설명해 주마." 셉이 말했다. "저런 철학은 전부 제쳐 두고 말이다. 철학 공부는 들로리언으로 충분해."

"그렇게 아프게 말할 필요는 없잖아요." 오톨리커스가 말했다.

셉이 그를 무시했다. "포커는 카드 다섯 장으로 하는 게임이야. 게임에서는 각자 홀 카드—개인 카드—를 두 장 받고, 중앙에 깔리는 커뮤니티 카드가 다섯 장 있어—이렇게—그리고 자, 이기려면 이런 패가 있어야 돼. 하나의 패는 항상 카드 다섯 장이야. 로열 플러시, 스트레이트 플러시, 페어……"

젤이 테이블로 돌아왔다. 셔츠가 젖어서 물이 뚝뚝 떨어졌지만 기름 자국은 사라지고 없었다.

"내 아들이 옷을 직접 빤 모양이군." 지노가 말했다. "여기선 원래 이렇게 하나?"

"뭐 하실 말씀 있습니까?" 셉이 말했다.

"취하셨어요." 젤이 말했다. "아빠는 항상 취해 있죠."

지노가 아들을 빤히 보면서 잔을 다시 채웠다. "제가 말하는 건 여기가 마피아 가게였다는 것뿐입니다."

"이젠 아니죠." 셉이 말했다.

퍼디타가 젤의 손을 잡았다. "나 포커 치는 거 배우고 있어. 너도 할래?"

젤이 지갑에서 10달러를 꺼냈다.

"포커 치는 줄은 몰랐네." 지노가 말했다.

"저에 대해서 뭘 알아요?" 젤이 말했다.

"신사분들……" 오톨리커스가 말했다. "우리는 파티에 참석한 손님입니다."

"초대받지 않은 손님이죠." 셉이 말했다. "하지만 성경에도 있잖습니까, '낯선 이들을 홀대하지 마라, 변장을 한 천사일지도 모르니.'"

"그건 W. B. 예이츠였던 것 같은데요." 지노가 말했다.

"그렇다면 예이츠가 어디서 그 말을 가져왔는지 알겠군요." 셉이 말했다.

"좀 웃기는 포커 게임이네요." 오톨리커스가 말했다. "집에 있었어야 하는 건데. 클로! 테이블에 돈 올려놓지. 어느 늙은이의 붙은 덕분에 돈이 넉넉할 텐데 말이야."

셉이 카드를 돌렸다. 카드놀이만 하는 것이 아니었기 때문에 진행이 느렸다. 지노는 술을 마셨고, 젤은 미워했고, 셉은 생각했고, 오톨리커스는 보았고, 클로는 클로처럼 굴었고, 즉 테이블이나 의자와 마찬가지였고, 퍼디타는 배우고 있었다.

퍼디타가 첫판을 이겼다. 남자들이 박수를 쳤다.

"좋았어!" 그녀가 말했다. "이거, 제가 딴 50달러예요. 두 배로 벌든 다 잃든, 승부를 걸겠어요."

젤이 제일 먼저 테이블에 50달러를 놓았다.

"내가 월급을 너무 많이 줬군." 오톨리커스가 말했다.

"걔 걱정은 안 하셔도 됩니다. 매달 나한테 돈을 받고 있으니까요." 지노가 말했다.

"전 아빠 돈 필요 없어요. 아빠는 왜 항상 돈 이야기예요?"

"나는 다른 걸 걸고 게임을 했었지." 지노가 말했다. "사랑, 우정, 믿음, 충성. 난 그런 내가 좋았어. 그러다가 그게 다 감상에 지나지 않는다는 걸 깨달았어. 아무 의미도 없지. 우린 타인을 사랑하지 않고 타인은 우리를 사랑하지 않아."

"그렇지 않아요." 퍼디타가 말했다.

"넌 젊어." 지노가 말했다. "아직 사랑을 믿지."

"그건 그 아이가 사랑받기 때문이죠." 셉이 말했다.

"사랑을 안 받게 되면 어떨까요? 오스카 와일드를 좀 읽어 봐요. 남자는 모두 자신이 사랑하는 대상을 죽이지요."

"여기 왜 왔어요?" 젤이 말했다.

"널 보고 싶었어."

"그럼 그동안은 왜 안 봤어요? 절 보고 싶었다면 시간은 몇 년이나 있었잖아요."

지노는 대답하지 않았다.

"그만, 그만." 셉이 말했다. "게임 시작합시다."

지노가 현금을 내려놓았다. 그는 젤을 보지 않았다.

이번에는 남자들도 진지하게 게임을 했다.

퍼디타가 두 번째 판을 이겼다. 그녀가 250달러를 쓸어 담고 자기가 건 몫까지 더했다. 총 300달러였다.

"빠질래요." 젤이 말했다.

"돈 빌려줄게." 지노가 말했다.

"빠진다니까요."

"돈 빌려주겠다잖아!"

"저도 빠질래요." 클로가 말했다.

"넌 계속해." 셉이 말했다. "테이블에 돈 내놓고 시키는 대로 해."

오톨리커스가 말했다. "클로, 아침에 내가 오이디푸스에 대해서 해 준 이야기 있지?"

"네, 네." 클로가 말했다. "그게 뭐요?"

"테제를 바꿔야겠어. 아버지가 아들을 죽이는 걸로."

"딸은 누가 죽여요?" 퍼디타가 말했다.

"우리 모두가 죽이지." 지노가 말했다. "주인공—햄릿, 오셀로, 레온테스, 돈조반니, 제임스 본드—이 직접 죽이지 않는다 해도 그의 영혼을 위한 희생양이 될 뿐이야."

"저 사람이 뭐라는 건지 저만 빼고 다들 알아듣는 거예요?" 클로가 말했다.

"아빠는 술에 취하면 자기가 재밌는 줄 알아요." 젤이 말했다.

지노가 말했다. "예전에 제일 친한 친구가 나에게 자기 부인을 걸었지."

"그래서 응하셨소?" 셉이 말했다.

"아뇨. 하지만 우리 둘 다 졌죠."

테이블에 4,000달러가 놓여 있었다. 오톨리커스가 패를 내려놓았다. 스트레이트 플러시.

"고맙습니다, 신사분들, 그리고 우리 아가씨."

"이런, 이런, 이런, 이런, 더 칩시다." 셉이 말했다.

"이겼을 때 그만두는 게 좋겠군요." 오톨리커스가 자리에서 일어나 현금을 접어서 자기 지갑에 넣었다.

"이걸 떨어뜨리셨어요." 퍼디타가 그의 의자에 있던 카드를 건넸다.

셉이 카드를 받았다. "우리가 치던 카드가 아닌데."

지노가 양손을 머리 뒤로 올리고 몸을 숙였다. "물던 놈이 물리지. 도박장 주인은 속임수를 안 좋아하는 법이죠, 자기가 쓰는 속임수는 빼고 말입니다."

셉이 지노를 향해 말했다. "여긴 도박장이 아닙니다."

"아, 아닙니까? 그럼 여기서는 뭘 취급하죠, 셉? 약? 여자? 미성년 여자애? 남자애? 아니, 남자애는 아니지, 그럼 내가 들어 봤을 테니까."

"정신 나갔어요?" 젤이 말했다.

"이제 가실 때가 된 것 같군요." 셉이 말했다.

지노는 움직이지 않았다. 퍼디타는 그의 기다란 손가락이 거미 다리 같다고 생각했다. 술잔을 타고 올라갔다 내려갔다 하는 거미처럼 그의 손가락이 버번이 든 잔을 차례로 두드렸다.

지노가 말했다. "당신이 인수할 때 여긴 마피아 가게였습니다. 그땐 제가 이 도시의 일을 더 잘 알았지요. 여기 살았으니까. 이런저런 것들을 알고 있었죠."

셉이 분노를 억누르려고 애를 썼다. "네, 마피아 가게였지요. 내가 샀습니다."

"마피아한테서 가게를 살 수 있는 사람은 없습니다."

"그건 사실이죠." 오톨리커스가 말했다.

"닥쳐요." 클로가 말했다. "퍼디타, 잠깐 자리 좀 비켜 줄래?"

"싫어."

"자리 좀 비켜 달라니까."

"아버지가 사업을 어떻게 운영하는지 딸이 듣는 건 싫으시다? 생선 수프랑 금요일 밤의 올드 팝을 팔아서 딸이 걸고 있는 저런 목걸이를 사 줄 수는 없지."

"이건 우리 엄마 목걸이예요." 퍼디타가 말했다.

"얘네 엄마는 죽었어요." 젤이 말했다. "아빠는 둔감하고, 술주정뱅이에, 자기밖에 모르고, 멍청해요."

클로가 일어섰다. 그는 자기 아버지만큼 키가 컸고 덩치는 배였다. "다 끝났어요, 연회든 뭐든 말입니다. 운 좋은 줄 아세요. 여기가 마피아 가게였으면 아침에 머리에 총알이 박혀 있을걸요."

"토니 곤살레스처럼 말이지." 지노가 말했다.

침묵.

"토니…… 곤살레스……" 오톨리커스가 말했다. "휴우. 오래전 일이었죠."

"토니 곤살레스가 누구예요?"

"네가 태어나기 전 일이야." 오톨리커스가 말했다.

"그녀가 태어나기 전 일이야." 셉이 말했다, 느릿느릿한 목소리였다.

"신문 기사 스크랩을 샀습니다. 아시죠, 지방사 스크랩."

"무슨 스크랩 말이죠?" 클로가 말했다.

"누가 그 남자를 쐈는지 모르지만, 못 잡았어요, 그렇죠?"

"못 잡았지요." 지노가 말했다.

"놈들은 그 멕시코인이 빌린 BMW를 타고 도망치다가 베어 브리지 밑에서 차를 들이받았죠. 그날 홍수는 하나님이 보내신 것 같았고요."

"하나님이 보내신 것 같았다." 셉이 따라 말했다, 그의 말은 느리고 기계 같았다.

"망가진 차를 견인해 가라는 전화가 왔었죠. 그때 부서진 차 견인 작업은 제가 거의 다 했거든요. 먹고살려고 말입니다. 멕시코인한테 쏜 권총, 그게 제가 도착했을 때 아직 차 안에 있었어요. 총알 하나가 부족했지만 경찰은 그 이유를 결코 알아내지 못했죠. 총신에 여섯 개가 들어가는데, 멕시코인에게 쏜 게 두 발, 총에 세 발이 있었어요."

"총을 쐈는데 빗나갔겠죠." 클로가 말했다.

"그래, 그럴지도 모르지. 그런데 목격자가 있었어요—병원 잡역부였는데—병원에서 나오다가 타이어가 터진 자동차랑 필름 누아르에서처럼 푹 젖은 채로 빗속에서 타이어를 갈고 있는 남자 두 명을 봤다고 했죠. 하지만 그 사람들도 못 찾았죠. 저런, 그래요, 생생히 기억나는군요. 몇 주 동안이나 뉴스를 장식했죠."

지노가 병에 남은 술을 자기 잔에 비웠다.

"토니 곤살레스가 찾고 있던 사람이 바로 저였어요."

침묵.

"**당신**에게 전하러 가는 길이었겠군요, 돈이랑……?" 클로가 말을 시작하다가 멈췄다. 셉이 일어섰다. 그의 몸이 약간 흔들리고 있었다. 얼굴이 움찔거렸고, 나오지 않는 말을 하려고, 그 자리에 그대로 있는 테이블, 혹은 그 자리에 그대로 있는 자신의 몸을 두고 걸어가려고 애쓰는 것 같았다. 그는 움직이고 말을 하면서/움직이지 않고/말을 하지 않았다.

"아빠?"

세상이 무너지는 것처럼 셉이 무너졌다.

"아빠? 아빠!"

클로가 셉의 얼굴을 가볍게 때렸다. 사람들이 모여들었다. "구급차 불러요! **구급차!**"

밤은 그 낮들과 그 밤들처럼 펼쳐졌다, 시간을 강탈한 그 낮들과 그 밤들처럼. 집으로 가는 자동차를 세우고 운전자와 승객들에게 총을 쏘고 빗속에 잔해를 남겨 둔 그 낮들과 그 밤들처럼.

당신이 당신의 낮들과 밤들을 헤치며 움직이고 있는데 전화가 왔다. 당신은 저녁 식사에 대해서, 또는 잠자리에 드는 것에 대해서 생각하고 있었다. 당신은 죽음과 상실에 대해서 생각하고 있지 않았다. 그리고 이제 홍수가 지고 날이 어두워지고 당신은 너무 늦기 전에 그곳으로 가려고 하지만 이미 너무 늦었다. 시간이 충분하던 시절은 끝났기 때문이다. 당신은 아침이 얼마나 먼지도 모르고, 병원에서는 시곗바늘들이 죽을 때까지 똑같은 판유리 위를 걸어 다니는 벌레들처럼 기어간다.

그의 손가락에 달린 고무 튜브가 심장박동 모니터에 연결되어 있다. 그의 얼굴을 덮은 마스크가 병에 담긴 산소를 공급한다. 그의 눈은 감겨 있다. 그는 아직 그 자신처럼 보이지만 눈이 감겨 있다. 그런 다음 그들이 와서 MRI를 찍으러 리놀륨 복도 위로 간이침대를 끌고 왔다 갔다 했다. 그들에게는 전부 하룻밤의 일이었고 그들은 집에 가서 잠을 자겠지만 당신은 그렇지 않다.

닦아서 지울 수 있는 마커 펜으로 침대맡에 뭐라고 썼을까? 담당 의사 이름과 입원 시간과 금식. 머나먼 섬의 일처럼 들렸다.

당신은 어디로 갔는가?

그녀가 그의 위로 몸을 숙여 키스했다. 입술에 입술을 대고.

그의 입술은 메마르고 짜고 반응이 없었다. 이것은 동화가 아니었다. 사랑은 그를 일으키지 못했다.

비닐을 씌운 딱딱한 의자 두 개가 한쪽으로 떠밀려 있었다. 얇고 소독약 냄새가 나는 파란색 담요. 높은 흰색 침대와 금속 안전 손잡이 옆에서 자는 잠. 그의 생명이 깜빡거리는 모니터 밑에서 자는 잠. 병실 너머에는 간호사실의 환한 빛과 네온처럼 분주한 병원의 밤이 있다. 하지만 여기에는 그의 얼굴을 비추는 어두운 빛과 모니터의 초록색, 빨간색, 파란색의 빛이 있고 창문 너머 바

끝에서는 당신과 달리 집으로 돌아가는 자동차 수백 대의 전조
등과 미등 불빛이 흘러들어 온다. 아직 시간에 속해 있다. 당신과
는 달리.

밤의 기나긴 불침번.

사랑해요, 제가 할 수 있는 일이 아무것도 없어요.

퍼디타가 병원에서 집으로 돌아왔을 때 클로는 텅 빈 텔레비전
화면 앞에 멍하니 앉아 있었다. 병원에서 검사를 더 하는 중이었
다. 그녀에게 집에 가서 쉬라고 했다.

퍼디타는 깨끗하고 아무것도 깔리지 않은 바닥에 태양이 다이
아몬드 문양을 만드는 그녀의 작은 방으로 갔다. 모든 것이 똑같
아 보였지만 똑같은 것은 아무것도 없었다. 사물들의 환영.

퍼디타는 처음에는 중간중간 깨면서, 그다음에는 깊이 잤다.
잠에서 깨니 이미 저녁이었다. 그녀가 샤워를 하고 청바지와 운
동복 상의로 갈아입고 아래층으로 내려갔다.

클로가 지난밤의 흔적들을 치우고 있었다. 그가 퍼디타를 보고
미소를 지었다. "뭐 좀 먹을래? 새우가 산더미처럼 남아서 수프
를 만들었어."

두 사람이 식탁 앞에 말없이 같이 앉았다. 클로가 식사를 하면
서 그녀를 계속 흘끔거렸다. 퍼디타는 하루 종일 아무것도 먹지
못해서 배가 고팠다. 그녀가 식사를 끝낸 다음 클로를 똑바로 바

라보았다. 그가 시선을 피했다.

"클로? 내가 모르는 것들이 있어, 맞지?"

"아빠한테 물어봐."

"아빠한테 물어볼 수 없잖아. 어젯밤에 무슨 일이 일어난 건지 모르겠지만, 아빠가 뇌졸중을 일으켜서 지금 병원에 계시잖아. 무슨 일이 있었던 거야?"

"난 몰라."

"그냥 말해."

"네가 열여덟 살이 되면 아빠가 말해 주실 거야."

"난 알아야겠어!"

클로가 역기를 들어 올리는 사람처럼 허벅지를 밀면서 천천히 일어섰다. "잠깐만, 응?"

그가 나갔고 그사이 퍼디타가 그릇을 치웠다. 그녀가 그릇을 떨어뜨려 깨뜨렸다. 퍼디타가 그릇 조각을 치우려고 몸을 숙이다가 식탁 위의 물 잔을 쳐서 떨어뜨렸다.

클로가 크고 네모난 서류 가방과 마분지로 된 서류철을 가지고 돌아왔다.

"설거지는 내가 할게. 그게 싸게 먹히겠다."

클로가 퍼디타를 향해 빙그레 웃으면서 도와주려고 했지만 그녀는 그가 아니라 서류 가방을 보고 있었다. 퍼디타가 볼을 한껏 부풀렸다가 크게 한숨을 내쉰 다음 가방을 식탁에 올렸다.

퍼디타는 두려웠다. 빛바랜 잠금장치의 두려움. 사용한 흔적이 없고 바랜 가죽의 두려움.

클로는 서류철부터 시작했다. 서류철 안에는 신문 조각, 인터넷에서 다운로드 한 기사, 화질이 좋지 않은 어둠과 홍수 사진이 있었다.

"그 당시에, 또 그 뒤 몇 달 동안 모았어. 난 체포당하기를 기다리고 있었어."

퍼디타가 신문 조각을 뒤집었다. 다리, 경찰차, 날씨 예보, 긴급 속보, 망가진 삶들.

"오빠가―아빠가―죽인 거⋯⋯?"

"**아니야!** 내가 살인자로 보여? 아니야. 우리는 곤살레스라는 사람을 도우려고 했어. 아빠랑 나는 차를 타고 가는 중이었어. 집에 가려고. 그때 차가 납치당하는 걸 봤어. 우린 그 사람을 도우러 갔어. 하지만 너무 늦었지. 넘어지면서 머리를 부딪친 거야. 우린 그 사람이 총에 맞은 줄은 몰랐어. 사실 그 사람이 총에 맞은 건지 아닌지 잘 모르겠어. 하지만 그 사람은 이미 죽어 있었어.

아빠는 경찰을 기다리려고 하지 않았어. 아빠가 경찰 안 믿는 거 알지. 경찰이 우릴 엮어 넣을 거라고 생각하셨어. 우린 흑인이잖아, 하나님 맙소사."

퍼디타가 오려 낸 신문 기사를 뒤졌다.

클로가 고개를 끄덕였다. 그의 손이 식탁을 잡고 있었다. "아아 성인 성녀님, 난 겁이 났어. 우리가 바로 확인되지 않은 자동차에 탄 확인되지 않은 남자들이었어."

살인 사건이 일어나고 일주일쯤 지난 후 텔레비전 뉴스에서 토니 곤살레스와 함께 런던에서 온 아기를 찾기 시작했다. 사라진 것은 50만 달러와 M이라고 알려진 여자 아기였다.

M의 부모가 경찰에 진술한 바에 따르면 아기는 가족과 가까운 지인에게 가는 길이었고, 지인의 소재는 아직 파악되지 않았다.

간호사 애나 콘치타스는 곤살레스 씨가 일요일 새벽 이른 시간에 세인타마리아 병원으로 아기를 데려왔는데, 아기는 건강했고 특이한 점은 없었다고 확인해 주었다. 콘치타스 씨는 곤살레스 씨와 아기 M의 마지막 목격자였다. 경찰은 자동차 뒷좌석에서 분유와 기저귀를 발견했다. 곤살레스 씨는 호텔에 짐을 남겨 두었는데, 이는 그가 호텔로 돌아올 생각이었다는 뜻이다.

"그래, 그렇게 보도됐어. 아빠한테는 안 보여 드렸어. 아빠가 어디까지 알았는지는 나도 모르겠어. 뉴스를 보려고 하지 않았거든. 아빠는 아무 말도 하지 않으려 했어. 일단 너를 데리고 있기로 결심한 이상 아무것도 알고 싶지 않았던 거야. 아빠는 몇 달 동안 너를 아파트에 숨겨 놨지. 그런 다음 교외에 집을 빌려서 이사했어. 사람들은 널 내 딸이라고 생각했어, 또 애 딸린 실업자 흑인이구나, 라고 말이지. 아빠는 교회에 열심히 다니면서 옳은 일을 하려고 애쓰는 할아버지고 말이야. 독실한 백인들은 내려진 커튼 뒤에서는 서로 개 패듯이 패면서 흑인 가정은 깔보잖아, 뭐 그런 거야.

　그런 다음 아빠가 이곳을 샀어."

"그 돈으로?"

"응, 서류 가방에 있던 돈이랑 아빠 아파트를 판 돈으로. 우리한테 괜찮은 아파트가 있었어. 엄마한테 보험이 있었거든. 엄마가 돌아가셨을 때 보험금을 받아서 대출을 다 갚았지."

"지노 아저씨가 마피아라고 한 건 무슨 뜻이야?"

"그 남자는 술주정뱅이에 거짓말쟁이야. 우린 마피아가 아니야! 이 근처에서 마피아 같은 사람 본 적 있어? 없잖아!"

"내가 그 차에 있었어?"

"아니, 넌 차에 없었어. 곤살레스라는 사람이 뭔가 문제가 있다는 걸 눈치챘나 봐. 그 사람이 널 빼돌렸어. 우리 생각에는 그 사람이 널 데리러 돌아오려 했던 것 같아."

"난 어디 있었어?"

　클로는 거북해 보였다. "타이어를 갈려고 병원에 차를 댔는데, 내가 타이어를 가는 동안—비 때문에 내 손가락도 안 보였어—아빠가 널 발견했어."

"어디서?"

"그 병원에 베이비박스가 있었어. 그러니까 아기들을……"

"광저우의 홀리폴리몰리처럼?"

"똑같은 거야. 너 괜찮아?"

　퍼디타가 자리에 앉았다. "얘기 계속해." 그녀가 말했다. 퍼디타는 클로가 한번 이야기를 멈추면 다시 시작할 용기를 내지 못할 것 같아서, 그녀 역시 그의 이야기를 마저 들을 용기가 나지 않을 것 같아서 두려웠다.

"베이비박스는 몇 년 동안 있었어. 그런데 도덕적.다수파가, 그게 누군지는 모르겠지만, 아무튼 그 사람들이 베이비박스를 없앴어. 그건 신경 쓰지 마. 아빠는 이 말도 안 되는 소동이 서로 연결되어 있다는 걸 처음부터 알았어. 아기―그러니까 너, 사업가, 자동차 강탈. 하지만 어떻게 연결되어 있는지는 모르셨지.

아빠는 감이 있었어. 난 아빠가 미쳤다고 생각했어. 결국 미친 게 아니라고 판명 났지만. 하지만 자세한 이야기가 나오기 시작한 건 2주도 더 지나서였어.

그 지노라는 사람, 그 사람을 찾아냈는데 파리에 있었대. 어젯밤에는 못 알아봤어. 난 사진밖에 못 봤는데, 아주 옛날 사진이었거든. 여기 어디 있어. 길고 외국인 같은 이름이었는데―폴릭세네스Polixenes였나 폴릭세노Polixeno였나―그리스나 브라질, 아르헨티나, 뭐 그런 쪽 이름이었고 검은 머리랑 수염에…… 사진 찾아볼래?"

퍼디타가 고개를 저었다. "지금은 됐어."

"그때 널 경찰서로 데려갔어야 하는 건데. 돈도 그렇고. 돈은 너랑 같이 있었어, 바로 여기 서류 가방 안에."

클로의 커다란 엄지손가락 두 개가 잠금장치를 딸깍거렸다. 가방 뚜껑이 열렸다.

"자, 안을 봐."

100달러짜리 지폐가 열 장 들어 있었다.

"이거 봐! 아빠가 너 보여 주려고 남겨 뒀나 봐. 전부 이런 지폐였어. 응. 영화에서처럼 쌓여 있었지. 보석도 있었고. 동화처럼."

"왜 경찰서에 가지 않은 거야? 돈 때문이었어?"

"아니야! 너 때문이었어! 아빠는 널 정말 사랑했어. 난 그 정도로 사랑에 빠진 남자는 본 적이 없어. 아빠가 말했지. 아빠의 논리는 그거였어. 그 사람들이 너를 버렸다면 왜 우리가 널 돌려줘야 하느냐고. 아빤 경찰이 너를 고아원으로 보낼지도 모른다고 생각했어. 하나님께서 널 자기에게 주셨다고 생각했지. 누가 아니라고 할 수 있겠어?"

퍼디타가 지폐를 자기 앞으로 온 편지처럼 집어 들었다.

"그리고 그때쯤 되니까 난 문제에 휘말릴까 봐 겁이 났어. 그래서 우린 네 출생신고를 했지. 돈이 필요한 여자를 찾아서 그 여자를 네 엄마로, 아빠를 아빠로 신고하기로 했어. 그 여자는 아무것도 몰랐지. 신경도 안 썼어. 그 여자한테는 돈 문제일 뿐이었거든. 우린 네 생일도 바꿨어. 그렇게 해서 네 여권, 출생증명서, 사회보장 번호, 전부 만들었지."

"그럼 난 몇 살이야?"

"네가 아는 나이보다 3개월쯤 더 많아."

퍼디타가 소파에 앉았다. 클로가 다가와서 퍼디타 옆에 앉아 그녀에게 팔을 둘렀다. "넌 아직도 내 여동생이야."

"내가?"

"그래, 참 안됐지만, 넌 앞으로도 쭉 내 여동생일 거야. 내 말 들어. 난 똑똑하지 않아, 너도 알잖아." 클로가 퍼디타를 쿡쿡 찔렀다. "자, 솔직히 말해도 돼, 오늘은 솔직해지는 날이니까. 그래, 라이트 쇼를 하기에는 네온이 몇 개 모자란 조명, 그게 나야."

퍼디타는 웃으면서 울고 있었다. 클로가 넓은 어깨와 가슴으로 퍼디타를 꽉 끌어안았다. 그에게서 비누와 오드콜로뉴 향기가 났다.

"하지만 뻔히 보이는 건 나도 알아본다고. 불행한 가족은 사방에 있어. 아빠는 집을 나가고 엄마는 마약을 하거나 바람을 피우지. 아이들은 모든 사람을 증오하면서 혼자 먹고살 나이만 되면 집을 떠나. 우린 네 가족이 되고 싶어서 네 가족이 된 거야. 아빠가 한 짓이 탄로 나면 체포당할 거야. 아빠는 그 정도로 너를 원했어."

퍼디타가 클로의 티셔츠에 얼굴을 닦았다.

"카센터까지 태워 줄래?"

"오톨리커스 카센터? 뭐하러?"

"젤을 만나고 싶어."

클로는 거북한 표정이었지만 재킷과 열쇠를 가지러 갔다. 자동차에 타자 라디오를 켰고 두 사람 모두 정면을 바라보았다. 가끔은 두 사람 모두 정면을 보고 있어야 말하기가 더 쉽기 때문이다.

클로가 말했다. "너랑 아빠…… 내 말 진심이야. 첫눈에 반한 사
랑이었어, 아빠랑 너는. 있잖아, 네가 아빠를 고쳤어."

"고쳤다고?"

"엄마가 돌아가시고 나서 아빠는 상심이 너무 컸어. 네가 아빠
의 마음을 고친 거야."

클로가 손을 내밀어 퍼디타의 손을 잡았다. 두 사람은 손을 잡
은 채 말없이 차를 타고 가면서 각자 자신의 과거를 여행했고, 마
침내 도시의 불빛을 보고 천천히 속도를 줄여 현재의 저녁으로
돌아왔다.

오톨리커스는 자동차를 닦고 있었다. 그가 곧장 다가와서 한
손으로는 클로와 악수를 하고 한 손은 퍼디타의 어깨에 올렸다.
오톨리커스는 아무 말도 하지 않았다. 할 필요가 없었다.

스케이트보드에 누운 젤이 차체가 높은 검은색 모델 T 포드 차
대 밑에서 미끄러져 나왔다.

그가 양손을 펴고 발밑을 보면서 말했다.

"미안해."

퍼디타가 말했어. "지노 아저씨를 만나야겠어."

시간의 소식

Time's News

I, that please some, try all, both joy and terror

Of good and bad, that makes and unfolds error,

Now take upon me, in the name of Time,

To use my wings. Impute it not a crime

To me or my swift passage, that I slide

O'er sixteen years and leave the growth untried

Of that wide gap, since it is in my power

To o'erthrow law and in one self-born hour

To plant and o'erwhelm custom. Let me pass

The same I am, ere ancient'st order was

Or what is now received: I witness to

The times that brought them in; so shall I do

To the freshest things now reigning and make stale

The glistering of this present, as my tale

Now seems to it. Your patience this allowing,

I turn my glass and give my scene such growing

As you had slept between: Leontes leaving,

The effects of his fond jealousies so grieving

That he shuts up himself, imagine me,

Gentle spectators, that I now may be

In fair Bohemia, and remember well,

I mentioned a son o' the king's, which Florizel

I now name to you; and with speed so pace

To speak of Perdita, now grown in grace

Equal with wondering: what of her ensues

I list not prophecy; but let Time's news

Be known when 'tis brought forth.

A shepherd's daughter,

And what to her adheres, which follows after,

Is the argument of Time. Of this allow,

If ever you have spent time worse ere now;

If never, yet that Time himself doth say

He wishes earnestly you never may.

(4. 1. 1–33)

집은 컴컴하고 도로에서 떨어져 있었다.

뚜렷한 달빛 아래의 등나무는 한때 벽돌을 타고 올라가도록 훈련을 받았지만 이미 오래전에 철제 발코니 너머까지 웃자랐다. 몇몇 창문이 덮여 있었다. 현관문의 칠은 뜨겁고 축축한 공기 때문에 색이 연해지고 지워졌다. 현관문으로 올라가는 넓고 높은 계단은 오랫동안 비질을 하지 않은 상태였다.

이야기에 나오는 집 같았다.

젤이 출입을 막는 묵직한 대문을 열었다. 두 사람은 차를 타고 자갈길을 달렸다.

여기 누가 살기는 할까?

그가 여기에 산다.

젤이 퍼디타를 건물 옆쪽으로 이끌었다. 벽돌이 축축했다. 정원은 웃자랐다. 자연 대 우리. 인간이라는 끊임없는 노력. 인간이라는 끊임없는 고뇌.

젤이 퍼디타의 손을 잡고서 미끄럽고 얇고 고사리 때문에 갈라진 계단을 지나 한때는 낡은 부엌이었던 곳으로 내려갔다. 지금은 헛간으로 쓰고 있었다. 젤이 창살 틈으로 손을 넣어서 『푸른 수염』의 시작 부분처럼 커다란 열쇠를 꺼냈다.

젤이 문을 밀어서 열었다. 덜걱거리는 소리가 들렸다.

"쥐 무서워?" 퍼디타는 무서워하지 않았다.

"여기 불 있어." 딸깍거리는 스위치. 아무 변화도 없다.

젤이 퍼디타의 손을 잡고 머뭇머뭇, 서서히, 넓은 홀로 이어지는 좁은 고용인용 계단을 올라갔다. 그가 휴대전화를 머리 위로 들어 흐릿하고 넓게 퍼지는 빛을 비추었다. 그림자들과 멀찍이 물러나 있는 문들이 퍼디타의 눈에 들어왔다. 넓고 으리으리한 계단. 웅장한 저택이었다.

"서재로 가 보자." 젤이 이렇게 말하며 상감세공을 한 자단 문 한 쌍을 열었다.

공기는 퀴퀴하고 먼지가 자욱했다. 덧문이 닫혀 있었다. 석재 벽난로 선반에 교회에서 쓰는 커다란 초가 두 개 있었다. 젤이 초에 불을 붙였다. 그러자 적어도 보이기는 했다.

퍼디타는 떨고 있었다. 인간이 사라지면 찾아오는 냉기 때문에 집이 추웠다.

"불을 피울게."

젤이 무릎을 꿇었다, 필요한 건 다 있었다. 마치 언젠가 한 번 누군가가 불을 피우고 싶었던 것처럼. 잘게 쪼갠 불쏘시개와 마른 장작에서 즐거움을 느꼈던 것처럼.

커다란 방의 두 벽이 바닥에서 천장까지 책으로 가득했다. 낡은 책, 비싼 책. 자연사, 과학, 건축, 전기. 먼지투성이 벽난로 앞에는 세월에 닳은 깊숙한 가죽 팔걸이의자가 두 개 있었다. "책을 좋아하시는구나." 퍼디타가 말했다.

"응, 좋아하지. 책은 다 읽고 나면 치워 버려도 되고 다시 만나자고 요구하지도 않으니까."

덧문을 닫고 빗장을 질러 둔 전면 창으로 퍼디타가 다가갔다. 그녀가 고정 장치에서 금속 빗장을 빼내고 반쯤 내려 공간을 만든 다음 덧문을 열고 아직 어두워지지 않은 하늘에서 빛이 조금 들어오게 했다. 1년 중 이맘때에는 밤새도록 하늘에 빛이 남아 있었다.

덧문은 경첩에 기름칠이 잘되어 있었고 식민지 시대부터 있던 자단 케이스로 잘 접혀 들어갔다. 퍼디타는 매끄러운 나무 위로 손을 미끄러뜨리며 얼마나 많은 손이 이 덧문을 열고 닫았을까 생각했다. 또 다른 밤에 무관심이나 절망을 느끼며, 또는 날이 밝아서 행복감을 느끼면서.

퍼디타는 오래된 집이 좋았다. 역사가 없는 퍼디타는 다른 것들의 역사에 끌렸다.

"이 집은 얼마나 오래됐어?"

"프랑스식 저택이야. 그러니까 오래됐지."

불이 피어올라 어린 불꽃이 갑작스러운 빛과 이제 막 시작된 온기로 방을 채웠다.

퍼디타가 벽난로 옆으로 가서 웅크렸다.

"왜 여기 있을 거라고 생각해?"

"여기 있어."

젤이 그녀 옆으로 와서 무릎을 꿇었다. "내가 바에 가지 않았다면 이런 일은 벌어지지 않았을 텐데."

"무슨 일이든 벌어졌을 거야."

"이젠 네가 아빠처럼 말하네."

"젤, 잘 생각해 봐. 무슨 일이 있었던 거야?"

젤이 고개를 저었다. "정말로 생각이 안 나. 아빠는 항상 주변에 있었어, 왔다 갔다 하긴 했지만 그래도 여덟 살쯤까지는 가깝게 지냈던 것 같아. 그러다가 갑자기 얼굴을 보기 힘들어졌어. 돈은 보냈지만 곁에 없었어. 꼭 죽기라도 한 것처럼. 나한텐 분명히 아빠가 있었는데 갑자기 사라진 거야."

"그럼 살인과 돈, 아기 사건이 일어났을 때쯤에 널 버렸다는 거야?"

젤이 고개를 끄덕였다. "그런 것 같아. 엄마는 아무 말도 안 했어, 아무 말도. 그러다가 엄마랑 나는 뉴욕 시로 이사했지."

"살인 사건 기억나? 어젯밤에, 뭐라고 했더라? 토니 곤살레스?"

"아니. 난 어렸어. 우리가 이사했던 것밖에 기억 안 나. 처음 몇 년 동안은 휴가 때 여기로 돌아왔는데, 집이 점점 더 낡기 시작했어. 가정부도 없었고 돌보지도 않았거든. 그러다 어느 날 내가 공항에 도착했는데—열한 살쯤이었어—아빠가 나를 데리러 안 나온 거야. 난 하루 종일 공항에서 기다렸지만 아빠는 오지 않았지. 결국 내가 엄마한테 전화를 했고 엄마가 여기저기 연락을 해서 사람들이 나를 뉴욕행 마지막 비행기에 태워 줬어."

"무슨 일이 있었던 거야?"

"아무 일도 없었어. 그때부터 내가 세인트루이스의 대학에 들어갈 때까지 아빠를 한 번도 못 봤어. 내가 대학에 입학할 때 아빠가 오토바이를 사 주면서 시트에 **'자살은 하지 마라. 아빠가'**라는 쪽지를 붙여 놨었지."

"널 영국에 데려가신 적은 있어?"

"응. 어렸을 때, 일이 꼬이기 전에. 그쪽에서 우리를 만나러 오기도 했고."

"누가?"

"아빠랑 제일 친한 친구, 라이언Lion 삼촌. 또 삼촌 부인인 미미 아줌마랑 마일로도 같이. 마일로는 라이언 삼촌이랑 미미 아줌마 아들인데, 나랑 동갑이야. 다들 여기, 이 집으로 왔고 엄마랑 나도 여기로 왔지. 나도 런던에 두 번 갔는데 기억은 별로 없어. 왜 물어봐?"

퍼디타가 말했다. "내 생각에, 네가 내 오빠인 것 같아."

젤이 벌떡 일어섰다. 그는 달리고 있었다. 숨을 쉬지 않았다. 땀을 흘리고 있었다. 누가 그에게 벽돌을 던진 것처럼 가슴이 아팠다. 퍼디타는 그의 옛 세상이 아니라 새로운 세상이었다. 그녀는 서서히 모습을 드러내는 육지였다. 퍼디타는 시간의 한 조각이자 가능성이었다. 그리고 젤은 그녀에게 키스했다. 그는 그녀에게 계속 키스하고 싶었다. 아버지가 미웠다.

퍼디타가 젤을 쫓아서 서재의 난로와 촛불 불빛이 새어 나오는 크고 그늘진 홀로 나왔다. 집 바깥에서 자갈 위를 달리는 그의 발소리가 들렸다. 그 순간 퍼디타는 아무런 느낌도, 두려움도, 슬픔도, 놀라움도, 뭔가를 해야 할 필요성도 느끼지 못했다. 퍼디타가 느낀 것, 아니 관찰한 것은―자신은 아바타일 뿐이고 몸이 자기 것이 아니라는 이상한 느낌이었기 때문이었다―불가피함이었다. 이렇게 되었다. 결국 이렇게 될 거였다. 이것이 시간 속 그녀의 좌표였다.

그때 홀에 불이 켜졌다. 커다랗고 아래쪽으로 흘러내리는 듯한 모양의 가지 열 개가 달린 샹들리에가 무도회의 시작을 알리듯 켜졌다. 음악. 위층.
"웃기도 하고 고함도 쳐요. 선택을 해야만 할 때 당신이 관심을 갖는 쪽이 항상 지죠……"
퍼디타는 세 사람이 나란히 올라가도 될 정도로 넓은 마호가니 계단 맨 아래에 섰다. 계단은 첫 번째 계단참에서 왼쪽과 오른쪽으로 나뉘어 양쪽의 넓은 복도로 이어졌다.

퍼디타가 첫 번째 계단참까지 올라갔다.

"그건 작은 비밀이에요, 로빈슨 가족만 아는 일. 무엇보다도 아이들에게는 숨겨야 하죠……"

모든 문이 다 열려 있었다. 적막하고 아무도 잔 흔적이 없는 침실들. 왼쪽에 더 좁고 짧은 계단이 있었는데, 고용인 숙소였던 곳으로 이어지는 것이 분명했다.

음악 소리가 커졌다. 계단 꼭대기의 작은 문이 열려 있었다.

퍼디타가 올라가서 문 앞에 섰다.

방이 아주 컸다. 가로세로가 집 전체의 크기와 똑같고 탁 트인 다락방이었다. 파란색과 분홍색으로, 깔개와 등불과 사진과 소파들로 꾸며져 있었다. 널찍한 천장에 난 천창으로 별이 들어왔다.

옅은 색의 기다란 자작나무 책상에 컴퓨터 장비가 놓여 있었다. 화면이 한쪽 벽을 가득 채웠다.

파리인가?

그것은 상처 입은 천사들의 공격을 받은 파리였다.

컴퓨터를 보고 있던 지노가 몸을 돌렸다. 그가 일어섰다. 지노는 색이 다 빠진 청바지와 흰색 새 티셔츠를 입고 있었다. 발은 맨발이었다. 책상에 우드퍼드 리저브 위스키 병이 하나 있었다. 그가 퍼디타를 향해서 병을 들어 보였고, 퍼디타가 고개를 저었다. 지노가 자기 마실 것을 따랐다. "아버지는 좀 어떠시니?"

"안정되셨어요."

지노가 고개를 끄덕였다. 퍼디타는 그를 매료시켰다. 그녀는 두려움이 없었지만 지노는 자신이 퍼디타를 두려워하고 있음을 깨달았다.

"어젯밤에 하신 말씀 때문에 이야기를 나누고 싶어서 왔어요."

지노가 술을 한 모금 마셨다. "넌 게임 안 하지? 여자들은 보통 안 하거든. 뇌에 전선을 연결하는 것도 아니고, 여자를 염두에 두고 게임을 만드는 것도 아니니까. 자동차랑 비슷한 거지, 작고 바보 같은, 힘 달리는 차들은 빼고 말이야. 난 그게 이해가 안 갔지."

지노가 화면 쪽으로 몸을 돌려 플레이를 눌렀다. 그의 아바타가 깃털이 눈처럼 내리는 텅 빈 거리에 서 있었다.

"뭐 하고 계시는 거예요?"

"지금은 깃털을 모으고 있어. 도와줄래? 자."

지노가 아이패드를 집어 들어 퍼디타의 사진을 찍었다. 그런 다음 사진을 업로드 했다. 그가 말을 하는 동안 퍼디타의 이미지가 아바타가 되었고 그녀는 게임 속으로 들어갔다.

"나는 게임을 설계하고 코딩해. 평범한 것들이야, 충돌, 폭발, 트롤, 망토, 보물. 하지만 새로운 걸 시도하기도 하지. 게임의 90 퍼센트는 아주 짧게 깎은 머리에 문신을 한 백인이 나와서 훔친 차를 타고 다니면서 온 세상을 패고 다니는 내용이라는 거 눈치 챘니? 군사기지의 노골적인 게이 나이트클럽에서 사는 거나 마찬가지지.

이 게임—〈시간의 틈〉—은 내 게임이야. 오래전에 만들기 시작했지, 그 일이 벌어지기 전에."

"무슨 일요?"

"세상의 종말."

지노가 화면에 집중했다. 퍼디타는 그가 말을 하도록, 게임을 하도록 놔두어야 한다는 것을, 그리고 이해하려고 애써야 한다는 사실을 알았다. 그녀는 지노가 미쳤다고 생각했지만 이 정신 나간 짓에 같이 어울리지 않으면 결코 진실을 알아내지 못할 것이다.

"프랑스어 하니?" 그가 말했다.

"아니요."

지노가 빙글 돌아서 긴 다리를 뻗고 발가락을 구부렸다. 그의 발가락은 손가락처럼 길었고, 퍼디타는 다시 한 번 거미의 이미지를, 이번에는 집에 거미줄을 치고 앉은 거미의 이미지를 떠올렸다.

지노가 술을 마셨다.

"제라르 드 네르발이라는 프랑스 시인이 있었어. 19세기였지. 자살하기 직전에 그는 추락한 천사가 자기가 사는 무너져 가는 건물의 작은 안뜰에 갇히는 꿈을 꾸었어. 정원 위로 집들이 사각형을 그리며 서로 기대고 있었으니까 꼭대기에 하늘이 한 조각 걸린 깔때기 모양의 공간이었지. 천사가 지붕 꼭대기에 내려앉았다가 미끄러진 거야.

깔때기에 갇힌 천사는 달아날 수 없었지, 날개를 펴고 날아갈 수 없었으니까.

안뜰에 갇힌 천사의 머리는 위층 집과 같은 높이였고, 작은 여자아이가 와서 천사와 이야기를 하곤 했어. 아이는 창틀에 걸터앉은 채 추워서 무릎을 당겨 끌어안고 어머니가 해 준 이야기를, 잃어버리는 것과 되찾는 것에 대한 수많은 이야기를 천사에게 들려주었어, 천사는 그 아이를 사랑했지.

가끔 밤이면 아이가 촛불을 들고 창가로 와서 천사의 곁에 앉았어, 천사가 외롭다는 걸 알았거든.

몇 주가 지나고 천사는 죽어 가기 시작했어. 생명을 잃어 가면서 천사는 점점 작아졌고, 아이는 이 창에서 저 창으로, 지그재그로 옮겨 다녔어. 쓰러진 그의 거대한 머리 옆에 아이의 작은 몸이 있었지. 아이는 천사의 더러워진 머리카락을 쓰다듬었어.

마침내 천사의 여섯 날개에서 깃털이 뼈와 연골과 분리되기 시작했어. 천사는 깃털 더미로 녹아내리고 있었지. 그가 아이를 불렀어, 트럼펫 소리 같은 목소리로. 그러자 아이가 뒷문을 통해서 쓰레기장 같은 안뜰로 나왔지. 아이는 눈처럼 쌓인 깃털 더미에 푹 빠졌고 천사가 마지막 힘을 다해 아이를 들어 올려서 자기 바로 위 긴 창문 창틀에 앉혔어.

'다이아몬드 깃털을 가져가렴.' 천사가 말했어. '쇄골에 붙어 있는 두 깃털이야.'

아이는 그것을 뽑으면 천사가 아프다는 것을 알았기 때문에 가져가고 싶지 않았어.

'가져가. 가지고 있어. 하나는 사랑의 비행이야. 또 하나는 시간의 비행이란다.'

아이가 다이아몬드 깃털을 잡아당겼지만 너무 단단히 박혀 있었지.

'작은 칼을 가져와서 뼈와 붙은 부분을 자르렴.' 천사가 말했어. '자, 내가 고개를 돌릴게.'

아이는 작은 칼을 꺼내서 깃털이 뼈와 닿는 부분을 잘랐어. 그러자 깃털이 눈 속에서 빛났지. 그리고 천사는 죽었어.

이윽고 엄청난 바람이 불어와서 안뜰을 채웠고, 아이는 얼굴을 가리고 창틀에 몸을 웅크려야 했어, 아니면 날아갈 테니까. 깃털이 하나씩 하나씩 차갑고 푸른 공기 위로 빙빙 돌며 모두 떠올랐고 새들처럼 도시를 날아다녔어.

하지만 다이아몬드 깃털은 날아가는 깃털이 아니었지. 그것은 꼭 지켜질 약속처럼 견고했어.

새들은 노래해. 물고기는 헤엄치고. 시간은 흐르지. 소녀는 여자가 되어서 떠났어."

지노가 말했다. "네르발은 갇힌 천사까지밖에 얘기하지 않았어. 그가 꾼 꿈은 거기까지였지. 아이와의 약속은 내 꿈이야. 그리고 내 꿈의 다음 부분도 처음에는 예뻤어. 나는 멀리 날아간 깃털이 전부 천사가 된 도시를 상상했어. 깃털로 천사를 만들어 낼수 있다면 멋질 테니까. 하지만 그때 나는 이들이 추락한 천사라는 것을 깨달았어. 그들은 죽음의 검은 천사들이었어.

천사들은 도시를 갖고 싶어 해. 그러려면 도시도 천사들처럼 죽음의 도시가 되어야 하지. 천사들은 남자와 여자를, 여자와 아이를 대립시켰어. 연민도 정의도 없고 두려움과 고통의 즐거움밖에 없지. 타락한 세계야. 도시는 매일 더 어두워져."

"거리에 우리밖에 없어요." 퍼디타가 말했다.

"곧 통금 시간이야."

"우리는 왜 깃털을 모으고 있는 거예요?"

"돌바닥—도로, 거리, 뜰, 다리—에 떨어진 깃털은 자라지 못해. 그건 괜찮아. 도시가 추우니까 사람들이 깃털을 태우기도 하고 이불속을 채우기도 하지. 하지만 파괴하는 게 나아. 봐, 불에 닿은 깃털은—전기도 마찬가지고—연소를 일으켜. 그러면 감시하는 천사가 되지. 그들의 날개에는 눈이 달려 있어.

물에 닿은 깃털은 부풀어 올라. 그건 가라앉은 천사가 되지. 가라앉은 천사들은 파리의 지하철과 하수구, 터널, 환풍 통로, 지하도에 있어.

게임은 총 9레벨까지 있어. 4레벨이 되면 시간을 넘나들 수 있지. 게임 도중에 언제든지 행동이나, 사건, 사고를 중단시켰다가 나중에 돌아올 수 있어. 왜냐면, 어쩌면, 그 일이 일어나지 않도록 시간을 되돌릴 수 있을지도 모르니까.

내가 하고 싶었던 게 그거였나 봐, 일어난 일을 되돌리는 것."

"제가 이 깃털 자루를 어떻게 하면 좋겠어요?" 퍼디타가 말했다.

"그걸로 닭을 만드는 친구가 있어. 도시에는 식량이 필요해. 도시는 저항자와 협력자로 나뉘었어. 여기서는 그게, 천사들의 편이라는 게 다른 뜻이야."

"이게 1레벨이에요?"

"1레벨의 제목은 「비극적인 면」이야. 재난. 재앙. 참사. 무시무시함. 폐허. 불행. 비참. 끔찍함. 거짓. 불운. 하지만 그래서 비극적인 건 아니야, 안 그러니? 삶이 원래 그래. 삶이 비극적인 건 영광과 기회, 낙관주의, 용맹함, 희생, 투쟁, 희망, 선 역시 존재하기 때문이야. 그 모든 것이 이 게임에 들어 있지."

퍼디타와 지노가 떨어지는 눈 사이로 서점을 지나쳐 걸었다.

"셰익스피어 앤드 컴퍼니. 이들은 저항자야. 넌 오늘 여기서 자면 돼. 아니면 나랑 있어도 되고. 모퉁이만 돌면 내 아파트야. 미미네 집 아래층이지."

"미미요?"

"미미는 리오의 아내야."

"일어난 일을 되돌리고 싶었다고 했죠. 그게 뭐예요?"

"〈슈퍼맨〉 영화 본 적 있어? 그러기엔 너무 어리겠지."

그는 퍼디타의 대답을 기다리지 않았다. "내 친구 리오는 〈슈
퍼맨〉 영화 중에서 슈퍼맨이 아주 힘이 세서『한여름 밤의 꿈』에
나오는 픽처럼 재빠르게 지구 주변을 뱅뱅 돌아 시간을 되돌려
서 자동차 사고로 죽었던 로이스 레인을 되살리는 편을 좋아했
어."

"리오가 누구예요?"

"이미 물어봤잖아."

"이젠 다른 질문이에요."

"리오는 나를 두 번이나 죽일 뻔했어. 세 번째까지 감수할 순
없었어."

"여기 있어요?"

"게임 속에? 응. 우린 이렇게 연락해. 지금 도시에서 움직이고
있어. 리오가 느껴져. 추종자가 많지. 리오는 군중을 좋아하거든."

"그 사람도 깃털을 모으고 있어요?"

지노가 웃었다. "리오가? 쓰레기를 줍는다고? 아니. 그럴 놈도
아니지만 어쨌든 깃털을 줍지는 않을 거야. 대천사니까."

차갑고 텅 빈 도시 여기저기서 불꽃이 어둠을 밝히고 있었다.
거리의 남자와 여자들은 직접 피우지도 않았고 끌 수도 없는 불
가에서 몸을 덥힌다. 천사들이 불의 파수꾼이다.

"무슨 일이 있었는지 말해 주세요." 퍼디타가 말했다.

"아이가 있었어." 지노가 말했다. "리오는 내가 아기 아빠라고 굳게 믿었지. 나를, 자기 아내를, DNA 검사를 믿지 않았어. DNA 검사는 정확도가 99퍼센트지만 리오는 자신이 1퍼센트라고 말하고 싶어 했어."

"그 사람, 아기를 어떻게 했어요?"

"나에게 보냈지만 도착하지 않았지."

퍼디타가 말했다. "당신이 아빠였어요?"

"아니. 그래. 리오가 아빠였어. 나는 둘 다 사랑했어. 리오와 미미. 두 사람 모두와 사랑에 빠져 있었지. 그리고 난 항상 딸이 갖고 싶었어."

"젤 말로는 아들을 갖고 싶어 하셨다던데요."

"걘 내 아들이야. 그래, 내 아들이지. 그리고 엄밀히 말해서, 난그 애의 아버지야. 그래, 엄밀히 말해서 리오는 아기의 아버지였지. 그게 사실이지만, 진실일까? 난 젤에게 어떤 아빠였을까? 진실을 말하자면 내가 미미와 결혼했어야 해. 내가. 리오가 아니라. 내가. 그런 순간이 있었어. 난 정말 미미가 날 사랑했다고 생각해, 또 내가 미미를 사랑했다고 생각해, 모든 것을 바꿀 정도로. 하지만 리오가 미미를 너무나 원했어. 리오는 원하는 걸 반드시 손에 넣지. 나는 여자랑 진지한 관계를 가진 적이 한 번도 없었고, 내가 원하는 것 앞에서 주저했고, 원하는 걸 가질 수 없다고 생각했어. 그리고 생각했지, 무슨 상관이야? 우리는 항상 함께일 거야, 우리 셋이서. 나는 두 사람 모두를 사랑할 거고, 두 사람 모두와 함께할 거야. 또 두 사람이 원했다면 나는 두 사람 모두의 연인이 될 수도 있었어. 가끔은 미미가 사실 그걸 원했다는 생각이 들어.

미미는 나를 믿었어. 나와 함께 있을 때면 미미는 편안해했는데, 어쩌면 리오와의 사이에 흐르는 성적인 긴장이 없었기 때문일지도 몰라. 리오는 자신감 넘치고 강해. 또 개자식이기도 하지. 하지만 리오는 자기가 무엇을 원하는지 알고 가서 그걸 쟁취해. 그게 매력적이지. 난 그게 매력적이라고 생각해. 우리는 한때 연인이었어. 10대 소년이었을 때. 리오가 우리 관계를 얼마나 진지하게 여겼는지 나는 몰라. 그렇지만 나에게는 진정한 관계였어.

미미는 리오와 헤어졌어, 1년 동안이었지만. 난 아무것도 하지 않았지. 그런데 리오가 나를 불러서 자기를 위해 미미에게 가서 사랑을 되찾아 오라고 부탁했어. 원하는 건 무엇이든 쟁취하는 리오였는데, 갑자기 그렇게 할 수 없게 됐던 거야. 그때 난 리오가 진지하다는 걸 알았어, 허세와 태연함이 사라졌으니까. 그래서 나는 미미를 되찾으러 갔고, 내 생각에—아니, 난 알아—난 아직도 알아. 이렇게 오랜 시간이 지났지만 알아, 미미와 내가 그 주말에 사랑에 빠졌었다는 걸 말이야.

난 빌어먹을 겁쟁이였어."

지노가 술을 조금 더 마셨다. 그러더니 구석 싱크대로 가서 뱉었다. 그가 퍼디타를 향해 몸을 돌리고 손으로 입을 닦았고, 이제 더 이상 우아해 보이지도, 자신을 통제하고 있는 것 같지도 않았다. 지노는 눈이 충혈되고 지친 술주정뱅이 같아 보였다.

"리오가 나에게 아기를 보냈지만 난 집에 없었어.

그게 무슨 뜻인지 알아? **난 거기 없었어.**"

퍼디타는 가만히 앉아 있었다. 아직도 자신이 먹잇감인 것처럼. 위장 중인 먹잇감처럼.

지노가 말했다. "더 이상 거짓말할 필요 없어. 그래 봤자 무슨 차이가 있겠어? 과거를 돌이킬 순 없으니까.

제일 나쁜 건 숨겨져 있어. 그걸 원하니? 원하는 것 같구나. 진실을 알려 주지.

나는 거기 없지 않았어. 있었어. 난 거기 있었어. 여기, 이 집에, 토니 곤살레스가 아기를 데리고 왔을 때. 리오가 이메일을 보냈어. 난 리오의 말을 믿지 않았지. 그런 다음 진짜 왔을 때는 토니가 비행기를 타고 아기를 데리고 돌아가서 미미에게 돌려줄 거라고 생각했어. 돈에 대해서는 몰랐지. 리오는 나를 모욕하려고 그런 거야. 내 계좌로 부칠 수도 있었지만 그랬다면 내가 즉시 도로 부쳤겠지, 개자식. 하지만 리오는 현금으로 보냈어. 엿 먹어라로 가득한 가방이었던 거지.

그런데 누군가가 그 돈에 대해서 알았던 거야. 은행에서 누가 귀띔했을 거야, 틀림없이. 범죄자들의 기준으로 보면 큰돈이 아니지만 호텔 방에서 훔치기는 쉬운 돈이었겠지, 아마. 놓치기는 아까웠을 거야. 그런데 일이 잘못 흘러갔지."

"미미는 어떻게 했어요?"

"미미? 여기 왔지. 아이를 찾으러."

두 사람이 생쥘리앵르포브르 길모퉁이를 돌았다. 높고 고요한 건물들은 어두웠다. 어두웠을까?

꼭대기의 작은 창에 작은 빛이 있었다.

"저기에 미미가 살아. 이제 더 이상 노래하지 않지만."

"이 미미, 게임 속의 미미가 아니라 현실 세계의 미미가 그렇겠죠."

지노가 말했다. "내가 그 일을 돌이킬 수만 있다면. 하지만 그러고 보면 내가 한 선택들은, 다른 선택을 할 내가 없었기 때문에 했던 선택이었다는 기억이 나. 우리를 가두는 순간의 힘보다 우리가 더 강해져야만 자유의지를 가질 수 있는 거야.

운명이 아니야. 난 운명을 믿지 않아. 너는 믿니?"

지노는 대답을 기다리지 않았다.

"습관과 두려움이 선택을 만들지. 우리의 알고리즘은 우리 자신이야. **저걸 좋아하면 아마 이것도 좋아할 거야**, 라는 거지."

퍼디타가 말했다. "게임이 아니에요, 지노. 현실 말이에요. 미미는 죽었어요?"

지노가 말했다. "미미가 아직 살아 있느냐고 물어보는 게 나을걸? 아니, 살아 있지만 과연 살아 있다고 할 수 있을지. 미미 노래 좀 틀어 줄까? 듣고 싶니?"

"음악도 녹음했어요?"

"여기 있어."

"임신 중이잖아요."

"그래. 리오가 두 번째로 나를 죽일 뻔한 밤이었지. 아이가 태어난 날이었어."

"리오는 런던에 살아요?"

"그래. 개심한 인물이 됐지. 천사 같아. 전 세계 어린이 자선단체에 돈을 내지. 구글로 검색해서 보여 줄게. 부알라⁺! 아니, 에콜라⁺⁺! 리오의 어머니는 이탈리아인이야. 아버지는 독일인이고. 생긴 건 독일 은행가인데 이탈리아 마피아 단원처럼 행동하지, 빌어먹을 가방에 빌어먹을 돈을 넣고서 사람들을 쫓아다니고…… 여기 있네. '시칠리아―사랑에는 돈이 필요합니다.' 이 밑에 시칠리아가 후원하는 사업이 다 나와 있어. 학교 건설, 우물 파기, 장학금, 병원 설비 지원. 인상적이지. 하지만 진짜 인상적인 건 리오야. 리오에 대해서 좋은 말을 딱 하나만 하자면, 그것 때문에 가끔 그의 슬픔이 진짜라는 생각이 드는데, 리오는 재혼을 하지 않았어."

지노가 화면에 띄운 커다란 벽 크기의 사진 뒤에서 미미가 계속 노래했다. **"저 사람은 떨어지고 있나요? 아니면 사랑에 빠지고 있나요?"**

지노가 말했다. "리오는 뭐든지 다 떨어뜨리지. 자기 삶 자체를

⁺ 프랑스어로 '짠'.
⁺⁺ 이탈리아어로 '여기'.

추락시켰고, 나는 그 낙진의 일부야."

"아빠는 거짓말과 자기 연민밖에 없어요." 젤이 말했다.

지노가 벽면 스크린에서 돌아섰다. "젤…… 네가 있는지 몰랐구나."

"하나도 달라진 게 없어요." 젤이 말했다.

"젤, 얘기 좀 할 수 있을까?" 지노가 말했다.

"아뇨, 안 돼요. 안 하니까 안 되고 안 되니까 안 해요."

"철학과에서 그런 걸 가르치니?"

"꼭 항상 되받아쳐야 하죠, 네? 재치 넘치는 말로?"

지노가 책상 모서리에 앉은 채 몸을 숙였다. "젤, 내가 바꿀 수만 있다면……"

"과거가 중요한 게 아니에요." 퍼디타가 말했다. "이미 한 행동을 바꿀 수는 없어요. 하지만 지금 하는 행동은 바꿀 수 있죠."

지노가 말했다. "냉장고 자석에 쓰여 있을 것 같은 격언이구나."

젤이 말했다. "아빤 자기가 망가진 영웅인 줄 알아요, 그렇죠? 그렇지만 겁쟁이일 뿐이에요. 아빠가 삶을 통제하는 방법은 삶을 피하는 거죠. 관계, 아이들, 사람들을 말이에요. 아빠는 사랑하는 방법을 몰라요. 그뿐이에요. 뭔가 고귀하고 비극적인 면이 있는 척하지만 전혀 고귀하고 비극적이지 않아요, 한심할 뿐이지."

"그럼 넌?" 지노가 말했다. "갑자기 사랑의 전문가가 된 거니?"

"젤이 전문가가 될 필요는 없어요." 퍼디타가 말했다. "노력만

하면 돼요." 그녀가 젤에게 다가가서 그의 손을 잡았다. 지노가 고개를 끄덕이면서 미소 아닌 미소를 지었다.

"사랑은 견딜 수 없는 불꽃의 셔츠*를 엮는 두 손 뒤의 낯선 이름이구나."

지노가 머리 위로 티셔츠를 당겨 벗었다. 어깨에 흉터가 있었다. 그가 허리띠를 풀고 바지 앞섶의 단추를 풀고 청바지를 벗었다. 그런 다음 두 사람에게 등을 돌리고 팬티를 벗었다.

엉덩이에 골반뼈 재건 수술이 남긴 흐릿한 빨간 줄들이 있었다. 하지만 중요한 건 그게 아니었다. 문신이었다.

몸통 양쪽의 엉치엉덩관절에서 시작해 다섯 번째 흉추와 만나는 것은 날개 한 쌍이었다.

"난 날 수 있을 줄 알았어." 지노가 말했다. "하지만 추락밖에 할 수 없었지."

✦ T. S. 엘리엇의 시에 나오는 구절로, 헤라클레스의 죽음을 불러온 네소스의 셔츠를 말한다. 헤라클레스의 아내 데이아네이라가 네소스에게 속아 독이 묻은 셔츠를 사랑의 묘약인 줄 알고 남편에게 입히고, 이 셔츠를 입은 헤라클레스는 독이 스며들자 너무나 고통스러워 불 속에 뛰어들어 죽었다.

막간

젤이 자동차로 퍼디타를 집에 데려다주었다.

넓은 거리와 뚜렷한 빛과 커다란 자동차들 사이를 지나서. 결코 멈추지 않는 삶들.

결코 시작되지 않는 삶들. 걸어가는 노동자들, 넘어지는 술주정뱅이들, 속도를 낮추다가 다시 높여 멀어지는 택시들. 쓰레기를 뒤지는 개, 창가의 여자, 할인 가게 문 앞 접힌 광고판 위에서 잠든 흑인 남자.

전부 없애야 합니다

로비에 창녀들이 어슬렁거리는 호텔. 그들에게 커피를 주는 야간 경비원. 김이 자욱하고 밝은 조명이 켜진 24시간 빨래방. 너무 늦게까지 잠들지 않는 아이, 아이의 손을 잡은 엄마. 아이는 세 발짝마다 넘어지고 나일론 짐 가방을 어깨에 둘러멘 엄마가 아이를 붙잡는다. 망가진 지퍼. 엄마는 아들에게 계속 말을 하지만 시선은 정면을 보고 있다.

여자 친구에게 어떻게 지내는지 이야기하는 남자. 여자는 통화 중이다.

야간 버스를 기다리는 수녀. 버스가 온다. 사라진 수녀.

우리가 항상 있었고 앞으로도 항상 있을 이 자동차 속의 당신과 나, 오늘 밤, 이 도로, 우리가 사라지고 도로가 사라지고 도시가 사라진다 해도 모든 것에는 한때 그것이 무엇이었는지 영원히 새겨져 있으므로 우리는 여기에 존재할 것이다.

집과 바는 어두웠다. 벌써 새벽 3시가 다 됐다.

젤이 시동을 끄고 자동차가 자기 무게 때문에 저절로 멈출 때까지 굴러가게 놔두었다. 그가 사이드브레이크를 채웠다.

퍼디타는 자동차 문 소리가 클로에게 들리지 않도록 조용히 내렸다.

"젤?"

계단은 어두웠고 젤이 그녀의 손을 잡았고 퍼디타는 그를 자기 방으로 데려갔고 불을 켜지 않았다. 두 사람은 부끄러워서 얼른 옷을 벗었다. 퍼디타가 침대에 들어갔다. 젤이 그녀의 옆에 누웠고, 몸속의 피는 그 혼자만의 나이아가라 폭포 같았다. 퍼디타가 젤을 끌어안았다.

"네가 오빠가 아니라서 다행이야."

  당신과 함께 든, 밤으로 흠뻑 젖은 이 침대에서 내가 찾는 것은 하루를 살아갈 용기다. 빛이 들어올 때 내가 그 빛을 마주 볼 수 있기를. 이보다 더 단순한 것은 없다. 이보다 더 어려운 것은 없다. 아침이면 우리는 같이 옷을 입고 가리라.

게임 속에서 지노는 천사를 무찌르고 날개를 빼앗았다. 잠깐 동안 그는 날 수 있었다. 오래가지는 않았다. 날개가 말을 듣지 않을 때 추락하지 않는 것 역시 게임의 일부였다—항상 그렇듯이—태양을 똑바로 바라보는 이카루스처럼.

하지만 이제 그는 깃털 같은 눈과 눈 같은 깃털을 스치며 위로 올라 미미의 창 안쪽을 들여다볼 수 있었다. 그는 거기에 천천히 내려앉아 안을 들여다보았다.

그녀는 그대로였다. 교회 무덤의 기사 조각상처럼 누워서. 희고 돌로 만들어진 조각상. 이중창으로 노트르담 성당이 내다보이는 방은 그 무엇도 움직이거나 변하지 않는 작고 하얀 세계였다. 그녀는 깨지 않는 잠을 자는 숲 속의 공주였다. 입맞춤은 없었다.

그녀는 항상 여기 있었지만 다른 곳에도 존재할 수 있었다. 조각상 정원을 조각상처럼 거닐며. 살아 있지만 살아 있지 않은 채. 잠들지 않았으면서도 잠든 채. 그녀는 가끔 강가에 서 있다. 사람들이 그녀라고 한다.

지노가 창가에서 나방처럼 푸드덕거렸다.

지노만 미미를 찾아온 것은 아니었다. 리오가 와서 깨지지 않는 유리에 몸을 던졌다. 자기 날개로 건물을 쳤다. 약속했다. 빌었다. 분노했다. 울었다. 자신이 일으킨 눈보라 속에서 창틀에 무릎을 꿇고서.

아무런 변화도 없었다.

셋

걸어 다니는 유령들

Ghosts That Walk

I should so.

Were I the ghost that walk'd, I'ld bid you mark

Her eye, and tell me for what dull part in't

You chose her; then I'ld shriek, that even your ears

Should rift to hear me; and the words that follow'd

Should be 'Remember mine.'

(5. 1. 62–67)

폴린은 런던 초크팜의 라운드하우스에서 열릴 지역 주민 간담회 날짜를 잡았다. 극장을 무너뜨리고 건축가들이 '목적의식적 현대 거주지'라고 부르는 22층 건물 두 채를 그 자리에 세우겠다는 시칠리아의 계획을 논의하기 위해서였다.

10년 동안의 자금 지원을 보장하는 250석 규모의 목적의식적 전용 극장이 계획에 포함되어 있었다. 그리고 유스턴 역으로 이어지는 철로를 마주 보는 목적의식적 임대주택 한 블록도 있었다.

목적의식적으로 가격이 적절한 임대주택은 목적의식적으로 높이가 낮았고, 예술가 로니 혼이 설계한 '물의 벽' 뒤에 위치해 있었기 때문에 개발 지역 중 값비싼 주거지역에서는 가려져 보이지 않았다. 흘러내리는 물의 목적의식적 목적은 호화 아파트를 전철의 소음으로부터 지키는 것이었다.

이를 비판하는 사람들은 임대주택 주민들이 끊임없이 물이 내려가는 화장실 뒤에서 사는 것과 마찬가지일 것이라고 말했다.

"아무것도 안 받고 뭔가를 주면 불평을 한다니까." 리오가 말했다. "돈을 받고 팔면 좋아하면서 말이야."

"모든 사람이 물을 좋아하는 건 아니야." 폴린이 말했다. "특히 물의 벽은 그 사람들을 소외시키려고 특별히 설계한 거니까."

"'살아 있는 숲'은 어때? 그래, **특별히 설계한** 살아 있는 숲이야 (나쁜 년). 우리 개발 지역은 자작나무로 둘러싸이게 될 거야, 옛 러시아만큼이나 낭만적이지."

"그럼 당신 구매자들이야 고향에 간 느낌이겠지." 폴린이 말했다.

"넌 항상 부정적이야." 리오가 말했다. "'아이고 이런'이라고 할 수 있는데 왜 '만세'라고 말하느냐 싶은 거지."

"넌 목적의식적으로 특별히 만들어진 슈먹*이야." 폴린이 말했다. "철로 근처의 집에서는 물의 벽이 안 보일뿐더러 살아 있는 숲도 안 보일 거야. 푸르른 걸 제공해야지."

"그럼 완두콩 깡통을 1년 치 던져 주든가."

"리오! 매끄럽게 진행하려면 현실적으로 접근해야지!"

"매끄럽게 굴러갈 거야! 난 모두에게 뇌물을 먹였어. 중요한 사

---

* 이디시어로 '얼뜨기'.

람들에게 원하는 것을 줬다고. 예술도 후원하고, 지역 어린이집에도 돈을 내고, 런던의 저소득 주요 노동자들을 위한 부지도 지정하고……"

"그러니까 주택조합에 아이들을 위한 놀이터를 줘. 그게 바로 그 사람들이 원하는 거야."

"애들은 억지로 내보내지 않는 이상 안 나가. 아이들은 **바깥**이라는 게 존재한다는 사실조차 모른다고. 애들이 아는 건 학교, 자동차, 방, 친구 방, 또 자동차, 쇼핑, 페이스북, 트위터, 이베이, 온라인 포르노, 해변밖에 없어. 애들은 창백하고 작은 얼굴을 보호하기 위해서 자외선 차단제를 발라야 한다고 하니까 아, 태양이라는 게 있구나, 하는 거야."

"당신, 현실 세계를 전부 까먹은 거야?"

"뭐? 빈곤은 현실이고 돈은 아니라고?"

"대충 그런 거지. 당신이 한 말치고는 심오하네."

리오는 기뻐 보였다. "자선단체 연설에서 써먹어도 되겠지?"

폴린의 눈썹이 유대인들이 내세를 믿었다면 그녀가 죽고 나서 갔을 곳까지 치켜 올라갔다. "임대주택 아이들은 놀이터가 필요해."

"왜, 마리화나를 피우고 부서진 그네에서 벌벌 떨면서 섹스라도 하게?"

"임대주택에 사는 아이들의 60퍼센트는 열 살 이하야."

"그런 애들 얘기야! 놀이터라는 건 어린 시절의 환상일 뿐이라고."

"옛 러시아의 자작나무랑 젠 스타일의 폭포는 초현실이고 말이지?"

"러시아인이랑 중국인들한테만 파는 게 아니야!"

"그렇지. 당장 백만쯤 있는 사람이라면 누구에게나 팔지."

"언제부터 네가 가난했어?"

"언제부터 돈에 양심이 없었어?"

리오는 폴린을 처음 만난 날부터 그녀를 죽이고 싶었지만 30년 넘게 지났는데도 그녀는 아직 살아서 (그를) 괴롭히고 있었다. 어떻게 이런 일이 일어나도록 내버려 두었을까?

"그럼 그 환상의 놀이터는 어디에 넣을 건데? 알았다!" 리오가 손뼉을 치고 에어컨으로 차가워진 공기에 주먹질을 했다. "이스라엘에 넣자! 당신, 이스라엘은 왜 이전하지 않은 거야? 꿈을 이루라고, 자매님."

리오가 연필을 꺼내서 시체의 위치를 표시하는 연쇄살인범처럼 도면에 온통 성난 화살표를 그렸다.

"요가 스튜디오, 스시 바, 사륜 오토바이 및 스키 보관소, 손님용 스위트룸, 야외 온수 수영장, 현장 짐꾼 방갈로는 절대 안 옮길 거야."

"방갈로 같은 소리 하네, 냉장고 뒤에 샤워 시설을 갖춘 차고지."

"환상적인 특전이지, 숙소를 제공하는 직장이라니."

"딱 맞는 표현이다. 펜트하우스에 있는 개집의 4분의 1만 하니까."✦

"블라디미르 오시타비치는 개가 네 마리인 데다 공개할 수 없는 금액을 내고 펜트하우스를 분양받았다고."

"그래서 해러즈까지 썰매를 끌 허스키도 데려와야겠대?"

"당신 도면 읽을 줄 몰라? 부지가 꽉 찼어. 널찍하고 운치 있지. 그리고 **꽉 찼다**고."

"그럼 주차장 부지를 조금 떼어 내."

"아파트 한 채당 주차 공간 두 개가 필요해. 더 깊이 파면 수압 파쇄 기술로 가스를 채굴하는 게 나을걸."

"에너지권을 안 샀다는 뜻이야?"

"아, 꺼져."

"내 말 들을 거야?"

"나한테 선택권이 있어?"

"아파트 중 여덟 채를 탄소 제로 주택으로 팔아. 제일 작은 아파트. 단기 체류용 아파트가 친환경 아파트가 되는 거지. 뭔가 세상을 위해서 좋은 일을 하고 있는 것처럼 들리게 만드는 거야. 그런데 그거 알아? 그건 정말로 좋은 일이야. 그 속담 알아?"

"좀 봐주라." 리오가 말했다.

"많이 줄수록 많이 받는다."

✦ 숙소quarter에는 4분의 1이라는 뜻도 있다.

폴린이 책상 위 연필꽂이에서 두꺼운 마커 펜을 꺼내 벽에 핀으로 꽂아 둔 넓은 도면에 '**놀이**'라고 썼다.

리오가 펜을 빼앗으려 했다. 폴린이 꽉 잡았다. 리오가 당겼고, 이겼다.

"**제길, 제길, 제길! 셔츠에 온통 펜** 자국이잖아! 하나만 말해 보시죠, 40년 동안 광야를 헤맨 폴린 씨. 내가 이 세상에서 좋은 일을 **얼마나 많이** 해야 하는 거야?"

폴린이 말했다. "진짜로 묻는 거야?"

리오는 폴린의 시선을 마주 볼 수 없었다. 또 다른 시간이, 그 일이 일어나기 전이 있었고, 그것은 그가 바라볼 수는 있지만 절대 돌아갈 수 없는 곳 같았다. 시간을 거슬러 돌아갈 수는 없기 때문이다, 그렇지 않은가? 리오는 진짜로 묻는 게 아니었다.

"언젠가는 그만둬야 할 거야, 폴린."

"내가 시작한 게 아니야. 난 그만 못 둬."

리오가 **놀이** 뒤에 **터**라고 썼다.

저녁이었고 리오는 집으로 걸어가고 있었다. 그의 사무실은 이미 오래전 양이 사라진 셰퍼즈마켓Sheperd's Market⁺에 있었다. 리오는 템스 킹에서 멀지 않은 웨스트민스터의 집까지 길어서 돌아가는 것을 좋아했다.

⁺ 영어로 '양치기의 시장'.

그 일 이후 리오와 미미는 이혼했고, 그는 리틀베니스의 저택을 팔고 사무실도 이전했다. 자리를 계속 지키는 것은 자기 주먹으로 자기 얼굴을 때리는 것과 같았다.

리오는 매일 밤 강을 따라 걸었다. 왜인지는 몰랐다. 우리는 왜 우리가 하는 일을 하는 걸까?

그리고 그날 밤 리오는 미미를 생각하고 있었다.

리오는 미미를 생각할 수 없었기 때문에 그녀를 생각하지 않았다. 그녀는 방사성물질이었다. 봉인되어야 했다.

미미의 기억은 방수콘크리트에 넣어야 했다. 리오는 자신이 한 일이나 자신이 한 일의 결과를 부인하지 않았다. 그것에 대해 생각하는 것이 바로 자신에 대해 생각하는 것이었다. 그의 멍청함. 그의 질투. 그의 범죄. 리오는 스스로를 어떻게 생각해야 하는지 알았다.

하지만 미미는? 그를 위협하는 것은 그녀의 생각이었다. 리오는 미미가 자기 머릿속으로 들어오게 할 수는 없었다.

미미가 은둔자가 되었다는 사실은 일을 더 쉽게 만들었다. 신문 기사와 텔레비전 프로그램과 비난과 경멸과 유명인들의 토론과 심층적인 피상성과 독점 보도 이후, 항상 일어나는 일이 일어났다, 모두가 잊었다.

검은 선글라스를 쓰고 초라한 외투를 입은 그녀가 목격되기도 했다.

이른 아침, 카페의 바닥 청소가 끝나기도 전, 테이블 위의 의자도 아직 내리지 않았을 때, 종이컵에 든 커피를 받는 저 사람이 그녀인가?

아침 7시도 되기 전, 기다란 개를 데리고 가는 네모난 여자 말고는 아무도 없는 노트르담 성당 옆에서 센 강으로 이어지는 계단을 내려가는 저 사람이 그녀인가? 여자는 거의 아침마다 그녀를 보았는데, 그녀는 고개를 푹 숙이고 생마르탱 운하 어귀까지 가서 주머니에 손을 넣고 조각상처럼 서서 기억 따위 없는 물을 바라보면서 물처럼 되고 싶어 했다.

그녀는 매일 아침 그렇게 나온다.

사람들이 그녀라고 한다.

그리고 위쪽 도로에서는 자동차들이 시간처럼 꾸준히 출발하고, 하루는 해가 뜨는지 비가 오는지만 빼면 다른 날들과 똑같이 시작한다. 우리는 출발함으로써 깨달음에 다다르는가, 가만히 앉아 있음으로써 깨달음에 다다르는가? 깨달음이란 우리가 품고 살 수 있는 망상이 아니라면 무엇인가?

그녀는 그것이 궁금하다.

파리는 천사들로 가득하다. 매일 그녀는 또 다른 조각을, 또 다른 조각상을 찾아서 그것이 살아나면 어떨까 상상한다. 누가 그들을 돌에 가두었을까? 그녀는 돌에 갇힌 느낌이다.

그녀는 미켈란젤로의 말을 기억한다. 화강암이나 대리석을 가져오면 거기에 갇힌 형상을 보고 그 형상을 해방시키는 것이 자신의 일이라는 말을.

그를 보라, 땀에 흠뻑 젖고 먼지를 뒤집어쓰고서 끌질로 발가락을, 손가락을, 복근의 단단한 조각을, 위쪽으로 당겨진 삼두근을, 쇄골의 깔끔한 선을 해방시키는 모습을. 갇혀 있던 생명이 눈앞에 드러난다.

그러나 도대체 어떤 조각가가 산 여자를 데려다가 그녀의 살을 손봐서 조각상으로 만들었을까?

변화하는 도시를 지켜보고 또 지켜보는 조각상, 조각 소벽, 부조 모두가 그렇듯 그녀는 시간 속에 갇혀 있었다. 그녀 역시 조각이었다.

폭포수처럼 사라지는 현재. 너무나 천천히 또 너무나 빨리 지나가는 시간의 맹렬한 흐름. 얼마나 오래되었을까?

그녀는 가만히 서 있지 않으려고 걷는다. 시간 밖으로 걸어 나갈 수 있다는 듯이, 과거를 원래 속한 곳에 두고 떠날 수 있다는 듯이. 하지만 그것은 항상 거기, 그녀의 바로 앞에 있기 때문에 불가능하다. 과거는 그녀의 바로 앞에 놓여 있고 매일 그녀는 그것을 향해 걸어가 부딪친다. 과거는 반대쪽에서 들어오려는 미래를 막는 문 같다.

그녀는 계속 걷지만 무엇도 움직이지 않고 무엇도 변하지 않는다. 아침 산책이 끝나고 오랫동안 가만히 서 있을 때면 적어도 어느 정도 현실감이 있다는 느낌이 든다.

다른 누군가일지도 모른다. 어쩌면 그녀가 아닌지도 모른다.

상심은 끝이 없다.

리오가 집에 도착했다. 타이머를 설정해 두었기 때문에 불이 켜져 있었다. 시간에는 왜 타이머를 달 수 없을까?

필요할 때 켜고? 필요 없으면 끄고? 밤에는 시간을 끄고. 왜 자는 동안 낭비를 하는가? 꺼, 리오. 그냥 끄라고.

그는 술을 마셨다. 보드카. 얼음.

그가 위층으로 올라갔다. 그녀의 옷을 넣어 두는 방이 있었다. 그녀는 그가 집을 팔 때까지 한 번도 돌아오지 않았다. 그녀는 아무것도 가져가지 않았다. 죽은 사람처럼 그녀는 모든 것을 남기고 영원히 가 버렸다. 그래서 그는 그녀의 옷을 간직했다. 그는 이 집으로 이사하면서 방 하나를 그녀의 옷방으로 만들었지만 그녀가 거기서 옷을 입는 일은 없었다. 혹은 벗는 일도 없었다.

그녀의 몸. 그녀의 몸에 대해서 생각하지 마.

옷은 그녀가 두고 간 그대로였다. 그녀의 선반들, 하지만 그녀는 없다. 플라스틱 드레스 보호대, 정장 커버, 코트걸이, 가방. 한쪽에는 드레스, 다른 쪽에는 치마와 셔츠. 스웨터와 티셔츠를 넣어 둔 삼나무 선반. 리오는 자신의 것이 아닌 방에 침입한 남자처럼 서 있었다.

그가 선반에서 스웨터를 집어 들어 펼쳤다. 거기에 얼굴을 묻었다. 그는 자리에 앉아서 벽에 등을 기대고, 무릎을 세우고, 팔에 머리를 기댔다.

변명은 없다. 이유도 없다. 용서도 없다. 희망도 없다.

그녀의 사랑이 없다면 저에게는
그 어떤 것도 중요하지 않습니다

I Would Not Prize Them Without Her Love

FLORIZEL

And he, and more
Than he, and men, the earth, the heavens, and all:
That, were I crown'd the most imperial monarch,
Thereof most worthy, were I the fairest youth
That ever made eye swerve, had force and knowledge
More than was ever man's, I would not prize them
Without her love; for her employ them all;
Commend them and condemn them to her service
Or to their own perdition.

(4. 4. 367-375)

퍼디타와 젤이 런던으로 왔다.

다른 사람들의 삶이 빽빽이 들어찬 시끄러운 밤 내내 퍼디타는 젤의 어깨에 머리를 기대고 잤다.

지난 몇 시간 동안 두 사람은 킹스크로스 트래블로지 호텔에 체크인을 하려고 기다렸다.

"우리 돈 얼마나 있어?"

"3주 동안 지낼 만큼."

퍼디타가 서류 가방에 있던 1,000달러를 가지고 왔고—자기 것이라고 짐작했다—젤은 비행기 표를 샀다.

퍼디타는 클로에게 긴 음성 메시지를 남겼다. 젤은 말없이 왔다.

마침내 딱 붙는 정장 차림의 지쳐 보이는 여자가 그들에게 방 열쇠를 주었다. 방은 크지도 않고 아름답지도 않았지만 두 사람의 방이었다. 젤이 서랍에 티셔츠를 넣기 시작했다. 퍼디타는 급히 샤워를 했다. 그는 서서 그녀를 보았다. 젤은 기적 같은 퍼디타의 몸을 사랑했다. 그녀는 어떻게 이렇게 아름다울 수 있을까? 젤이 퍼디타를 위해 수건을 펴서 그녀를 감싼 다음 끌어안았다.

"계획이 뭐야?"

"내일 그 사람 사무실로 갈 거야."

"내가 같이 갈게."

"혼자서 해야 하는 부분이야."

"하지만 아저씨는 날 알아."

"네가 여덟 살 때 알았겠지!"

퍼디타가 침실로 들어갔다. 젤이 그녀를 따라갔다.

"너 혼자 가는 건 싫어."

퍼디타가 젤의 말을 무시해 버리듯 어깨를 으쓱했다. 젤이 그녀의 양쪽 손목을 잡았다. 지나치게 세게.

"봐! 난 네 소유물이 아니야."

젤이 놔주었다. "미안해." 그가 침대에 앉았다. 화가 나면 늘 그렇듯 젤의 몸은 완벽하게 잠잠했다. 숨어 있는 동물처럼. "너한테 화풀이를 했나 봐."

"무슨 화풀이?"

"네가 갑자기 새로운 가족을 다 찾아서 나를 잊을까 봐."

퍼디타가 침대 위 그의 옆자리에 앉았다. 그녀가 젤의 손을 잡았다. "널 잊지 않을 거야."

시칠리아 주식회사는 미술 갤러리 위층에 있었다. 맞춤 양복을 입은 젊은 남자 두 명이 세련된 검정 밴에서 짐 내리는 것을 지휘하고 있었다. 퍼디타가 예뻤기 때문에 두 사람이 퍼디타를 보고 미소를 지었다. "일자리를 찾고 있니? 우리랑 일하자."

퍼디타가 고개를 젓고 인터콤을 눌렀다. 대답이 없었다. 청년 중 한 명이 열쇠 꾸러미를 꺼내서 문을 열었다. "그 여자한테는 말하지 마."

"누구요?"

"만나게 될 거야. 오늘 밤에 술 한잔 하러 갈래?"

그는 잘생기고 자신감 넘쳤고 머리카락이 찰랑거렸다. 퍼디타가 미소를 지으며 고개를 저었다. 그가 한숨을 쉬었다. "마음이 바뀌면 와, 난 애덤이라고 해."

그가 물러섰고 퍼디타는 넓고 카펫이 깔린 계단을 올라 2층으로 갔다. 트레이시 에민의 작품 프린트가 벽에 줄지어 붙어 있었다.

접수대 직원도 이제 막 2층으로 올라간 참이었고, 퍼디타가 크고 편안하고 조용하지만 값비싼 대기실에 들어갈 때 여자 화장실에서 나왔다. 대기실 벽에는 프린트가 아니라 소묘화가 걸려 있었다. **'위험=가치'**라는 커다란 네온사인이 있었다.

"누가 들여보냈죠?"

"인턴 문의하러 왔는데요." 퍼디타가 말했다.

접수대 직원은 키가 183센티미터였고 화장이 완벽했다. 다리가 길고 늘씬하고 위협적이었다. 퍼디타는 단순한 여름 원피스에 스트랩 샌들 차림이었고 화장도 하지 않았다. 키도 크지 않았다. 접수대 직원이 미소도 짓지 않고 그녀를 보았다.

"이력서 보냈어요?"

"네."

"레비 씨는 오늘 없어요."

"카이저 씨는요?"

"카이저 씨는 하루 종일 약속이 있어요."

"여기서 기다릴게요." 퍼디타가 이렇게 말하고 리넨을 씌운 소파 중 하나에 결연하게 앉았기 때문에 접수원은 퍼디타가 눈에 들어오지 않도록 컴퓨터 모니터를 돌리는 것밖에 할 수 없었다.

그녀의 책상에 명판이 있었다. 로레인 라트로브.

"뉴올리언스 출신이에요? 라트로브라면 루이지애나 이름이니까 그런가 싶어서요. 저는 뉴보헤미아에서 왔어요."

"아니에요." 라트로브 양이 이렇게 말하고 의자를 돌려서 대화가 끝났음을 알렸다.

퍼디타는 기다렸다.

한 시간 후 리오가 도착했다. 그는 퍼디타가 생각했던 것보다 더 뚱뚱했다. 상상했던 것보다 머리숱도 적었다. 지노가 보여 준 사진은 이 사람이 아니었지만 이 사람이 맞았다.

리오가 그녀를 흘깃 보았다. "안녕, 로레인. 폴린은 아직인가?"

"안녕하세요, 카이저 씨. 레비 씨는 오늘 출근 안 하셨어요."

"왜 안 해? 드디어 죽어 나자빠졌대?"

"오늘과 내일, 일지에 미리 써 놓았는데요."

"나한테 말했었나?"

"일지에 있어요." 라트로브 양이 다시 말했다. 꼭 이 일지라는 것이 어려울 때 의지할 확실한 경전이라도 된다는 듯이.

"내가 일지를 직접 보고 싶으면 개인 비서에게 줄 돈을 아낄 수 있겠지." 리오가 말했다. "내 비서는 어디 있지? 아니면, 버지니아도 역시 일지에 미리 써 놨나?"

"네, 그렇습니다."

리오가 퍼디타를 향했다. "넌 누구지?"

"그 사람은 레비 씨를 만나려고 기다리고 있어요. 오늘 일지에 레비 씨는 없다고 적혀 있다고 제가 말했지만요."

리오가 퍼디타를 다시 보았다. "주택조합에서 왔나? 라운드하우스 프로젝트 때문에?"

퍼디타가 고개를 저었다. 그녀는 말을 할 수 없었다.

리오가 말했다. "어디서 본 적이 있는 것 같은데."

"인턴을 하고 싶대요." 라트로브 양이 이렇게 말했는데, 인턴이 어뢰만큼 강력한 좌약쯤 된다는 듯이 들렸다.

리오가 얼굴을 찌푸리고 엘리베이터로 들어갔다. 그의 등 뒤에서 문이 닫혔고 퍼디타는 거울에 비친 그를 잠깐 보았는데, 아직도 그녀를 보며 얼굴을 찌푸리고 있었다.

"레비 씨는 언제 돌아오세요?" 퍼디타가 말했다.

"일지에 따르면, 월요일입니다." 라트로브 양이 입술을 움직이지도, 눈을 마주치지도 않고 말했다.

퍼디타는 라트로브 양이 대단한 복화술사가 될 수 있겠다고 생각했다. 하지만 퍼디타는 계속 소파에 앉아 있었다. 그리고 라트로브 양은 그녀를 계속 무시했다.

1시 5분 전에 리오가 점심을 먹으러 나가려고 다시 나타났다.

"실례지만······" 퍼디타가 말했다.

"폴린을 만나 봐." 리오가 말했다.

"그건 제가 얘기했어요." 라트로브 양이 말했다.

오후 2시 30분에 리오가 돌아왔다. 퍼디타가 자리에서 일어나 숱 많은 머리카락을 뒤로 넘겼다. 리오는 그녀를 보면서, 자신이 미소를 짓고 있음을 깨닫기도 전에 미소를 지었다, 그녀의 어떤 면이······

"내일 다시 와요." 그가 말했다. "폴린이 있을 거야."

"일지에 따르면 그렇지 않습니다." 라트로브 양이 이렇게 말하며 몸을 쭉 펴자 리오보다 몇 센티미터 컸다.

"아, 내 의견을 가져서 미안하군." 리오가 말했다. 그런 다음 다시 말했다. "폴린이 자네를 고용했나?"

"네." 라트로브 양이 말했다. "개인적으로요."

"수로도 책략으로도 나를 이겨 버렸군." 리오가 말했다. 그가 퍼디타를 보았다. "오늘 약속이 되어 있었나?"

"제가 생각보다 미국에 더 오래 머무는 바람에요." 퍼디타가 말했다. "아니면 벌써 왔을 텐데."

"난 저녁 7시에 내려올 거야." 리오가 말했다. "결정은 네가 해." 그런 다음 그가 사무실로 다시 올라갔다.

"너무 기대하지는 마요." 라트로브 양이 말했다.

"왜요?" 퍼디타가 말했다.

접수원이 어깨를 으쓱했다. 또 다른 하루. 또 다른 멍청이.

내가 여기서 뭘 하고 있지? 퍼디타가 생각했다. **지금 나가면 끝나. 난 봤어. 저 사람은 나를 원하지 않았어. 내가 왜 저 사람을 원해야 하지?**

오후 6시에 라트로브 양이 퇴근을 선언했다. 마이애미로 가는 비행기라도 되는 것처럼. "안됐지만 당신도 나가 줘야겠어요, 아무도 없는데 혼자 여기 둘 수는 없으니까."

"아무것도 안 훔쳐요." 퍼디타가 말했다.

"그게 규칙이에요." 라트로브 양이 말했다. 규칙은 일지만큼이나 확실한 것이 분명해 보였고, 그래서 퍼디타는 카이저 씨에게 전화를 해 보라고 제안했다.

"그분을 방해할 순 없어요."

"저 안 나간다고 말해 주세요." 퍼디타가 말했다.

접수원이 눈을 굴리고 이상한 표정을 짓더니 (인상적인) 손톱으로 책상을 톡톡 치고 리오에게 연락했다. "고맙습니다, 카이저 씨. 네, 야근 때문에 저녁 식사를 하러 가지 못하게 되었다고 차이콥스키 양에게 분명히 전하겠습니다."

라트로브 양이 여자 화장실로 사라졌다가 10분 뒤 주황색 일체형 라이크라 사이클복을 입고 나타났다. "당신은 여기서 기다려요." 그녀가 퍼디타에게 말했다.

"집까지 자전거 타고 가세요?" 퍼디타가 말했다. 할 만한 말이었기 때문이었다.

"아뇨. 페티시 클럽에서 일해요." 라트로브 양이 이렇게 말한 다음 책상 서랍에서 주황색 헬멧을 꺼내 건물을 나섰다.

7시쯤 리오가 엘리베이터를 타고 내려왔다. 타이를 푼 상태였다. 면도가 필요해 보였다.

"그래서, 기다렸군?"

퍼디타가 고개를 끄덕였다.

"이름이 뭐지?"

"미란다요."

"미란다 뭐?"

"셰퍼드."

"좋아, 미란다 셰퍼드, 가서 술 한잔 하면서 당신 이야기를 해봐. 인내심은 그 자체가 보상이지, 혹은 내가 절대 믿지 않았던 것이기도 하고. 인내심이 우리를 데리고 가는 곳이라 봐야 줄 맨 뒤편밖에 더 있나? 하지만 당신의 경우……"

저녁은 따뜻했다. 분홍색 하늘. 빨간 버스. 검은 택시. 도시 저 너머에서 건너오는 빛. 집으로 돌아가는 시간의 저녁 느낌. 무가지를 나눠 주는 남자. 《스탠더드》! 《스탠더드》! 술집 앞 보도에서 북적거리는 젊은 남자들. 지친 얼굴, 민소매, 아픈 하이힐을 신은 여자들. 텔레비전 앞에서 먹을 음식을 사려고 늘어선 줄. 지하철로 흘러 내려가는 사람들.

"강가에 바가 있어." 리오가 말했다. "작은 바닷가재랑 보드카를 먹을 수 있지. 목요일이야."

"요일이 상관있어요?" 퍼디타가 말했다.

"난 정해진 걸 좋아해. 요즘은."

바는 바쁘고 시끄러웠지만 바텐더가 리오에게 손을 들어 인사하더니 아무 말도 오가지 않았는데도 좁은 테라스를 향해 열린 긴 창의 안/밖에 걸친 테이블이 준비되고, 냉장고에서 꺼내 얼음통에 넣은 그레이구스 보드카 한 병, 토닉 워터 캔 세트, 얇게 저민 신선한 레몬과 라임이 놓였다.

"날 알거든." 리오가 말했다.

"라임 넣은 미네랄워터 마셔도 될까요?" 퍼디타가 말했다.

퍼디타가 이야기하고 있었지만 리오는 듣고 있지 않았다. 그는 고개를 끄덕이고 그녀와 눈을 마주쳤지만 듣고 있지 않았다. 퍼디타는 스물한두 살쯤 되었을 것이다. 그게 뭐가 잘못된 걸까? 젊음에는 저항할 수 없다. 대체할 수 없다. 그리고 젊은이에게 낭비된다.

"책임 있는 자본주의." 리오가 그녀의 질문을 들은 자신에게 놀라며 말했다. "그게 시칠리아지."

"부인은 뭐 하세요?" 퍼디타가 말했다.

"이혼했어." 리오가 말했다. "너는?"

"전 이혼 안 했어요." 퍼디타가 말했다. "아이는 있어요?"

그가 고개를 숙였다. "아니. 아니, 아이는 없어."

퍼디타가 털어놓을 뻔했다…… 대신 그녀는 바닷가재를 더 먹었다. 퍼디타는 그것이 얼마나 비싼지 몰랐다. 집에서는 전혀 비싸지 않았다.

그녀는 리오보다 더 많이 먹고 있었다. 그가 데이트하는 여자들은 먹지 않았다. 그들은 음식을 주문했지만 먹지는 않았다. 퍼디타는 남의 눈을 의식하지 않았다. 그녀는 리오를 기쁘게 하려고 애쓰지 않았다. 그는 퍼디타가 좋았다. 그녀는 리오에게 왜 먹지 않느냐고 물었고, 그는 **내 마음은 먹고 마시는 것을 생각할 수**

없게 만드는 것으로 가득하니까라고 말하지 않았다.

리오가 갑자기 바닷가재를 마구 먹었다.

"여기 오는 건 강이 좋아서야." 그가 말했다. "템스 강이 런던보다 오래되었다는 게 좋아, 한때 매머드가 여기서 물을 마셨다는 게 말이야."

"너무 좁아요." 퍼디타가 말했다. "미시시피는 정말 넓어요. 보신 적 있어요?"

"있어." 리오가 말했다. "뉴보헤미아에 사는 친구가 있었거든. 아주 오래전이지. 나이가 들면 그렇게 되는 거야. 모든 것이 오래전이지."

"하지만 현재는 그렇지 않잖아요." 퍼디타가 말했다. "현재는 지금이에요."

"넌 어려. 너한테는 과거가 없기 때문에 현재가 있는 거야. 나는 젊을 때 파리에 1년 살았어. 거기서 일을 했지. 나는 강과, 센 강과 사랑에 빠졌어. 사실은 누군가와 사랑에 빠졌지. 그렇기 때문에 물이 신비하고 낭만적으로 보이는지도 몰라. 단순히 남자가 여자를 만나는 것에 대해서 말하는 게 아니야, 더 큰 뜻이야. 아마도, 갈망에 대해서 말이야. 독일 사람들은 그걸 젠주흐트라고 하지. 우리 아버지는 독일인이었어."

"프랑스 사람이었어요? 당신이 사랑에 빠진 여자요."

"응. 자그마하고, 소년 같고, 하지만 여성적이었지. 너처럼."

퍼디타가 얼굴을 붉혔다. 리오가 오해했다. "칭찬이야. 받아들여."

"고마워요." 퍼디타가 말했다.

두 사람이 강물을 내다보았다. 빛의 줄기들. 부두 가까이 들어온 배들.

리오는 편안하면서 흥분됐다. **나한테 무슨 일이 벌어지고 있는 거지?** 그가 생각했다. **이건 말도 안 돼.**

리오가 집중하려 애썼다. "미란다, 우리 회사에서 대규모 자선 콘서트를 기획하고 있어. 다음 주말이야. 거기 참여할래? 우리 회사랑 맞는지 보게 말이야. 대부분 음악 공연이야. 연극도 좀 있고."

"고향에 있을 때 여성 그룹에서 노래를 했어요." 퍼디타가 말했다. "이름은 세퍼레이션즈예요."

"멋진 이름이군! 무슨 노래를 하는데?"

"레트로 클래식요. 아빠가 피아노를 정말 잘 쳐요. 저는 태어나자마자 노래를 했어요."

"그랬나?" 리오의 눈이 하지 않은 말로 어두워졌다.

"네. 괜찮으세요? 무슨……?"

리오가 끼어들었다. "아무것도 아니야. 하지만 이 아무것도 아닌 것들이…… 그것들이……"

아무것도 아닌 일들은 아무것도 아니다. 하늘은 아무것도 아니고, 땅은 아무것도 아니고, 나는 아무것도 아니고, 사랑은 아무것도 아니고, 상실은 아무것도 아니다.

저녁이 밤으로 식어 가고 있었다. 퍼디타가 리오에게 감사 인사를 했다.

"너만 좋으면 다른 데도 갈 수 있어, 런던을 보여 주지."

퍼디타가 고개를 저었다. 그가 택시를 불러 주겠다고 했다. "걸어갈 수 있어요." 그녀가 말했다. "저는 걷는 게 좋아요. 전화기로 지도 보면서 따라가면 돼요. 안 멀어요."

하지만 멀어. 리오가 멀어져 가는 퍼디타를 보며 생각했다. 그것은, 그와 좋은 삶을 갈라놓는 거리는, 달만큼이나 멀 수도 있다.

집에 도착한 리오가 택시에서 내렸다. 불이 켜져 있었다. 그가 문을 열고 불을 껐다. 볼 것이 아무것도 없었다. 게임 콘솔이 수족관처럼 환히 밝혀져 있었다.

지노가 새로운 플레이어를 데려왔다. 그들은 깃털을 모으고 있었다. 귀엽기도 하지. 힘든 노력과 희망으로 세상을 구할 수 있다는 듯이. 리오가 여섯 장의 날개를 펴고 불에 내려앉은 깃털을 찾아서 도시를 낮게 날았다. 가라앉은 천사들에게 뿌릴 깃털들을 찾아서.

리오가 소르본 꼭대기로 날아갔다. "시쿠트 움브라 디에스 노스트리." 해시계 천사가 말했다. **우리의 세월은 그림자처럼 달아난**

다.

그는 해시계 천사의 여동생을 더 좋아한다. 그녀는 그를 맞이할 준비가 되어 있다, 허리까지 벗고 단단하고 높고 둥근 가슴을 내어놓았다. 일부는 남자, 일부는 여자. 절대 읽지 않는 책을 들고 다리를 벌린 천사. 그는 발기한다.

그가 그녀에게 올라타는 동안 날개 한 쌍이 그를 지탱해 주었다. 두 번째 날개 한 쌍은 그녀의 딱딱한 금색 몸을 가까이 끌어안았다. 세 번째 쌍은 그의 자동차에 달린 안정판처럼 뒤로 쭉 뻗어 위로 솟은 깃발이었다. 그것은 엿 먹으라는 표시였다. 지나가는 사람들에게. 지노에게. 자기 자신에게. 엿 먹어, 리오. 엿 먹어.

볼일을 끝낸 그가 다시 떨어진다.

리오는 소파에서 잠이 깼다. 그가 불을 켰다. 새벽 3시. 아직 펼쳐질 준비가 되지 않은 세상처럼 삶이 웅크린 이른 시간. 라디오가 저절로 켜졌다.

어떤 여자가 말하고 있었다. **"항상 겨울이 떠나지 않고 폭풍이 몰아치는 황량한 산꼭대기에서 벌거벗은 채 주린 배를 움켜쥐고 천 번을 무릎 꿇고 만 년을 살아도 신들의 눈길을 돌릴 수는 없습니다."**

리오는 휘청휘청 땀을 흘리며 일어났고, 피부가 따끔거리고 입이 메말랐다. 그가 위층으로 올라가다가 벗다 만 바지에 걸려서 넘어졌다. 리오가 바지에서 나와 양말과 조키 팬츠, 셔츠, 매듭진 타이 차림으로 샤워를 하러 가서 물을 맞으면서 옷을 벗었다.

그는 샤워실 바닥에 젖은 옷 더미를 남겨 두었다. 리오는 면도를 하고, 옷을 입고, 커피를 만들어서 뜨거운 커피를 단번에 마셨다.

그는 차에 탔다. 라디오는 켜지 않았다. 생각도 하지 않았다. 뒤로 잡아끄는 시간밖에 없었다.

그날……

리오는 출국 심사대에 줄을 서 있었다. 서류를 검사하는 남자가 잠깐 비켜서서 기다리라고 말했다. 그러고 나서 정신을 차려 보니 경찰 세 명이 와서 그의 정보를 확인하면서 아기를 어떻게 했느냐고 묻고 있었다.

그때 그 일이 벌어졌다.

경찰과 다투는 리오. 리오와 다투는 경찰. 모두 덩치 큰 남자들. 전부 같은 키. 여권을 검사하는 키 작은 인도인은 아무 일도 없는 척하려고 애를 쓰면서 들어오는 사람들의 수속을 진행했고, 사람들은 모두 리오를 빤히 보았다.

리오에게 아기가 없었기 때문에 경찰은 혼란스러웠다. 리오는 아내가 산후 우울증을 앓고 있다고 말했다. 그는 아내에게 쉴 시간을 주려고 아들을 데리고 가는 중이었다. 경찰이 마일로의 여권을 확인했다. 이 사람이 아빠니? 네.

덩치 큰 남자들이 다시 다투기 시작했다, 아무도 마일로를 신경 쓰지 않았다.

어떤 남자가 공항에서 살고 있었습니다.

마일로가 서서히, 조용히 뒷걸음질 쳐서 멀어졌고, 그들은 모두 마일로에게 등을 돌린 채 분노의 원을 그리고 있었다. 아무도 눈치채지 못할 것이다.

마일로가 모퉁이를 돌아 보안 검색대로 걸어갔다. 4번 줄에 어느 가족이 있었다. 마일로가 그들에게 달려갔다. 누가 봤다면 가족을 쫓아가는 줄 알았을 것이다. 마일로는 금속 컨베이어벨트에 배낭을 올렸다. 금속 탐지기를 통과했다. 마일로가 뒤를 돌아보았다. 마일로는 지금 공항에 있었다. 어쩌면 토니를 찾을 수 있을지도 몰랐다.

마일로는 어떤 가족의 뒤를 따라서 보안 검색대를 통과했다. 토니는 보이지 않았다. 사람들이 많았다. 탄노이 스피커에서 그의 이름이 들렸다. 안내 데스크로 오라고 했다.

마일로는 한참 후에야 안내 데스크를 찾았고, 아빠가 거기에 없다는 것을 보았다. 경찰만 두 명 있었다. 마일로가 반대쪽으로 돌아섰다.

이내 마일로는 스카이트레인에 타고 있었고, 이름만 들으면 재밌을 것 같았지만 사실은 그렇지 않았다. 그런 다음 마일로는 B 게이트로 갔다가 C 게이트로 갔다가 다시 B 게이트로 갔다. 그런 다음 마일로는 비행기를 기다리는 줄에 섰고, 아이는 작고 다른 사람과 함께 온 것처럼 보였고, 마일로가 탑승구를 지나서 계단을 반쯤 내려갔을 때에야 아이가 다른 사람의 일행이 아니고 그 사람들에게 마일로의 여권과 탑승권도 없다는 사실을 어떤 여자가 깨달았다. 여자가 마일로를 다시 불렀다. 그녀는 경찰이었다. 마일로는 비행기로 달려가지 않고 계단 두 층을 달려 내려가 일꾼들이 손수레에 짐을 실어 옮기느라 열려 있던 넓은 문으로 나갔다. **얘! 얘!** 하지만 마일로는 계속 달리고 있었고, 건물 모퉁이를 돌아서 도로 정비 트럭 앞으로 뛰어들었다.

슈퍼맨, 시간을 되감아 줘.

리오가 하이게이트 공동묘지 정문 근처에 차를 세웠다. 오전에 매장식이 있다면 누군가가 묘지에 있을 것이다. 그는 이런 일의 순서를 잘 알았다. 사람들이 있다면 리오를 들여보내 줄 것이다.

리오는 애도하는 천사들이 지키는 길을 따라 걸었다. 마일로는 서쪽 담 근처에 묻혀 있었다. 리오는 마일로가 태어나기 전 자선 경매에서 묘지 터를 샀다. 그것을 차지하려고 큰돈을 걸었다. 이 공동묘지는 이미 오래전에 다 찼고 세계적으로 유명했다. 리오에게 걸맞은 도전이었다. 그가 낸 돈이면 원룸 아파트도 살 수 있었다. 이제 거기 마일로가 들어가 있다. 지금쯤이면 마일로의 뼈가 들어 있겠지, 리오가 생각했다. 마일로에 대해서 아는 것은 이제 과거밖에 없었다.

리오는 태양이 밝고 또렷하게 떠오를 때까지 오래 서 있었다. 과거는 항상 그의 앞에 건널 수 없는 강처럼 놓여 있었다.

리오가 물통에 물을 받고 덤불에서 자란 야생 장미 두 송이를 땄다. "미미와 마일로." 가시가 뾰족뾰족한 줄기를 물에 담그며 그가 말했다. 리오가 일어나서 가려고 돌아섰다. 정원사가 근처에서 괭이를 들고 조용히 일하고 있었다. 체크무늬 셔츠, 팔꿈치 위까지 말아 올린 소매. "안녕, 토니!" 리오가 외쳤다.

정원사가 돌아보았다. "저는 피트인데요."

리오가 한 손을 들었다. 물론 토니가 아니었다. 토니는 죽었다.

퍼디타와 젤은 트래블로지 호텔 침대에 누워서 소리를 죽인 텔레비전을 보고 있었다.

"그래서, 그 사람은 어때?" 젤이 말했다.

"그 남자가 나를 버렸다는 생각밖에 할 수 없었어."

"우리 아빠한테 말이지! 네가 누군지 말할 거야?"

"모르겠어. 내가 말을 하면 그 사람이 내 삶에 들어오겠지. 그리고 아마 꽤 참견할 거야."

"찾아봤어." 젤이 말했다. "보통은 잘 안된대."

"뭐가 잘 안돼?"

"입양아와 친부모의 재회. 다들 절대 가질 수 없는 걸 원하거든. 인생은 되돌릴 수 없어."

"난 인생을 되돌리고 싶지 않아. 그러면 아빠나 클로나 홀리폴리몰리를 만나지 못할 테니까."

"하지만 난 만나겠지." 젤이 말했다. "그거 참 이상하지?"

퍼디타가 몸을 굴려 젤 옆으로 갔다. "운명이라는 거야?"

"모르겠어. 철학을 공부할 때는 항상 이런 문제에 대해서 토론했어. 삶이란 멀리서 보면 어떤 패턴을 이루는 우연의 연속일 뿐일까? 비행기 창문으로 들판과 강과 집들을 내다보면 아름답고 멀쩡해 보이지만 땅에서 보면 그냥 있는 그대로, 마구잡이에다가 심지어는 추해 보이는 것처럼 말이야.

아빠는 모든 것이 운명이라고 하셔."

"너희 아빠랑 통화했어?"

"미친 듯이 화내실 거야. 여기 온다고 말했어야 하는 건데."

"그럴 수 없었잖아."

"응. 그럴 수 없었지. 우리가 결국 리오 아저씨와 아빠처럼 될까?"

"완전 나쁜 놈들?"

"슬픈 사람들."

"항상 슬펐던 건 아니야."

"그게 더 나빠. 두 사람에게도 삶이 있었는데 그걸 파괴해 버렸어. 자신의 삶과 다른 사람들의 삶을."

"우린 더 잘할 거야." 젤이 말했다. "우린 집으로 돌아가서 삶을 꾸리고 우리 아이들에게 용감하고 진실하게 사는 법을 보여 줄 거야."

"우리 만난 지 얼마 안 됐잖아."

"내가 너무 앞서 나갔나?"

퍼디타가 그에게 입맞춤을 했다. "응. 너무 빨라."

"난 여자들이 언약할 줄 아는 남자를 좋아하는 줄 알았는데."

그녀가 베개로 젤을 때렸다. 퍼디타는 안도의 박동을 느꼈다. 자신이 하루 종일 얼마나 긴장했었는지 깨달았다.

"젤…… 같이 와 줘서 고마워. 지금의 날 감당하는 건 힘들 거야. 난 알아……"

그가 퍼디타를 안았다. "우린 여기 왔어. 하려던 걸 하고 있잖아. 해치우자. 엄마도 찾을래?"

"모르겠어. 생각보다 더 힘드네."

"왜?"

"기분이 나빠. 아무 느낌도 없을 줄 알았는데. 그러니까, 나는 리오라는 사람을 몰라. 오늘 처음 만났을 뿐이야."

젤이 그녀를 끌어당겨 안았다. "하지만 엄마는 만난 적 있잖아. 엄마 안에서 살았었잖아."

그것은 진실이었다. 퍼디타는 그것이 진실이라고, 그게 제일 힘든 부분이라고 느꼈다. 어떻게 아무 관련이 없는 사람과 관련이 있을 수 있을까?

"너 리오 아저씨랑 닮았어?" 젤이 말했다.

"그런 것 같지 않아. 그 사람은 나이도 많고 머리도 벗어지고 조금 뚱뚱해! 입은 똑같을지도 몰라. 난 엄마를 닮았어, 그러니

까, 엄마의 옛날 모습을. 지금 엄마가 어떻게 생겼는지 우린 모르
잖아. 최근 사진이 없어. 선글라스랑 모자를 쓴, 엄마일지도 모르
는 사람의 사진밖에 없지."

"진짜 너네 엄마일지도 몰라. 선글라스랑 모자를 쓰면 사람들
틈에 섞일 수 있다고 생각하는 건 유명인들밖에 없거든."

"지금은 안 유명해."

"엄마가 유명했다는 게 이상해?"

"다 이상해. 전부 이상해, 그중 하나일 뿐이야."

젤이 텔레비전을 껐다. "잠 올 것 같아?"

"아니."

"그럼 나가자."

"한밤중이야!"

"그게 뭐? 여긴 런던이야. 가자."

두 사람이 밖으로 나간다. 젤과 퍼디타는 아직 어리다. 그들이
야간 버스를 찾는다. 그런 다음 소호까지 걸어간다. 이탈리아 아
이스크림. 퍼디타의 어깨에 올려진 젤의 팔. 그의 허리를 감은 그
녀의 팔. 두 사람은 차이나타운과 코번트가든을 지나 올드위치를
건너 워털루 브리지로 간 다음, 다리 가운데 서서 서쪽과 동쪽을
바라본다. 시간을 알려 주는 빅 벤이 있고 아래쪽에는 시간이 흐
르는 템스 강이 있고, 그들이 차지하고 있는 작은 공간에서 그들
의 시간은 현실이다. 과거도 아니고, 미래도 아니고, 지금.

젤은 기억하고 싶어서 사진이나 비디오를 찍지 않는다. 즉, 잘 못 기억하고 싶다는 뜻이다. 순간은 카메라가 포착할 수 없는 것으로 이루어지니까.

그리고 강은 밤을 멀리 데려가고 두 사람은 침대로 돌아가서 잠자리에 들고 도시는 꿈을 꾸며 또 다른 날로 넘어간다.

아침 일찍 퍼디타의 전화기가 울린다. 리오다.

"안녕, 미란다. 리오야. 한 시간 후에 라운드하우스에서 봐."

"어디요?" 퍼디타가 말한다. 무슨 소리지?

리오는 성급하게 굴고 싶지만 그녀를 보고 싶기 때문에 성급하게 굴지 않는다. 그가 목소리를 누그러뜨린다. "노던선이야. 검은색. 초크팜 역. 아니면 캠던타운 역에서 내려서 걸어와도 되고. 됐나? 오전 11시쯤."

이번에는 젤이 함께 간다. 두 사람이 초크팜 역에서 지하철을 내린다. **우리 건물을 지켜 주세요**라고 적힌 깃발을 흔드는 사람들이 많다.

퍼디타와 젤이 사람들 틈으로 들어간다. 메가폰을 든 남자가 있다. 말에 탄 경찰. 퍼디타가 포스터를 든 젊은 여자에게 무슨 일인지 묻는다.

"빌어먹을 부자 놈이 이 지역을 전부 사들이고 있어."

그때 퍼디타의 눈에 전화기에 대고 화를 내며 소리치는 리오가 보인다. 그녀가 젤에게 말했다. "저기 있다."

"저 사람이야? 저 사람이 리오 아저씨야?"

"못 알아보겠어?"

"머리카락이 없어서 모르겠어. 그리고 뚱뚱하지도 않았거든."

"날 봤어. 넌 가야겠다, 문자 메시지 보낼게."

퍼디타가 길을 건너 달려갔다. 사랑스럽군, 리오가 그녀를 보며 생각했다. 그리고 자기가 아름다운 줄도 모르지. 그가 요즘 데이트를 하는 상대는 섹스 중에 전자 담배를 피우는 러시아 란제리 모델이었다.

리오가 미소 짓고 있었다. "잘 왔어, 미란다. 인턴을 하려면 우리 회사 다음 프로젝트를 봐야 할 것 같아서. 대단한 건물이야, 그렇지?"

바로 그때 군중이 입을 모아 외치기 시작했다. **"꺼져 꺼져 꺼져. 꺼져 꺼져 꺼져."**

"안으로 들어가는 게 낫겠군." 리오가 말했다. "보안 팀이 알아서 할 거야."

리오가 퍼디타 등의 우묵한 곳에 손을 얹고 재촉하며 여러 개의 문을 지났다.

"안녕하십니까, 카이저 씨." 경비원이 말했다. 리오는 긴장을 풀었다. 자신의 세계로 돌아왔다.

"구경시켜 줄게, 미란다. 여기는 원래 열차가 방향을 바꾸기 위한 차고지로 지어졌어. 열차는 후진을 못 하잖아, 그러니까 여기

와서 방향을 바꾸는 거야. 한 바퀴 빙 돌아서 말이야. 여기 이 넓은 극장 공간에서 말이지. 참 인상적이야, 안 그런가?"

퍼디타는 헐벗은 벽돌 벽에 걸린 액자 속 포스터를 보고 있었다. 서커스, 연극, 밴드, 그때 그것이 보였다. 라운드하우스의 미미. 그녀는 리오의 말을 듣고 있지 않았다. 그는 알아차리지 못했다.

"아래쪽이―우리 바로 밑이―기계장치가 있던 곳이야. 톱니바퀴, 사슬, 평판을 회전시키는 엔진. 오랫동안 공연을 즐길 수 있는 곳이었지. 이제 새로운 삶을 시작할 시간이야. 갤러리로 올라가지."

리오가 퍼디타의 어깨에 손을 올리고 계단 위로 이끌었다. 밖에서 경찰차 사이렌 소리가 들렸다.

"왜 무너뜨려요?"

"여긴 환상적이지만 이제 이런 곳에 들일 공적 자금이 없어. 모든 것에 영원히 보조금을 지원할 수는 없으니까. 그러면 좋겠지만 말이야. 사적 자금이 빈틈을 메워야지. 나는 작은 극장과 공영주택을 짓고 있어. 내가 사회의식이 있다고 생각하는 게 좋거든. 이번 계획의 중심은 믿을 수 없을 만큼 멋진 고층 아파트 두 채야. 런던에서 가장 아름답고 쭉 뻗은 주거지가 되겠지."

"그럼 왜 다들 시위를 하는 거예요?"

"사람들은 변화를 좋아하지 않아, 미란다. 그게 인간의 본성이야. 그리고 돈이 요즘은 혹평을 받거든. 밖에 있는 저 사람들 중

누구도 세금을 내지 않아—음, 많이는 안 낸다는 거지—그런데
도 사람들은 정말로 나라를 지탱하는 나 같은 이들을 싫어하지.
내가 지금 하는 일은 이곳을 구하는 거라고, 사람들이 그걸 몰라.
하지만 넌 경제학 학위가 있지, 하버드라고 했나?"

"아니요." 퍼디타가 말했다.

"그렇군, 하버드라고 한 줄 알았어. 돈을 벌어 보면 오해받기
얼마나 쉬운지 너도 알게 될 거야. 나는 모두를 도우려는 것뿐인
데 사람들은 날 독재자 취급하지."

리오와 퍼디타가 무대 맨 위쪽 관객석에 도착했다. 리오가 난
간에 기대어 아래를 내려다보았다. "무대 보이지? 마지막 공연을
할 거야. 그게 계약의 일부야, 일주일간의 작별 공연에 돈을 대는
거지. 세이브더칠드런을 위한 음악 페스티벌로 정점을 찍을 거
야. 그런 다음 건물을 무너뜨릴 강구鋼球가 도착할 거고."

"건물을 왜 무너뜨려요?"

"빅토리아 시대 벽돌은 전부 재사용할 거야."

"건물을 왜 무너뜨려요?"

"건축 허가 받았어."

"건물을 왜 무너뜨려요?"

"끝없이 말꼬리를 잡는 농담인가? 미국인들도 그런 농담을 하
나? 넌 뉴보헤미아에서 태어났어?"

"미미가 여기서 노래를 했어요, 그렇죠?"

리오가 관객석 앞 난간 너머를 똑바로 보았다. "그때 미미는 내 아내였지." 그가 말했다.

리오가 몸을 돌려 계단으로 갔다. "그냥 너한테 건물을 보여 주고 싶었어."

계단 밑에서 양복 차림에 무전기를 든 경비원이 리오에게 다가왔다. "로니라는 사람이 기다리고 있습니다."

"로니?"

"예술가라더군요. 뉴욕에서 왔대요. 저기 있어요."

리오가 유리 너머 거리의 시위자들을 보았다. 짧은 커트 머리를 한 사람이 **나쁜 놈에게 반대하는 예술가들**이라는 플래카드를 들고 맨 앞에 서 있었다.

"저 사람이 로니 혼이고, 여자로군." 리오가 재빨리 밖으로 나가서 손을 내밀고 미소를 지었다. "로니 씨! 로니 씨! 영광입니다!"

로니 혼은 영광이 아닌 것 같았다. 그녀는 위험해 보였다. 로니가 말했다. "내가 만든 물의 벽이 지역공동체를 위한 거라고 했잖아요. 그걸 가난한 사람들을 가로막는 물 울타리로 바꾸어 놓았군요. 물의 벽 옆에서 자고 싶은 사람이 어디 있겠어요?"

"계획을 수정할 수 있습니다." 리오가 말했다. "걱정 마시죠! 영광입니다. 같이 사진 좀 찍어도 될까요? 제리! 제리!" 리오가 경비원에게 스마트폰을 휘두르면서 로니에게 가까이 다가갔다. 리오가 다가가서 그녀에게 팔을 둘렀다. 로니가 그를 밀어냈다.

"시위하러 온 거예요!"

군중이 환호했고 입을 모은 외침이 다시 시작되었다. **꺼져 꺼져 꺼져 꺼져 꺼져.** 리오의 기분이 폭풍우처럼 바뀌었다. "그 물의 벽은 내가 당신한테서 산 거 아닙니까? 내가 오해한 겁니까? 돈 안 받았습니까?"

"돈은 받았어요. 하지만 날 산 건 아니죠." 로니가 말했다.

"만약 내가 당신한테서 그림을 샀는데 그걸 걸어 둔 장소가 당신 마음에 들지 않는다면, 안됐군요. 내가 당신한테서 물의 벽을 샀는데 그걸 설치한 장소가 당신 마음에 들지 않는다, 참 안됐군요! 예술가들이 자기 가치를 부르짖을 수 있는 이유가 뭔지 압니까? 나 같은 사람들이 생활비를 대 주니까 그런 거요."

퍼디타는 리오 뒤에 서 있었다. 그녀가 말했다. "그분한테 그런 식으로 말하지 말아요!"

리오가 퍼디타에게 벌컥 화를 냈다. "네가 뭔데?"

퍼디타가 리오를 보았다. 그녀는 아무 말도 하지 않았다. 퍼디타의 눈길에 리오는 그녀가 뺨이라도 때린 것처럼 움찔했다. 그는 생각했다⋯⋯ 거의 생각할 뻔했다⋯⋯ 하지만 그는 미미를 생각하고 있었다. 누가 벽돌을 던졌다. 벽돌이었을까? 과거가 벽돌처럼 그의 얼굴을 때렸다.

리오가 말을 하려고 했지만 얼굴이 아팠다. 그때 경찰이 건물 앞에 앉아 있던 시위자들 한 무리가 깔고 앉은 방수포를 잡아당

기자 군중이 앞으로 밀려들었다.

퍼디타는 기자들을 헤치고 다가오는 젤을 보았다. 그는 경비원과 다투고 있었다. 경비원이 그를 밀쳤다. 젤도 밀쳤다. "젤!" 퍼디타가 소리쳤다. **"젤!"**

리오가 천천히 돌아섰다. **저 애가 뭐라고 했지?** 시간이 어떻게 되고 있었을까? 시간의 벽돌이 하나씩 하나씩 무너지는 기분이었다. 벽으로 막힌 공간이 무너지고 있었다.

리오가 젤을 보았다. 젤? **아니, 젤일 리가 없어. 오늘 아침에 공동묘지에 있던 사람도 토니가 아니었잖아.** 그가 손등으로 얼굴을 닦았다. 벽돌을 맞은 곳에서 흘러내리는 피. 모두가 소리치고 있었다. 그에게는 들리지 않았다.

퍼디타가 생각했다. **이 사람, 유령이라도 본 것 같아.** 그리고 유령을 보는 사람은 아무도 없는데 도대체 그 말이 무슨 뜻일까 생각했다. 하지만 그래도 우리는 유령을 본 듯한 표정을 짓는다……

젤이 재빨리 다가왔다. 경비원이 그와 리오 사이를 막아섰다. 리오가 고개를 저었다. 경비원이 한 걸음 물러섰다.

"젤……? 지노 아들 젤?"

"네." 젤이 말했다.

"너 여기서 뭐 하는 거야?"

"나랑 왔어요." 퍼디타가 말했다.

"둘이 서로 알아?"

"내 여자 친구예요."

"좀 닥칠래?" 퍼디타가 말했다.

"미란다가 네 여자 친구라고?"

"아뇨…… 퍼—"

"닥쳐!" 퍼디타가 소리쳤다. 리오는 깜짝 놀란 것 같았다. 소리를 친 사람은 리오였다.

"지노가 여기 왔어?"

여기 당신의 도시에서

Here in Your City

Lord Here in your city; I now came from him:
I speak amazedly; and it becomes
My marvel and my message. To your court
Whiles he was hastening, in the chase, it seems,
Of this fair couple, meets he on the way
The father of this seeming lady and
Her brother, having both their country quitted
With this young prince.

(5. 1. 186-193)

셉은 무사히 회복했다.

육체적으로나 정신적으로나 손상은 없었다. 퍼디타는 비행기에 탈 때 그 사실을 알았지만 자신이 무슨 일을 하려는 건지 아빠에게 알리고 싶지 않았다. 그녀는 오후에 아빠를 만난 다음 곧장 공항으로 가서 젤을 만났고, 댈러스까지 비행기를 타고 가서 런던으로 가는 야간 비행기에 올랐다.

클로는 음성 메시지를 받았지만 역시 셉에게 말하지 않았다. 무슨 말을 하겠는가? 하지만 다음 날 셉은 퍼디타가 병원에 오지 않는 이유를 알고 싶어 했다.

클로는 대답이 없었다.

셉이 침대에 일어나 앉아서 아들을 보았다. "베이비박스에 대해서 말했구나, 그렇지?"

클로는 말이 없었다. 셉이 고개를 끄덕였지만 한동안 아무 말도 하지 않았다. 그런 다음 그가 말했다. "이제 시작되었으니까 우리가 끝을 내는 게 좋겠다. 내 말 좀 들어 봐라."

그날 오후 클로는 오톨리커스에게 가서 필요한 주소를 받았다. "내가 뭐 놓친 게 있나?" 오톨리커스가 말했다. "놓치는 건 싫어하거든."

"아빠한테 물어보세요." 클로가 말했다.

진짜 그렇게 하는 게 좋겠네. 클로가 차를 몰고 떠나자 오톨리커스가 생각했다.

클로는 곧 아무도 없는 집 앞에 도착했다. 그가 현관 인터폰을 울렸다. 대답이 없었다. 그래서 클로는 묵직한 정문 앞에서 쉐보레를 후진해서 지붕으로 기어올라 안쪽 진입로에 뛰어내렸다. 그는 문을 쾅쾅 두드리고 소리치고 또 조금 더 쾅쾅 두드렸다. 그런 다음 클로는 재킷으로 주먹을 감싸고서 퍼디타가 덧문도 닫지 않고 빗장도 지르지 않고 놔둔 크고 우아한 창문을 깨뜨렸다. 그가 안으로 들어갔다.

"공포 영화에 나올 것처럼 무서운 집이군." 클로가 텅 빈 벽난로와 곰팡내 나는 안락의자를 보며 말했다. 그가 복도로 들어갔다. 위층에서 음악 소리가 들렸다. 리키 리 존스. 좋은 선택이다. 클로가 한 번에 두 단씩 계단을 뛰어올랐다.

그가 다락방 문을 열었다. 지노는 깃털로 뒤덮인 거대한 스크린을 보고 있었다.

"빙고. 정신 차려요. 아빠가 당신이랑 이야기하고 싶대요."

리오는 라운드하우스 바깥에서 로레인 라트로브의 말을 들으려 애쓰고 있었다. 가죽 샤넬 정장 차림의 그녀는 시칠리아 사무실에서 팔짱을 끼고 서서 스피커폰에 말하고 있었다.

"남자 셋이에요. 둘은 흑인. 한 명은 게이."

"폴린을 불러!"

"오는 길이에요."

리오가 시위자들을 헤치고 도로로 나갔다. 사람들이 그를 밀치고, 야유를 퍼붓고, 침을 뱉고, 플래카드로 때렸다. 리오는 알아차리지 못했다. 그가 손을 내밀어 택시를 불렀다. 퍼디타, 젤과 택시에 탄 리오가 젤에게 말했다. "무슨 일인지 설명 좀 해 볼래?"

그들은 야간 비행기를 탔다. 지노가 표를 샀다. 비행기 조명이 꺼지자 지노는 자신이 공간을 날고 있는지 시간을 날고 있는지 알 수 없었다. 시간을 되돌릴 수는 없지만 되찾을 수는 있다. 그렇지 않은가?

리오가 넓은 계단을 달려 사무실로 올라갔다. 그는 숨을 헐떡이고 있었다. 라트로브 양이 그 자리에 선 채로 태어난 것처럼 거기 서 있었다.

"전 최선을 다했어요." 그녀가 말했다.

퍼디타가 접수대로 다가갔다. 그녀가 자기 아버지에게 달려갔다. "아빠!"

"이 남자가 네 아버지야?" 리오가 말했다. "지노가? 지노?"

두 남자가 서로를 바라보며 서 있었고 리오는 자신이 주먹을 너무 꽉 쥐어서 손톱이 손바닥을 찢고 있음을 깨달았다. 분노가 아니다. 그는 지금 말할 수 없었다.

"리오." 지노가 말했다.

그들은 조각상 같았다. 둘 중 누구도 서로를 향해 움직일 수 없었다. 과거가 너무 강력했다.

아래층에서 쾅 소리가 났다. 폴린이 정신없고 헝클어진 모습으로 나타났다. 그녀는 지노를 보고 곧장 그에게 다가가서 끌어안았고, 지노 역시 그녀를 안았다. "당신을 다시 볼 거라고는 생각도 못했어요, 지노. 절대로!"

리오가 망연자실한 상태에서 벗어났다. "내 사무실로 갈까?"

사무실로 들어간 클로와 셉이 똑바로 섰다. 셉은 싸구려 여행가방을 가지고 있었다. 그가 가방 지퍼를 열고 서류 가방을 꺼냈다. 리오는 그것을 본 적이 없었기 때문에 무슨 일인지 전혀 몰랐다. 퍼디타가 말했다. "아빠……"

셉이 손을 내밀었다. "이렇게 이야기가 시작되었고, 여기서 다시 시작하는구나."

그가 서류 가방을 열고 악보를 하나 꺼냈다. 폴린이 누구에게 떠밀린 것처럼 흰 소파에 앉았다. 그녀가 일어나려고 했지만 어떤 힘이 그것을 불가능하게 만들었다. 셉이 낡은 벨벳 주머니를 꺼내서 넓은 손바닥에 다이아몬드를 쏟았다.

"이건 네 거야, 퍼디타. 너도 알지."

"퍼디타라고?" 리오가 말했다. "미란다인데."

"전 퍼디타예요." 퍼디타가 말했다.

이야기가 다이아몬드처럼 하나씩 하나씩, 다이아몬드에 시간이 응축되는 것처럼, 하나하나의 돌에 빛이 응축되는 것처럼, 응축되어 빛나며 떨어져 나왔다. 돌이 말을 하고, 침묵하던 것이 입을 열어 이야기를 하고, 이야기는 돌 속에 자리를 잡고 돌을 깨뜨리려 한다. 일어난 일은 이미 일어났다.

하지만.

과거란 던지면 폭발하는 수류탄이다.

"누구 딸이야?" 리오가 말했다. "이 퍼디타라는 애. 미란다라는 애는?"

"우리 딸이오." 셉이 말했다. "당신 딸로 태어났지만 내 딸이 되었소."

리오가 목걸이를 향해 손을 내밀었다. 셉이 목걸이를 그에게 주었다.

"난 알아봤어." 지노가 말했다. "왜 못 알아보겠어?"

리오가 목걸이를 따라 손가락을 미끄러뜨렸다. "미미를 만났을 때 미미에게 주려고 내가 샀어."

셉이 말했다. "당신이 보낸 남자, 토니 곤살레스 말입니다, 그 사람이 아기를 지키려고 세인타마리아 병원 베이비박스에 넣었습니다. 돈 때문에 쫓기고 있었는데, 그때 나는 몰랐지요. 우리가—클로와 내가—그 사람을 구하려고 했습니다. 그때 내가 퍼디타를 발견했소."

"그런데 왜 아기를 경찰서에 데려가지 않았죠?"

"고아원에 보내라고요? 모르는 사람한테 입양되어 가라고 말입니까? 자기 자식을 버릴 수 있는 사람이라면 아버지가 되기에 적합하지 않다고 생각했소."

"난 퍼디타가 내 아이라고 믿지 않았습니다." 리오가 말했다. "지노의 아이라고 생각했지요."

"난 내 애가 아니라는 걸 알았지요." 셉이 말했다. "하지만 이 아이를 사랑했습니다."

"바로 그거예요!" 클로가 말했다.

"돈은 어떻게 했습니까?" 리오가 말했다.

"리오!" 폴린은 특유의 억양이 있었는데, 지금 그 억양이 나왔다. 셉이 몸을 추슬러 우뚝 섰다.

"대답할 수 있어서 기쁩니다, 부인. 그래서 내가 여기 온 겁니다. 리오, 당신은 지금 이 세상을 만든 사람 중 하나죠. 나는 그런 세상에서 사는 사람 중 하나입니다. 당신에게 나는 대부분 경비원이나 배달원으로 보이는 흑인이지요. 당신에게는 돈과 권력이 가장 중요하고, 돈과 권력을 갖지 못한 사람들에게도 그게 가장 중요할 거라고 생각하지요. 어쩌면 어떤 사람들에게는 그럴지도 모릅니다. 당신 같은 사람들이 나 같은 사람들은 복권에 당첨되어야만 모든 것을 바꿀 수 있는 세상으로 만들었으니까요. 이제 고된 노력과 희망만으로는 안 됩니다. 아메리칸 드림은 끝났지요."

"전 우리 삶을 사랑해요." 퍼디타가 말했다. "당신이 우리에게 만들어 준 삶 말이에요."

"퍼디타." 셉이 말했다. "플리스는—고향에 있는 우리 사업 말입니다, 리오—좋은 음악을 듣고 맛있는 음식을 먹을 수 있는 피아노 바입니다. 퍼디타, 플리스의 반은 네 거고 반은 클로 거야. 반은 클로 엄마의 돈이었으니까. 애 엄마가 죽었을 때 받은 생명 보험금이지. 반은 네 거다. 내 건 없어.

우리는, 당신과 나는 이 점이 다른 것 같군요, 리오, 나에게는 소유한다는 것이 그렇게 큰 의미가 없으니까요. 그건 이 세상의 불행 중 하나일 겁니다."

리오는 실제로 말이 없었던 것보다 더 오래 말이 없었다. 그런 다음 그가 말했다. "당신은 내 딸을 훔치고 내 돈을 써 놓고 이제 와서 내 사무실에서 어떻게 살아야 하는지 설교를 하는 거요?"

"네, 그렇습니다." 셉이 말했다.

긴 침묵. 어색한 침묵. 숨죽임. 행운을 빌며 꼰 손가락. 감긴 눈. 볼 수 없다.

폴린은 리오를 누구보다도 잘 알았지만 이제 어떻게 될지 몰랐다. 이 순간을 산산조각 낼까 아니면 이 순간이 시간을 향해 열리도록 놔둘까?

퍼디타가 셉 옆으로 가서 서더니 그의 손을 잡았다. 리오가 그녀를 보았다. 그는 자신이 놓친 그 모든 세월을 보았다. 자신의 거부를. 그리고 자신의 기회를 보았다.

리오가 셉에게 한발 다가가 손을 내밀었다.

"고맙습니다." 리오가 말했다. "오래전에 만났으면 좋았을 텐데요."

셉이 그의 손을 잡았다.

폴린이 일어서려 애쓰다 다시 쓰러졌다. "누가 내 다리를 가져갔나 봐."

팽팽한 긴장이 깨지자 클로는 지노와 손바닥을 마주쳤고, 지노는 술이 필요해 보였다.

셉은 갑자기 피로가 몰려왔다. "앉아도 될까요? 옆에 좀 앉아도 되겠습니까……?"

"폴린이에요." 폴린이 말했다.

"얼마 전까지 병원에 있었거든요, 가벼운 뇌졸중이었지요. 게다가 밤새 비행기를 타고 왔습니다."

셉의 커다란 몸이 폴린의 작은 몸 옆에 무너지듯 내려앉았고 폴린이 그의 손을 잡았다.

"호텔은 어딥니까?" 리오가 말했다.

"우린 지금 여기가 어느 도시인지도 몰라요." 클로가 말했다.

"클래리지 호텔에 예약해 드리죠, 전부요. 내 개인 비서는 어디 있지?" 리오가 소리를 지르기 시작했다. **"버지니아!"**

폴린이 말했다. "리오! 이분들은 클래리지 호텔에 묵고 싶지 않을 거야. 우리 가족이야. 우리 집에서 지내면 돼."

"누가 봐도 유대인이라니까." 리오가 말했다.

지노, 리오, 폴린이 택시 한 대에 같이 탔다. 셉과 클로, 퍼디타, 젤이 다른 택시를 타고 뒤따랐다. 퍼디타가 자기 아버지 옆에 앉아서 아빠의 손을 잡고 있었다.

앞차에서 리오가 폴린에게 말했다. "미미 어디 있는지 알아?"

"한 번도 물어본 적 없잖아."

"당신이 알고 있을까 봐 무서웠어."

폴린이 말했다. "18년 동안 시간이 멈춰 서 있었는데 이제 당신은 모든 일이 한꺼번에 일어나기를 바라네."

"미미가 퍼디타에 대해서 알았으면 좋겠어."

택시가 도로에서 조금 물러난 커다란 벽돌집 앞에 섰다.

"좋은 집이군요." 셉이 말했다.

"이 지역은 원래 쓰레기장이었어요." 폴린이 말했다. "전쟁이 끝나고 수용소에서 나온 유대인들이 여기로 왔어요. 우리 할아버지와 할머니는 이곳에 친구가 있었죠. 거리를 걸어 다니면 바이올린과 아코디언, 하모니카 소리가 들렸어요. 음악과 빈방이 사방에 있었죠. 제가 샀을 때 여긴 세를 주는 집이었어요, 지하실에 10년 동안 세입자가 살았죠. 그 여자는 정원에서 당나귀를 키웠어요. 들어오세요, 들어와요."

그들은 테이블에 꽃이 장식된 넓고 아늑한 홀로 들어갔다.

"리오! 지노! 부엌으로 가서 차를 끓여요! 젤! 클로! 가방 좀 들고 올래요? 우리 집에는 침실이 여섯 개 있는데, 제가 알기로 누가 쓰는 방은 하나밖에 없어요. 전 항상 가족이 생길 거라고 생각했지만, 그런 말 아시죠, 지어라, 그러면 그들이 올 것이다? 하지만 오지 않았어요."

셉이 출창 옆 그랜드피아노로 다가갔다.

"아름다운 악기군요. 피아노 치십니까?"

"어렸을 때부터요." 폴린이 말했다.

셉이 악보를 넘겼다. "잘 치나 보군요. 모차르트. 베토벤. 나는 혼자서 배웠습니다. 이런 건 못 치죠."

"저는 음악을 듣고 치는 걸 못 해요." 폴린이 말했다.

"분명히 할 수 있을 겁니다." 셉이 말했다. "보여 드리죠. 그래도 될까요?"

셉이 피아노 앞에 앉았다. 그가 〈서머타임〉을 치기 시작했다. 그의 크고 자신감 넘치는 손은 강하고 아름다웠다. "피아노 음색이 좋군요."

"제가 낸 돈을 생각하면 말이죠." 폴린이 말했다. "이건 카네기홀에 있어야 해요."

퍼디타가 다가오더니 그의 옆에 서서 노래하기 시작했다. "쉿, 아가야, 울지 마…… 이런 아침이면……"

폴린이 자리에 앉았다. 퍼디타의 목소리는 미미의 목소리만큼 순수했지만 더 깊고 더 현실적인 음색이었다.

리오와 지노가 부엌에서 나왔다. 홀에 있던 클로가 들어왔다. "제 여동생입니다." 그가 말했다. 솔직한 얼굴에 자랑스러움이 넘쳤다.

셉이 피아노 멜로디를 당김음으로 연주하기 시작하더니 반주를 깔면서 풍성한 저음을 바탕으로 제일 위쪽 건반을 눌렀다 뗐다 했다.

일어나서 노래하렴.

네 아빠는 부자고.

네 엄마는 예쁘지.

그날 저녁 늦게 모두가 부엌의 커다란 식탁에 둘러앉아 식사를 하면서 자기 이야기를 할 때 폴린이 살짝 빠져나와서 파리행 첫 기차를 예약했다.

폴린이 빠져나가는 것을 지노가 눈치챘다. 그가 일어서서 머뭇거리더니 닭고기 파이를 더 가지러 갔다. 젤이 자기 접시에 음식을 덜고 있었다.

"젤." 지노가 말했다. "우리 얘기 좀 할 수 있을까?"

"뭐에 대해서요?" 젤이 그를 보지도 않고 말했다.

"내가 인생을 엉망으로 만든 것에 대해서. 넌 내 아들이고 내가
널 자랑스러워한다는 것에 대해서."

젤은 지노를 보지 않았다. 젤이 식탁으로 돌아갔다.

지노가 와인을 한 잔 따랐다. 그런 다음 싱크대로 가서 와인을
버리고 냉장고 문에서 물을 꺼냈다.

새벽 4시 30분, 모두 잠든 집에서 폴린은 깨어 있었고, 곧 문을
나서서 택시가 아무도 모를 만큼 조심스럽게 기다리는 텅 빈 길
모퉁이로 갔다.

그러나 지노는 폴린이 나가리라는 사실을 알고 있었다. 그는
자기 방에 있었고, 대문이 조용히 잠기는 소리에 거리가 내려다
보이는 창가까지 맨발로 터벅터벅 걸어갔다.

지노가 컴퓨터를 켰다. 게임 속의 그는 추운 거리에 서서 늘 캄
캄한 미미의 창문을 올려다보았다. 그날 밤 지노는 날개가 없었
다.

그녀의 창에 불이 켜져 있었다.

이것이 마법이라면······

If This Be Magic...

LEONTES O, she's warm!

If this be magic, let it be an art

Lawful as eating.

(5. 3. 111–113)

폴린은 지하철 4호선을 타고 시테 역으로 갔다.

그녀는 노트르담 성당에서 계단을 내려가 유람선 표 판매소와 생마르탱 운하 입구 사이에서 한 시간 정도 서성거렸다.

자갈이 깔린 부두가 북적거렸다. 점심을 먹는 남녀들. 성당의 역사를 지루하게 들으면서 에펠 탑행 브데트⁺를 타려고 기다리는 학생들. 문이 닫히고 조용해진, 저녁 식사를 하면서 춤을 출 수 있는 유람선. 관목이 무성한 둑에 스프링클러를 작동시키는 공원 문지기들.

저 사람이 그녀인가? 사람들이 그녀라고 한다.

커다란 외투를 입고 강물을 바라보며 꼼짝도 없이 서 있는 작

✦ 프랑스어로 '모터보트'.

은 형체에게 폴린이 다가갔다. 그녀가 A4 크기의 단순한 서류철을 꺼냈다. 안에는 뭉툭한 연필 글씨로 〈퍼디타〉라고 적힌 악보가 들어 있었다.

세상은 기쁨이나 절망, 한 여인의 운명, 한 남자의 상실과 상관없이 흘러간다. 우리는 타인의 삶을 알 수 없다. 우리는 우리 마음대로 할 수 있는 작은 부분들 외에는 우리의 삶을 알 수 없다. 그리고 우리를 영원히 바꾸어 놓는 일은 우리가 알지도 못하는 사이에 일어난다. 쉬는 것처럼 보이는 순간이야말로 마음이 부서지거나 치유되는 순간이다. 그리고 너무나 꾸준하게, 또 확실하게 흐르는 시간은 시계 밖에서 거칠게 흐른다. 일생은 너무나 짧은 시간에 바뀌지만, 그런 변화를 이해하는 데는 평생이 걸린다.

음악이여 그녀를 깨워라

Music Wake Her

PAULINA

Music, awake her; strike!
'Tis time; descend; be stone no more; approach;
Strike all that look upon with marvel. Come,
I'll fill your grave up: stir, nay, come away,
Bequeath to death your numbness, for from him
Dear life redeems you. You perceive she stirs:
Start not; her actions shall be holy as
You hear my spell is lawful: do not shun her
Until you see her die again; for then
You kill her double. Nay, present your hand:
When she was young you woo'd her; now in age
Is she become the suitor?

(5. 3. 99-111)

홀리폴리몰리가 라운드하우스에 있었다.

리오는 통제력을 잃지 않은 척하려고 주변 모든 것을 최대한 크고 요란하고 다채롭게 만들면서 감정을 다스리고 있었다.

"너네 그룹 이름이 세퍼레이션즈라고? 비행기에 태워!"

퍼디타가 스카이프로 홀리에게 연락해서 열심히 설명했고, 셉이 그 아이들의 아버지에게 전화했다.

리오가 비행기 표 값을 내겠다고 했지만 세쌍둥이의 아버지는 완고했다. 아이들을 돌봐 줄 어른이 필요하다는 것이었다.

"누구한테 부탁하지?" 클로가 말했다. "내 친구들은 다 믿음이 안 가."

"내가 전화할 사람이 있어." 셉이 말했다. "병원에 날 보러 왔었지."

"그 애들은 방을 같이 써야 할 거야, 리오." 폴린이 말했다. "집이 다 찼어."

"폴린! 여긴 세계의 수도야. 호텔이라는 게 있다고. 히스로 공항에 내리는 뜻밖의 손님들이 전부 당신 집에서 묵을 필요는 없어."

"우리 집으로는 안 된다는 거야?"

폴린은 새 옷을 샀고, 살이 빠졌고, 많이 웃었다. "당신 행복하군, 그렇지?" 리오가 말했다. "막스앤스펜서에서 옷을 안 사는 걸 보니 행복한 게 분명해."

"행복?" 폴린이 어깨를 으쓱했다. "행복은 너무 고이셔*야, 하지만 아마…… 난…… 잘 지내, 기뻐."

"당신이 무슨 말을 하는지 내가 알아들은 적이 있을까?" 리오가 말했다.

그런 다음 그가 말했다. "미미는 어떻게 지내?"

"세파르디** 사이에 그런 말이 있어……

그러니까……

시간에게 시간을 주어라."

홀리폴리몰리가 퍼디타, 셉과 함께 곡을 확인하고 있는데 아래층에서 박수 소리가 들렸다. 빛 때문에 잘 안 보였지만 곧 셉에게

---

* 이디시어로 '이교도적'.
** 본래 스페인과 포르투갈에서 살던 유대인이나 그 자손.

손을 흔드는 익숙한 인물이 보였다.

오톨리커스였다. "어이, 퍼디타! 아빠를 찾았다며!"

"잃어버린 적 없어요. 바로 여기 있잖아요."

"착한 애야, 우리 애들도 저랬으면 좋겠네."

"애가 있는지는 몰랐네요."

"한 번에 하나씩 이야기하지 않으면 『천일야화』가 될 거라고."

홀리폴리몰리가 다시 노래를 불렀고 폴린이 샌드위치로 가득한 커다란 쇼핑백을 들고 무대로 올라갔다.

"배고파 죽겠네!" 오톨리커스가 말했다. "고맙습니다 부인, 고마워요."

그가 햄 치즈 바게트를 한 입 베어 물었다.

"이분은 누구죠?" 폴린이 말했다. "우리 집에서 지닐 건가요?"

뜨거운 저녁에 젤과 퍼디타가 손을 맞잡고 걷고 있었다. "이 이야기를 하면 누구도 안 믿을 거야." 퍼디타가 말했다. "한 달 전만 해도 우린 평범했는데."

"평범한 사람이야말로 조심해야 되는 거야." 젤이 말했다. "다 우리 때문에 일어난 일 같아."

"무슨 뜻이야?"

"내가 전에 한 말 있잖아. 아저씨와 아빠가 망가뜨린 삶에서든 찾지 못해서 망가뜨리지 못한 지금 우리의 삶에서든 우리는 함께할 거였다고 했잖아."

"그건 할리우드 버전이지."

"할리우드가 운명을 발명한 건 아니야."

"그럼 난 남은 평생 너와 함께할 운명이야?"

"아니, 그 부분에서는 자유의지가 있지. 나랑 결혼할 필요는 없어."

"지금 청혼하는 거야?"

해피엔드처럼 젤이 퍼디타를 품으로 끌어당겼다.

섭과 폴린은 그녀의 집 정원에 앉아 있었다. 폴린이 섭에게 모든 이야기를 했다. 토니 곤살레스가 등장하는 부분이 되자 섭이 양손으로 머리를 감쌌다. "그 사람이 마지막으로 한 말이 그거였군요! 마지막으로 이렇게 말했습니다.

폴린.

나중에 난 그게 아기 이름이 분명하다고 생각했지만 악보 때문에 퍼디타라고 부르기로 했죠. 잃어버린 작은 아이라는 뜻이지요, 그렇죠?"

폴린이 고개를 끄덕였다. "토니가 제 이름을 불렀어요?"

"맹세합니다, 폴린. 나는 옳은 일을 했다고 늘 믿었습니다. 이제…… 이제 더 이상 모르겠군요."

"당신이 토니를 살릴 수는 없었어요."

"난 노력했습니다, 폴린, 믿어 줘요. 우리는, 클로와 나는 영웅이 아니에요. 하지만 우리는 길을 건너가 보지 않았습니다, 그냥 들어가 버렸어요."

폴린이 셉의 손을 가볍게 두드렸다. "자기 탓은 그만둬요. 좋은 손을 가졌군요, 아세요? 토니도 좋은 손을 가지고 있었죠, 일하는 손이었어요."

셉이 폴린을 향해 미소를 짓고 그녀의 손을 뒤집었다. "당신은 베푸는 손을 가졌군요, 손바닥이 커요. 하지만 폴린, 내가 퍼디타를 경찰서에 데려갔으면 퍼디타는 엄마를 다시 만났을 겁니다."

"그랬다면 어떤 어린 시절을 보냈을까요? 이혼, 그리고 그 뒤에 일어난 온갖 끔찍한 일들. 마일로. 리오와 미미가 퍼디타를 반씩 데리고 있었을 거고, 온갖 불행한 상실과 실수를 겪었을 거예요, 엄마 아빠는 서로 말도 하지 않고 말이죠. 퍼디타는 당신 곁에서 행복해요."

"엄마가 없었잖아요."

"미미가 퍼디타에게 엄마가 되어 줄 수 있었을지 전 모르겠어요. 미미는 끔찍한 신경쇠약을 겪었어요. 퍼디타 때문만이 아니에요, 마일로 일도 있었죠."

"미미와 계속 연락을 했습니까?"

폴린이 고개를 끄덕였다. "리오에게는 말하지 않았어요. 하지만 리오도 묻지 않았죠."

"리오를 어떻게 용서했습니까?"

"리오는 용서를 바라지 않았어요. 하지만 용서를 하지 않으면 어떻게 살겠어요?"

셉이 말했다. "나는 아내의 용서를 기다리고 있는 것 같아요. 어려운 일이죠, 아내는 죽었으니까. 아내가 죽었기 때문에 나도 죽었습니다. 내 마음이 죽었어요.

아내가 세상을 떠나자 나는 사랑하는 방법이 기억나지 않았습니다, 아내가 설명서를 가져간 것 같았어요. 그런 다음 퍼디타가 생겼죠, 기적처럼—그건 기적이었어요—새로운 시작처럼요. 밤, 비, 지구에 착륙하러 온 행성 같은 달, 그리고 퍼디타가 거기 있었어요, 달님이 퍼디타에게 옷을 입힌 것처럼 흰 천에 싸여서. 퍼디타를 돌려주려고도 했지만 그렇게 할 수 없었어요, 퍼디타가 나에게는 사랑의 설명서였으니까요."

폴린이 다른 손을 셉의 손에 얹었다. 그가 다른 손으로 그녀의 손을 덮었다. 폴린이 말했다. "당신들이 우리 집에 와서 정말 좋아요. 당신들 모두를 영원히 알고 지낼 것 같은 생각이 들어요. 전 항상 여기 살았지만, 이제야 집에 온 기분이네요."

셉이 말했다. "루이지애나에 가 본 적 있습니까?"

그 순간 뒷문이 열리고 오톨리커스가 정원으로 나왔다. 그가 손을 흔들었다. "내가 묵는 양치기 헛간으로 가는 길인데. 집이 좋군요, 폴린. 포커 칠 줄 아세요?"

셉과 폴린이 집 안으로 들어갔다. 셉이 피아노 앞에 앉아서 즉흥연주를 시작했다. 폴린이 그의 옆에 앉았다. "저도 그렇게 칠 수 있으면 좋겠어요."

"여기…… 내가 왼손으로 연주할 테니까 내가 치는 화음에 맞춰 봐요."

두 사람이 연주를 시작했다. 폴린이 머뭇거렸다, 웃고 있었다. "그렇게 엄청난 화음을 어떻게 치는 거예요?"

"오순절교회파 피아노곡이지요. 유대인 오순절파는 없을 테지요?"

"제가 아직 만난 적 없을 뿐인지도 모르죠."

"이건 예수님의 재림을 위한 화음입니다."

"그렇다면 저한테는 문제가 되겠군요, 우린 아직 메시아의 첫 번째 방문을 기다리고 있거든요."

폴린이 양손을 쫙 폈다. 그녀는 빠르고 능숙했고, 셉이 화음으로 이끌어 주면 잘 따라왔다.

"그거예요. 이제 잘하는군요! 플리스로 특별 초청을 해야겠군요. 체제비는 충분히 벌 겁니다. 이제 왼손도 같이 해 봐요, 조성을 유지하면서 극적인 화음을 넣으면 됩니다. 내가 쫓아갈게요."

셉이 폴린 뒤에 서서 그녀 쪽으로 몸을 숙이고 긴 팔을 양옆으로 둘러 그녀의 손을 이끌면서 재즈풍 연주를 가미했다. 셉이 더 가까이 몸을 숙였다. 폴린이 그에게 기댔다. 셉이 그녀를 안았다.

콘서트 날이었다.

공연 전날 리허설을 할 수 없었기 때문에─세트 설치와 기술 문제 때문에 건물을 폐쇄했었다─퍼디타는 긴장했다. 그녀와 젤이 밤늦게 폴린의 집까지 걸어서 돌아가는 길에 라운드하우스를 지났다. 불이 전부 켜져 있고 밴드가 연주를 하고 있었다.

"이상하네." 퍼디타가 말했다. "리허설을 하는 것처럼 들려."

두 사람은 커다란 정문으로도 가 보고 뒷문으로도 가 보았지만 다 잠겨 있었다.

퍼디타와 젤이 집으로 돌아와서 이제 막 나가려던 폴린에게 그 이야기를 했다. "기술 문제 때문이야." 그녀가 말했다. "내가 직접 가 볼 거야."

"한밤중이에요." 퍼디타가 말했다.

"늦었다고 호박으로 되돌아가는 것도 아니잖아." 폴린이 말했다. "걱정 마."

콘서트 날이었다.

"나쁜 소식이 있어, 리오." 폴린이 말했다.

"상관없어." 리오가 말했다. "얼마나 손해 봤지?"

"상관없어?"

"사업일 뿐인데 뭐. 우리가 뭘 찾았는지 봐. 퍼디타를 찾았잖아."

"라운드하우스 건축 허가 때문에 장관님한테서 전화가 왔었어."

"건축 허가 이미 받았잖아."

"시칠리아의 주요 후원자가 뇌물 수수, 부패, 재판 절차 왜곡 공모로 기소됐어."

리오는 안심한 것 같았다. "괜찮아. 절차가 다 끝나려면 5년은 걸릴 거고 변호사를 잔뜩 붙이면 풀려날 거야. 뭐가 문제야?"

"자백했어."

"오시타비치가 자백했다고?"

"유죄 협상을 했대. 살인도 두 건 있었던 것 같아."

"살인? 왜 말 안 했어? 그건 더 어렵잖아. 우리는 어떻게 되는 거지?"

"길게 가려면 싸우는 거지. 짧게 가려면 무너뜨리지 않는 거고."

"내가 라운드하우스를 무너뜨리려고 한 지가 벌써……"

"미미가 여기서 노래했잖아."

"그래, 개인적인 문제야."

"리오, 삶은 개인적인 문제야. 당신은 팔을 한껏 뻗어서 삶을 들고 있다가 삶이 너무 가까이 다가오자 죽여 버렸지."

"폴린?"

리오가 바닥에 앉아서 벽에 등을 기댔다. 젊지 않은 남자. 절대 자라지 않는 소년. 그는 흐느끼고 있었다. 폴린이 그의 앞에 무릎을 꿇었다.

"나는 자살을 너무나 많이 생각했어. 겁쟁이니까 하지 않았지, 하지만 나한테는 죽는 게 더 쉬웠을 거야. 내 삶이 뭐지? 돈을 벌고 기억을 하지. 그건 삶이 아니야. 내가 자살을 하지 않는 건 사는 것 자체가 나의 무기징역이기 때문이야. 당신의 동정은 필요 없어, 폴린. 그냥 당신이 알았으면 해서."

"나도 알아." 폴린이 말했다. "그래서 내가 아직 여기 있는 거야."

콘서트 날 밤이었다.

폴린은 머리를 했다. 골더스그린의 일레인에게 갔다. "커다랗게 해 줘, 일레인. 특별 행사야."

일레인은 폴린이 누구도 보지 못한 유령이라는 걸 본 사람이라도 되는 것처럼 머리카락을 잔뜩 세웠다.

"길이는 충분해, 스프레이 좀 뿌려서 고정하면 돼. 끌어 올릴까?"

"끌어 올려 줘, 일레인."

오톨리커스는 캠던타운 정장을 입고 새롭게 태어났다. "멋지군요, 톨리." 폴린이 말했다.

"나를 톨리라고 부른 사람은 엄마밖에 없어요." 오톨리커스가 말했다. "서부로 오면 좋은 차를 구해 주죠. 혹시 닭고기 수프 만들 줄 알아요?"

"당신 생각엔 어때요?" 폴린이 말했다. "톨리, 그냥 묻고 싶어요. 젤은…… 착한가요—유대인이 아니라는 건 나도 알아요, 하지만 착한가요?"

"내가 이런 말 했다는 이야기가 걔 귀에 들어가면 절대 안 됩니다." 오톨리커스가 말했다. "내 권위가 손상될 테니까. 걔 최고예요. 최고라고. 물론 좋은 선생이 있었지만……"

지노는 폴린의 집 밖에 서 있었다.

젤이 검은 정장에 흰 티셔츠를 입고 나왔다. 지노는 블랙진에 검은 티셔츠, 분홍색 스웨이드 구두를 신고 있었다.

"아빠 너무 게이 같아요." 젤이 말했다.

"우리는 네가 태어나기 전부터 패션계를 지배했다고." 지노가 말했다. "멋진 정장이구나."

젤이 머뭇거렸다. 그런 다음 미소를 지었다. 지노가 머뭇거렸다. 그런 다음 미소를 지었다. "널 알고 싶어."

젤이 머뭇거렸다. "걸어갈까 하는데. 아빠도 걸어갈래요?"

클로는 자기와 키가 똑같은 여자를 만난 적이 없었다.

"헤밍웨이는 언제 처음으로 읽었어요?" 로레인 라트로브가 말했다.

클로는 헤밍웨이를 읽은 적이 없다고 말할 수 없었다. 그 책은 오톨리커스가 준 이후로 오랫동안 그의 재킷에 들어 있었다고. 재킷과 책이 런던으로 같이 왔고 클로가 리오의 사무실에 재킷을 놓고 갔고 로레인 라트로브가 재킷을 집어 들었고 그러자 책이 떨어졌다고 말이다.

그녀는 무척 섹시했다.

"헤밍웨이 작품 중에 『태양은 다시 떠오른다』를 제일 좋아해요." 로레인 라트로브가 말했다. "『파리는 날마다 축제』도 정말 좋아하지만. 회고록이죠. 파리에서 지냈던 시간, 셰익스피어 앤드 컴퍼니."

"응, 맞아요." 클로가 말했다. "그 책방."

로레인 라트로브가 힘센 한쪽 손으로 클로의 힘센 허벅지 안쪽을 쓸었다.

홀리폴리몰리는 무대 뒤에서 새 드레스로 갈아입고 있었다.

퍼디타는 아직 샤워 중이었다. 그녀는 긴장했고 집중할 수 없었다. 퍼디타답지 않았다.

셉이 문을 두드렸다. 퍼디타가 실내복 가운을 입고 수건으로 머리를 감싼 채 대답했다. "안녕, 아빠."

셉이 들어왔다. "괜찮니? 무슨 일이야?"

전부 다요, 하지만 퍼디타는 그렇게 말할 수 없었다. 너무 많이요, 하지만 그녀는 설명할 수 없었다. 충분히요, 하지만 퍼디타는 자신이 바라던 일이 일어난 것 같았는데 왜 그걸 전혀 바라지 않는지 이해할 수 없었다. 사과를 먹은 이브가 된 기분이었다.

"금요일이잖아요, 바에서 클램 차우더를 서빙하면서 사람들에게 선곡하라고 말하고 있어야 하는데."

"곧 집에 갈 수 있어."

하지만 못 가요. 퍼디타가 생각했다. **왜냐면 우리가 떠난 곳은 집이 아니니까요. 시간을 되감을 수만 있다면 그렇게 할 텐데.**

그러나 셉은 퍼디타의 생각을 알았다.

"우리 자리로, 예전의 우리로 돌아갈 수는 없어, 그건 사실이야. 하지만 그래도 집에는 갈 수 있잖니."

셉이 그녀를 안았다.

문 두드리는 소리가 났다. 클로와 로레인 라트로브였다. "행운을 빌어 주러 왔어, 동생아." 클로가 말했다. 로레인 라트로브는 몸에 딱 붙는 라이크라 원피스 정장에 뾰족한 하이힐을 신었다. 머리카락은 머리 위에 얹혀 있었고 정지신호처럼 빨간색으로 염색되어 있었다.

"정말 멋져요." 퍼디타가 말했다. "자전거 타고 왔어요?"

"난 자전거 없어요. 자전거는 채식주의자나 타는 거죠."

그녀가 클로에게 팔을 둘렀다. 그는 수줍어 보였다. "안녕, 아빠."

폴린이 머리에 수건을 감고 복도를 따라 걸어왔다. "시간 됐어요! 안녕, 로레인."

"안녕하세요, 레비 씨." 로레인이 말했다. "우리는 앞줄이에요."

그녀가 클로의 손을 잡고 이끌었다.

"참 대단한 여자군." 셉이 말했다.

"트랜스예요." 폴린이 말했다.

"트랜스가 뭡니까?" 셉이 말했다.

"걱정 마세요, 아빠." 퍼디타가 말했다.

"준비됐니?" 셉이 말했다. "시간 다 됐다."

콘서트 날 밤이었다.

큰 공간이 가득 찼다. 붉은 제등과 붉은 조명이 관객을 비추었다. 위로 솟은 무대는 은빛이 도는 흰색이었고 커다란 그랜드피아노, 드럼 세트, 그리고 브라스 섹션을 위한 충분한 공간이 있었다. 동네의 인기 밴드 몇 팀, 시각예술 시인 두 명, 스탠드업 코미디언 한 명과 불을 먹는 곡예사 한 명이 있었다.

세퍼레이션즈가 무대를 끝냈다. 관객들은 아주 좋아했다. "팔리겠어." 리오가 말했다. 폴린이 그에게 아이고 이런, 이라는 표정을 지어 보였다. "그런 격언 몰라? 숟가락에 담겠다고 네 자식을 끓이지 마라?"

"말도 안 되는 유대인 속담은 관두고 무슨 일인지 말해 줄 수 없어?" 리오가 말했다. "왜 무대를 다시 세팅하지? 무대로 올라오는 연주자들은 뭐야?"

"그녀의 밴드야." 폴린이 말했다.

"누구?" 리오가 말했다.

극장과 무대가 캄캄해졌다. 꿈속의 밤처럼 불이 다 꺼진 어둠. 그런 다음 창문을 통해 들어오는 빛처럼 높은 곳에서 빛이 들어왔다. 저 깃털들은 무대장치에서 떨어지고 있었을까, 아니면 눈이었을까? 눈과 깃털에 섞여서 또 한 번의 기회처럼 반짝이는 것은 다이아몬드였을까?

움직이는 스포트라이트가 모든 사람이 기억하는 한 항상 비어 있던 공간을 비추었다. 기억이란 시간에 걸쳐 드리워진 밧줄이 아니라면 무엇일까?

빛 속에 여자가 조각상처럼 서 있다. 단순한 검정 드레스 차림에 붉은 립스틱을 발랐고 숱이 많은 머리는 짧게 잘려 있었다.

여자가 움직이지 않는다. 그러다가 움직인다.

"제 딸을 위한 노래입니다. 제목은 〈퍼디타〉."

리오가 일어서서 객석 통로로 나갔다. 극장 어디선가 지노가 와서 그의 옆에 섰다. 지노가 리오에게 팔을 둘렀다. 리오는 울고 있었다, 비처럼 긴 눈물.

잃어버린 것을 되찾는다.

그러니 우리는 이제 그들을 극장에, 음악과 함께 남겨 두고 떠난다. 나는 뒤쪽에 앉아서 무슨 일이 벌어지나 보려고 기다렸고, 이제는 여름밤 거리로 나왔다, 비가 내 얼굴을 따라 흘러내린다.

내가 개작을 쓴 것은 30년이 넘도록 나에게는 이 희곡이 개인적인 글이었기 때문이다. 그러니까, 그것이 없다면 내가 살아갈 수 없는, 글로 쓴 세상(말)wor(l)d의 일부였다는 뜻이다. 여기서 '없다면'이라는 것은, '결핍'이라는 뜻이 아니라 '무언가의 바깥에서 산다'는 예전의 뜻이다. 그러므로 이 문장은 '그것의 바깥에서는 살아갈 수 없다'라고 고쳐 써야 한다.

이것은 업둥이에 대한 희곡이다. 그리고 나는 업둥이다. 이것은 용서와 가능한 미래의 세계들에 대한 희곡이며, 용서와 미래가 양방향으로 연결되어 있음을 보여 주는 희곡이다. 시간은 되돌릴 수 있다.

셰익스피어의 후기 작품들은 용서를 믿는다.

하지만 무엇을 용서하는 것일까?

『겨울 이야기』는 『오셀로』를 다시 생각하게 한다. 스스로 변하느니 세상을 살해하려는 남자. 그러나 이번에는 주인공의 망상 때문에 여주인공이 죽을 필요가 없다. 오셀로가 사랑하거나 믿을 수 없는 사람은—데스데모나가 아니라—실은 그 자신이지만, 셰익스피어는 같은 주제로 돌아오면서 두 번째 기회도 가져온다.

헤르미오네는 죽지 않는다. 레온테스와 폴릭세네스 역시 죽지 않는다. 그리고 미래는 공고하다, 플로리젤과 페르디타는 아버지들처럼 행동하지 않을 것이므로. 그런데 플로리젤과 페르디타가 정말로 그렇게 할까?

용서. 하나의 이야기에 가능한 결말은 세 가지밖에 없다. 그래서 그들은 오래오래 행복하게 살았답니다를 제외한다면 말이다. 그것은 결말이 뒤에 덧붙이는 코다일 뿐이다.

세 가지 가능한 결말은 다음과 같다.

복수. 비극. 용서.

셰익스피어는 복수와 비극에 대해서 모르는 것이 없었다.

작가로서의 인생이 마지막을 향해 다가갈수록 그는 용서에 관심이 많아졌다, 혹은, 용서에 다시 관심이 생겼다. 『끝이 좋으면 다 좋아』에서 이기적이고 제멋대로인 베르트랑의 호색한 나르시시즘에 맞서는 헬레나에게도, 『자에는 자로』에서 욕망 가득한 미개함에 맞서는 이사벨라에게도 용서가 있기 때문이다. 또 1파운드의 살덩이라는 살인적인 빚에 저항하는 자비의 시인 포샤에게도 있다. 샤일록이 유대인이라서가 아니다, 그가 충분히 유대인답지 않기 때문이다. 구약성경의 바탕은 석판을 깨끗이 지우는 것, 즉, 빚을 탕감하는 것이다. 과거가 미래를 담보로 잡아서는 안 된다.

무엇보다도 용서는 코델리아와 헤르미오네의 방법이다. 『리어왕』에서 코델리아는 셰익스피어의 또 다른 사악한 형제 에드먼드, 에드거와 싸우다가(그가 이 장치를 얼마나 자주 사용하는지 생각해 보자, 레온테스와 폴릭세네스 역시 사악한 형제가 아니라면 무엇일까?) 사랑을 위해서 죽는다. 코델리아 역시 고너릴과 리건 사이에, 맥베스 부인만큼이나 무시무시하고 음흉하며 마찬가지로 남성의 권력 놀음에 얽매여 있는 두 언니 사이에 끼여 있다. 아버지인 리어 왕은 제일 어린 자식을 자신의 광기로부터 지켜 주지 않는다. 레온테스가 솔개와 까마귀, 늑대와 곰들에게 페르디타를 버린 것처럼. 셰익스피어는 가정생활에 관심이 많은 사람이 아니었다. 누가 몬터규 가문이나 캐풀렛 가문에서 자라고 싶을까? 햄릿의 부모와 같은 부모를 원할까?

셰익스피어의 마지막 희곡 『템페스트』에 등장하는 미란다에게는 그 슬하에 태어나도 좋겠다 싶은 아버지가 있다. 하지만 섬에는 두 사람밖에 없고, 페르디난드가 나타나자 아버지 프로스페로는 뻔한 질투 어린 분노의 경계에서 흔들리면서 미래를 거부함으로써 미래에 맞선다. 그는 분노에 굴복하지 않는다. 그리고 셰익스피어는 항상, 우리가 그러듯, 바로잡는 것은 아이들에게 맡겨 둔 채 무대를 떠난다.

에즈라 파운드의 말처럼, '새롭게 다시 하라'는 것이다.

『겨울 이야기』는 미래가 과거에 달려 있는 만큼 과거 역시 미래에 달려 있는 희곡이다. 『겨울 이야기』의 과거는 역사가 아니다, 비극이다. 의식이 없으면 비극은 일어날 수 없다. 그것은 상실의 척도, 상실의 의미와 의미 없음이고, 그렇기 때문에 1막의 질투와 폭력은 너무나 고통스럽다.

춤추는 목동들과 마음 편한 목가가 등장하는 4막은 시칠리아의 어둡고 그늘진 궁정과 분명한 대조를 이룬다. 목동과 그의 아들 시골뜨기는 자기변명과 궤변을 늘어놓는 대도시 사람들에 비하면 올바른 생각과 미덕을 가진 사람들이다.

1막에서 우리의 동정을 산 폴릭세네스는 4막에서 레온테스의 상상만큼이나 성적이고 가학적인 협박으로 아들 플로리젤과 페르디타의 사랑을 방해하려고 함으로써 그 역시 레온테스만큼이나 고지식하고 비이성적임을 드러낸다.

페르디타가 자기 아들의 짝으로는 너무 평범한 것이다. 그것은 헤르미오네에 대한 레온테스의 오해나 코델리아에 대한 리어 왕의 오해만큼이나 치명적인 여성에 대한 오해다.

5막에서 모든 것이 제자리를 찾는 것은 교묘한 술수처럼 보이지만 그렇지 않다. 레온테스의 회개는 진정하다. 그는 16년간 자신을 미워했다. 헤르미오네의 확고부동함은 1막에 등장하는 레온테스의 성급한 폭력이나 4막에 등장하는 폴릭세네스의 잔인한 분노와 정반대다.

헤르미오네는 잘못된 상황을 바로잡기 위해서 가장 하기 어려운 일을 한다, 즉 아무것도 하지 않는다.

이 희곡의 핵심어는 '아무것도 아님'이다. 불륜을 고발하는 레온테스의 정신 나간 연설에 그의 질문에 대한 답이 들어 있지만 그는 그것을 듣지 못한다.

속삭임이 아무것도 아니라고?
뺨을 맞대는 것이? 코를 맞대는 것이?
입술을 벌려 입을 맞추는 것이? 마구 웃다가
한숨을 쉬는 것이? 부정을 저지르고 있다는
분명한 증거다. 발에 발을 얹고 걷는 것이?
구석으로 살금살금 다니는 것이? 시간이 빨리 가기를,
한 시간이 1분 같기를 정오가 자정이 되기를 바라는 것이?

두 사람만 빼고 모든 이들이 눈병에 걸리기를, 부정함을

들키지 않기를 바라는 것이? 이것이 아무것도 아니라고?

그렇다면 이 세상과 그 안의 모든 것 역시 아무것도 아니고,

머리 위를 덮은 하늘 역시 아무것도 아니고, 보헤미아 역시 아무

것도 아니다.

내 아내는 아무것도 아니다, 이 아무것도 아닌 것들은 아무것도

아니다,

그 일이 아무것도 아니라면.

레온테스가 핵폭발을 일으켜 낙진이 퍼진 후 다음 세대가 그것

을 고칠 준비가 될 때까지 할 수 있는 일은 아무것도 없다. 페르

디타가 두 번째로 죽음을 피하듯이 그들 역시 먼저 과거의 죽음

에 대한 과거의 열망을 벗어나야 한다.

이것은 '옛날이야기', 즉 동화다. 하지만 동화에서는 용, 군대,

혹은 못된 마법사처럼 위협이 보통 외부에서 온다. 셰익스피어는

프로이트를 예언하듯 위협을 그것이 정말로 존재하는 곳에, 바로

내부에 둔다.

『겨울 이야기』의 초연은 1611년이었다. 그로부터 300년이 더

흐른 뒤에야 정신분석이라는 학문이 등장하면서 과거가 어떻게

미래를 저당 잡는지를, 또는 과거가 회복될 수 있다는 사실을 이

해하기 시작했다. 과거가 어떻게 복병처럼, 혹은 변장한 거지처

럼 누워서 기다리는지를 말이다. 셰익스피어는 변장을 정말 좋아

했다. 다른 것으로 가장한 어떤 것. 여자인데 남자인 여자. 공주인데 양치기 처녀인 여신. 생명을 얻는 조각상. 어떤 것들이 보이는 대로가 아니라는 것은 『겨울 이야기』의 영예이자 공포다.

그리고 모든 한계를 정하는 시간은 우리에게 한계로부터 자유로워질 단 한 번의 기회를 준다. 결국 우리는 갇히지 않았다. 시간은 회복할 수 있다. 잃어버린 것을 되찾는다……

그러니 마지막 말은 그녀에게 맡기자.

퍼디타

곧 우리는 삶을 함께할 것이고 다른 모든 사람들처럼 이 세상을 살아야 한다. 우리는 일을 하러 가고, 아이를 낳고, 가정을 꾸리고, 저녁을 만들고, 사랑을 나누어야 하고, 요즘 세상은 순순하지 않기 때문에 우리의 삶은 결국 아무것도 아닌 것이 될지도 모른다. 우리는 꿈을 갖겠지만, 과연 이루어질까?

어쩌면 우리는 우리 자신이 바로 기적이 일어난 장소임을 잊을지도 모른다. 사용하지 않게 되고, 잡초가 웃자라고, 황폐하고 방치된 순례지. 어쩌면 우리가 함께하지 않을지도 모른다. 어쩌면 삶이 어쨌든 너무 힘들지도 모른다. 어쩌면 사랑은 영화에나 나오는 것일지도 모른다.

어쩌면 우리는 서로에게 너무 큰 상처를 주어서 이미 일어난 일이 일어났다는 사실까지 부인할지도 모른다. 우리는 그곳에 절대로 없었음을 증명하는 알리바이를 찾을 것이다. 그런 사람들은 존재하지 않았다고.

어쩌면 날씨가 좋지 않은 어느 날 밤, 당신이 내 손목을 지나치게 꽉 잡고, 나는 손전등을 들고 빗속으로 산책을 하러 가고, 바람을 막기 위해서 옷깃을 세우고, 어둠 속에는 별이 없고, 새 한 마리가 깜짝 놀라 산울타리에서 튀어나오고, 손전등 불빛 아래에서 물웅덩이들이 번들거리고, 저 멀리 큰 도로의 소리가 들리고, 하지만 여기에는 밤의 소리와 내 발소리와 내 숨소리밖에 없을지도 모른다.

어쩌면 그때 나는 기억할 것이다, 역사는 스스로 반복되고 우리는 항상 추락하지만, 내 안에는 역사가 담겨 있고 내가 잠시 과거에 다녀와도 아무 흔적도 남지 않지만, 나는 알 가치가 있는 어떤 것을 알았었음을. 거칠고, 존재할 것 같지 않고, 판에 박힌 모든 것을 거스르는 어떤 것을 알았었음을.

뒤집힌 배에 남아 있는 공기처럼.

사랑. 그 크기. 그 규모. 상상할 수 없는. 광대한. 나에 대한 당신의 사랑. 당신에 대한 나의 사랑. 서로를 향한 우리의 사랑. 진정한. 그래. 나는 비록 어둠 속에서 손전등을 들고 길을 찾고 있지만 내가 알고 있는 것, 바로 이 사랑의 목격자이자 증거다.

내 삶의 작디작은 원자.

감사의 말

감사를 전한다. 나의 에이전트이자 친구인 캐럴라인 미셸. 차토의 팀, 특히 줄리엣 브룩과 베키 하디. 빈티지의 레이철 쿠뇨니와 아녀 멀킨. 맨체스터 대학교의 동료들, 특히 존 매콜리프. 원고 정리를 담당하고 나의 정신없는 교정지를 읽어 준 로라 에번스와 문제를 해결해 준 발 맥더미드. 그리고 수지 오박―나와 결혼해 준 그녀에게.

그리고 마지막이지만 아주 중요한, 윌리엄 셰익스피어에게. 당신이 어디에 있든.

옮긴이의 말

윌리엄 셰익스피어 서거 400주년을 맞아 그의 희곡들을 현대 소설로 재탄생시키는 프로젝트의 첫 주자는 『오렌지만이 과일은 아니다*Oranges Are Not the Only Fruit*』로 잘 알려진 영국 작가 지넷 윈터슨이다. 큰 호응과 호평을 얻었으며 지금까지도 대표작으로 꼽히는 윈터슨의 첫 소설 『오렌지만이 과일은 아니다』는 독실한 기독교 집안에 입양되어 역시 독실한 기독교도로 자라다가 동성애자로서의 정체성을 깨닫고 성장하는 작가의 자전적인 이야기이다. 그렇기 때문에 윈터슨이 셰익스피어의 수많은 작품 중에서 우리에게 별로 익숙하지 않은 『겨울 이야기』를 선택했다는 사실에, 또 자신에게는 『겨울 이야기』가 30년 동안 개인적인 이야기였다는 작가의 고백에 고개가 끄덕여지기도 한다.

셰익스피어의 후기 작품에 속하는 『겨울 이야기』는 오해와 질투, 분노, 파멸 끝에 긴 공백, 즉 시간의 틈을 사이에 두고 주인공들이 용서와 화해로 행복한 결말을 맞이하는 이야기이다. 셰익스피어의 원작에서 눈에 띄는 점을 몇 가지 꼽자면 역시 동시대 작가 로버트 그린의 작품을 다시 쓴 개작이었고(셰익스피어는 플롯이나 인물을 종종 가져다 썼다), 희곡에서는 흔치 않게 16년이라는 시간의 공백이 등장하며, 어둡고 비통한 격정과 목가적인 희극이 공존한다는 것이다. 지넷 윈터슨은 셰익스피어의 작품을 현대 무대의 소설로 옮기면서 이러한 특징과 분위기를 그대로 살리지만 살을 덧붙여 조금 더 설득력 있는 이야기를 만들어 낸다.

원작에서 아내와 가장 친한 친구의 부정을 의심하는 레온테스(리오)의 갑작스러운 질투는 소설에서 원작에 없던 리오와 지노의 학창 시절 미묘한 관계 이야기가 덧붙으면서 설득력을 얻는다. 그리고 윈터슨은 부모 세대가 아닌 자식 세대로 이야기의 초점을 옮긴다. 이 소설은 무엇보다도 부모를 잃고 업둥이로 자란 퍼디타가 잃어버린 과거와 가족을 되찾는 이야기이다. 어른들 사이에서 일어난 모든 문제는 18년 동안 제자리걸음을 하다가 '잃어버린 작은 아이' 퍼디타를 되찾으면서 해결된다. 잃어버린 아이가 똑똑하고 당당한 소녀로 자라는 이 긴 시간 동안 리오와 지노, 미미는 과거에서 한 걸음도 나아가지 못하지만 퍼디타가 등장하는 순간 과거와 현재, 미래는 제자리를 찾는다.

그렇기 때문에 이 작품은 시간에 대한 이야기이기도 하다. 원작에서는 시간이 직접 등장하여 시간의 속성을 설명하고 공백에 양해를 구한다면 소설에서는 지노가 만든 게임 〈시간의 틈〉이 비슷한 역할을 한다. 리오와 지노가 과거를 곱씹듯 꾸준히 접속하는 이 게임은 멈춰진 과거, 복잡하게 얽힌 과거와 미래, 존재하면서 존재하지 않는 현재에 대한 은유이다. 이렇듯 윈터슨은 상실과 후회, 사랑과 슬픔, 시간의 속성이라는 『겨울 이야기』의 주제를 때로는 저속하고 때로는 시적인 언어로 깔끔하게 담아낸다. 작가의 첫 소설에서부터 돋보였던 경구처럼 간결하고 정확한 표현과 절대 넘치지 않는 영리한 유머는 400년 전에 쓰인 셰익스피어 작품 다시 읽기에 더없이 어울린다.

읽는 사람의 마음속에서 재현된다는 의미에서는 모든 글이 그렇겠지만, 희곡은 공연을 일차적인 목적으로 하는 글이므로 무대에 오를 때마다 '바뀌어 쓰이'는 셈이다. 거꾸로 생각해 보면, 그런 의미에서 이 소설은 지넷 윈터슨이 연출한 셰익스피어 연극이라고 할 수 있을 것이다. 이 작품에서 우리는 극작가의 장점과 의도를 해치지 않으면서 거친 부분을 능숙하게 연마하고 자신의 스타일도 양보하지 않는 영리한 연출가 윈터슨을 만날 수 있다.

2016년 4월
허진

고전 '문제극' 『겨울 이야기』는 상실, 후회와 용서, 그리고 시간의 본질을 이야기한다. 윈터슨은 셰익스피어의 원작을 향한 존경과 애정으로 이 모두를 담아냈다. 그녀만의 대담하고 시적인 산문, 사랑과 슬픔에 대한 통찰은 『겨울 이야기』를 새로운 것으로 만들었다. 당신을 전율시키는 그토록 간결하게 아름다운 구절이 여기에 있다.

《옵서버》

셰익스피어적인 디테일 하나하나에 대한 윈터슨의 소설의 정교함은 원작에 친숙한 독자를 즐겁게 할 것이다. 『시간의 틈』은 원작과 개작이 같은 순간에 존재하면서 과거, 현재, 미래가 동시에 살아 있는 환상이다.

《타임스》

윈터슨은 서사의 층과 주제를 노련하게 엮어 냈고, 그래서 이 소설을 읽는 것은 마치 바흐의 〈전주곡과 푸가〉를 듣는 것과 같다. 『시간의 틈』은 시간에 관한 명상이다. 과거와 미래가 얼마나 불가분의 관계에 있는지를 이야기한다. 이 소설의 다층성의 진가를 알기 위해서는 여러 번 읽어 마땅하다.

《메일 온 선데이》

윈터슨은 단순히 이야기를 업데이트한 것이 아니다. 거기에 심리적인 뉘앙스를 채워 넣었다. 그러나 『시간의 틈』의 진정한 강점은 저속한 언어와 시적인 언어를 오가는 방식이며, 천사, 컴퓨터 게임, 자동차 강탈 등 이야기를 하는 데 필요한 것은 무엇이든 그녀가 기꺼이 이용한다는 점이다. 그녀는 다시 쓰는 이야기가 어떻게 이 시대를 드러낼 것인지 우리로 하여금 눈을 뗄 수 없게 한다.

《퍼블리셔스 위클리》

윈터슨의 개작에는 진정한 기쁨이 있다. 극은 아직 끝나지 않았다. 『시간의 틈』은 셰익스피어의 단어들로부터 보다 멀리, 확실하게 벗어나 있다. 때로는 흥미로운 방식으로, 때로는 의뭉스럽게. 그럼에도 불구하고 이 소설은 셰익스피어의 작품을 실제 삶으로 이끌고자 하는 강렬한 욕구에 응답하고 있다.

《인디펜던트 온 선데이》

윈터슨의 탁월한 재능은 읊조리게 되는 문장, 아름다운 문장, 예기치 못한 문장, 질주하는 듯한 문장으로 이야기 속 감정의 무게를 포착하는 데 있다. 그녀는 골치 아픈 원작과 근사하게 맞붙을 뿐 아니라 전적으로 자신만의, 복잡다단하고 흡족하며 현대적인 이야기로 나타났다.

《뉴욕 타임스》

윈터슨의 무대는 셰익스피어와 마찬가지로 온갖 경이로움으로 가득하다.

《타임스 리터러리 서플러먼트》

『겨울 이야기』에 대한 윈터슨의 헌사에는 사랑스럽고 경쾌한 어조가 있다. 셰익스피어의 줄거리를 충실히 재현했음에도 불구하고 원작에 얽매일 수밖에 없는 불리함을 뛰어넘었다. 『시간의 틈』은 눈부신 위업이다. 강력하고, 유쾌하며, 우아하다.

《가디언》

『시간의 틈』은 『겨울 이야기』에서 무엇 하나 놓치지 않는다. 아니, 오히려 거기에 여운과 신비를 더했다. 윈터슨이 현대적인 가능성과 권선징악적인 결과 둘 다에 어울리는 방식으로 특별히 희극과 비극의 모순을 다루기 때문에 이 책은 인상적인 성취다.

《아이리시 이그재미너》

HOGARTH
SHAKESPEARE

'그는 어떤 한 시대의 작가가 아니라 모든 시대의 작가이다.'
벤 존슨

지난 400여 년 동안 셰익스피어의 작품은 전 세계적으로 공연되고, 읽히고, 사랑받아 왔다. 그의 작품들은 새로운 세대마다 10대 영화, 뮤지컬, SF 영화, 일본 무사武士 이야기, 문학적 변형 등 다양한 방식으로 재해석되었다.

호가스 출판사는 1917년에 버지니아 울프와 레너드 울프가 설립했는데 당대의 가장 좋은 새로운 책들만 출판한다는 목표를 가지고 있었다. 2012년에 호가스는 그 전통을 계속 이어 가기 위해 런던과 뉴욕에 설립되었다. 호가스 셰익스피어 프로젝트는 셰익스피어의 작품들을 오늘날의 가장 인기 많은 베스트셀러 작가들이 다시 쓰도록 후원하는 계획이다.

마거릿 애트우드, 『템페스트』
트레이시 슈발리에, 『오셀로』
길리언 플린, 『햄릿』
하워드 제이컵슨, 『베니스의 상인』
요 네스뵈, 『맥베스』
앤 타일러, 『말괄량이 길들이기』
지넷 윈터슨, 『겨울 이야기』

옮긴이 **허진**

서강대학교 영어영문학과와 이화여자대학교 통번역대학원 번역학과를 졸
업했다. 옮긴 책으로는 도나 타트의 『황금방울새』(전 2권), 마틴 에이미스의
『런던 필즈』(전 2권), 나기브 마푸즈의 『미라마르』, 할레드 알하미시의 『택
시』, 앙투아네트 메이의 『빌라도의 아내』, 아모스 오즈의 『지하실의 검은 표
범』, 로버트 풀검의 『온 러브』, 수잔 브릴랜드의 『델프트 이야기』, 존 리 앤더
슨의 『체 게바라 혁명가의 삶』(전 2권, 공역) 등이 있다.

시간의 틈

초판 1쇄 펴낸날 2016년 6월 20일

지은이 지넷 윈터슨
옮긴이 허진
펴낸이 양숙진

펴낸곳 (주)현대문학
등록번호 제1-452호
주소 06532 서울시 서초구 신반포로 321(잠원동, 미래엔)
전화 02-2017-0280
팩스 02-516-5433
홈페이지 www.hdmh.co.kr

ISBN 978-89-7275-769-6 04840
    978-89-7275-768-9 (세트)

* 책값은 뒤표지에 있습니다.